切り裂きジャックの告白

刑事犬養隼人

中山七里

角川文庫
18920

目次

うと呼吸を整えた。

その時だった。

古姓の視界に妙なものが映った。

左前方十メートル先、木場公園内イベント池。池の周囲にはパイプ状の柵《さく》がぐるりと張り巡らされている。

その柵の向こう側に誰かが凭《もた》れかかって背中を見せている。

瞬間、ホームレスの一人だろうと思った。木場公園にはそこを塒《ねぐら》とする者以外に、公園内に捨てられた空き缶を回収して日々の糧にしている者もいる。ここで彼らの姿を目にするのは特に珍しいことではない。

だが古姓はすぐに思い直した。柵に凭れかかった人物の髪が長かったからだ。男性のホームレスは普通に見かけるが、女性のそれにはあまりお目にかかったことがない。

好奇心が足を緩めさせた。あれがホームレスでないとすればいったい誰が何をしているのか。

急病人か、それとも女性の酔っ払いか。いずれにしても放っておくことはできない。どうせ深川《ふかがわ》署が道路を隔てた反対側にある。女一人抱えていくのは苦でもないし、いざとなれば警官に事情を説明して加勢を頼めばいい。

敷地に足を踏み入れて柵沿いに池を回り込む。女は両腕を柵の上に引っ掛け、ちょうど空を仰ぎ見るような格好だ。後方から見ると白いブラウスを着ているので、華奢《きゃしゃ》な体型であることが分かる。

「もしもし」

背中に向けて声を掛けてみるが返事はない。

やっぱり酔っ払いなのかな、まだ若いお嬢さんらしいのに――。

「あなた。いくらこんな時季でも風邪ひきますよ」

自分の声が届く場所まで近づくと、ぷんと異臭が鼻を突いた。

ホームレスが放つような体臭ではない。もっと濃厚で、そして絶望的な臭い。

古姓はその正面に立ち、まず奇異な感じを受けた。

それはどう見ても出来損ないのマネキン人形でしかなかった。頭部と四肢は完璧《かんぺき》なのに体軀《たいく》の中心が不釣り合いに凹《へこ》んでいる。

いや――違う。

よく見ると胴体は綺麗《きれい》に切開されていた。切開された内部には夥《おびただ》しい数の血管と組織の残骸《ざんがい》が垂れ下がり、肋骨《ろっこつ》と背骨が剝《む》き出しになっている。切開面からはぶよぶよとした黄色い脂肪が今にも溢《あふ》れ出んばかりになっている。

耳元を微《かす》かにぶうんという音が掠《かす》めた。音の正体はすぐに分かった。二匹のハエが古姓の真横から、剝き出しの内部にたかっていた。

すとん、と腰が落ちた。

咄嗟《とっさ》に地面についた両手がぬらりとした。

開いた手の平は朱《あか》い液体に塗れている。

マネキン人形ではない。

本物だ。

何事か叫ぼうとしたが声にはならず、古姓はただ口をぱくぱくと開閉するしかなかった。

ただの死体ならこれほど驚きはしなかっただろう。

だが胴体は不自然に凹んでいるのではなく、臓器という臓器がすっかり抜き取られて空洞となっていたのだ。

それは人間であったものの抜け殻だった。


現場に急行、といっても木場公園は道路一本隔てた向かい側だ。通報からこれほど迅速に初動捜査に移行できた例もなかったが、居並ぶ捜査員たちの表情はいずれも嫌悪と屈辱に歪《ゆが》んでいる。嫌悪は死体の損傷に対して、屈辱は殺害場所に対してのものだ。

まず死体を目の当たりにした捜査員は例外なく顔を顰《しか》めるか背けるかだった。中には慌てて公園のトイレに駆け込んだ者もいた。酸鼻を極めるという言葉さえ雅《みやび》に思えてくる。臓器のほとんどを摘出された死体はおぞましい違和感を放ち、死体であることさえも剝奪《はくだつ》されていた。嫌悪感の元はその違和感と死体に対する徹底的な敬意のなさにある。

そして深川署の、それこそ目と鼻の先で行われた凶行。それは犯人の大胆さを表すと共に深川署の存在をあからさまに嘲笑するものでもあった。都内でも大規模署と位置づけられる深川署、延いては警視庁にとって、目の前に晒された惨殺死体は最上級の侮蔑に等しかった。

「よくもやってくれた」

死体のある池を遠巻きにして麻生《あそう》はぼそりと呟《つぶや》いた。無意識のうちに出た言葉だったが、周りにいた何人かの警官が同意の証《あかし》に頷《うなず》いた。

死体の周囲にはブルーシートが張り巡らされ、中では鑑識が慌しく動き回っている。鑑識の見分の後に捜査班が死体と対面することになるが、死体発見の時点で初動捜査が難航することは目に見えていた。通報とほぼ同時に捜査本部が立てられたのはむしろ当然と言っていい。

麻生の指揮する班は所轄の刑事と共に早速訊《き》き込みに回っている。通常、本庁の刑事とペアを組むと所轄の刑事は自然に補佐に回る傾向があるが、今回は深川署の刑事が前に出ようとしているらしい。自分の家の庭先が荒らされたと思えば、それもまた当然と言えた。

「麻生さん、ご足労かけます」

呼ばれて振り返ると、そこに深川署の顔見知りが立っていた。

「やあ、陣内《じんない》さん。この度は」

言葉は後に続かなかった。所轄署にとっては、災難だったで済まされる状況では到底ない。

「ご迷惑を、おかけします」

たかが捜査本部が立ったくらいでこの気位の高い男が頭を下げるのは、それだけ深川署に忸怩《じくじ》たるものがある証拠だ。そして赤っ恥をかかされた格好の深川署は、事件の成り行きによっては上層部の首が一挙にすげ替えられかねない。

こんな時は変に気を回さず、仕事の話に終始するのが気遣いというものだろう。

「ガイ者の身元は、もう？」

「所持していたバッグに免許証やら保険証やら入ってましたよ。六郷由美香《ろくごうゆみか》、二十一歳独身。都内の信用金庫に勤めていました」

「一人暮らしですか」

「家族同居ですな。先刻、自宅には連絡したので追っ付け両親が駆けつけて来ると思います。まあ、来たところであんな状態の死体をそのまま見せる訳にはいかんが……」

「第一発見者はマラソンの選手とか」

「実業団の選手ですよ。古姓俊彦という男でいつもこの辺りを練習場所にしていたらしい。死体を発見したのは本当に偶然でしょう。発見は午前五時十分。ケータイの類《たぐい》は所持していなかったが、署と目と鼻の先のこんな場所では電話も何もない。すぐウチに駆け込んで来たので、機捜（機動捜査隊）よりも早くわたしたちが到着した次第です。古姓と被害者とは何の面識もなし。今は署内で事情聴取を受けています」

「この公園はホームレスたちが塒にしているんでしょう。その古姓より前に死体を目撃した者はおらんのですか」

「彼らのテントはずっと南側です。そこはちょっとした林になっていて、夏でも木陰になっていて涼しい。夜間も気温が上がらないので彼らはそこに固まっています。死体が発見されたイベント池の近所には、夜になっても近寄る者がいなかったようですね。彼らを集めて話を聞いている最中ですが、今のところ有力な情報は入手していません」

そう言いながら陣内に失望している様子はない。

麻生には分かっている。木場公園周辺は店舗よりもマンションが目立つ。節電が叫ばれている折、高層階では窓を開けている部屋もある。人員を投入して近隣住人の訊き込みをすれば、その方面から有力情報が得られると算段しているのだろう。

「現場の状況からすれば、殺害現場はここなのでしょうな」

麻生は先刻にちらと見た死体の周辺を思い出してそう言った。死体の足元には約一メートルの範囲に亘《わた》って血だまりが拡がっていた。あまりにも大量なので乾ききらない分はゲル状になっている。

「解剖所見待ちでしょう。わたしも大概の惨殺死体を見てきたが、仮に死後、腹を掻《か》っ捌《さば》いた時にどれだけの血が流れるのか……幸か不幸かそんなケースは初めてですから。ただ、臓器の摘出は間違いなくここで行われたと思いますよ」

「真夜中から早朝とはいえ、公園のど真ん中で解体作業とは俄《にわか》には信じがたい話だが、あの血の量を考えれば納得するしかないな」

「しかし最大の謎は、犯人がどうしてそんな真似をしたかです。こればかりはわたしも見当がつかない」

見当がつかないのは麻生も同じことだ。犯行の内容を単に猟奇殺人と片づけるには労力がかかり過ぎている。

「実際に臓器の摘出がどれだけの時間を要するかは分からんが、犯人はなるべく早く死体から離れたがるものです。ところが、こいつは恐らく入念な準備をした上でガイ者を解剖している。いったい、どうしてそんな危険を冒したんだか」

「入念な準備、という意見には賛成ですね。解体するための道具。返り血を浴びないための服装。いずれも重要な手掛かりになる」

人体を切り刻むだけではなく臓器を除去するとなると、家庭で使用するような刃物では能率が上がらない。やはりメスのような手術用具が不可欠になってくる。そうした専門の用具を取り扱う業者は限られているから、捜査の糸口になる。更に犯人は返り血を浴びてもいいようにコートか何かを着用しているはずだから、目撃証言も得られやすい。

だが一番の問題は陣内が指摘したように、何故犯人は臓器を摘出したのか、という点だ。

「遅かれ早かれ犯罪歴のある精神病患者の足取りを追うことになりそうですな」

麻生の言葉に陣内は渋い顔で頷く。これから開かれるであろう第一回の捜査会議では、間違いなくその方面での調査が取《と》り沙汰《ざた》される。そうなれば自《おの》ずと、精神病患者の人権やプライバシーを護《まも》ろうとする団体との軋轢《あつれき》も懸念される。そしてこうした時の折衝役はまず九分九厘、所轄の担当者に押しつけられる。陣内の表情に影が差すのも当然だった。

「こういう事件なら尚更《なおさら》、腰を落ち着けて取り組みたいのだが……そうは問屋が卸すかどうか」

奥歯に物の挟まったような言い方だが、意図することはよく分かる。

現場を取り囲むように張り巡らされた〈ＫＥＥＰ　ＯＵＴ〉の黄色いテープ。そのテープを今にも飛び越えんばかりの勢いで、報道陣が殺到している。マスコミ人種というのは異常に嗅覚《きゅうかく》が発達していて、ブルーシートの中は見えないはずなのにこの事件が尋常ならざるものであることを既に察知しているようだ。

きっと死体の状況を知らせれば狂喜して社に戻り、下世話な好奇心を高邁《こうまい》な社会批判にまぶして書き立てるに決まっている。そして、その記事を読みニュースを目にした者たちが不必要なほど怯《おび》え、そして無責任なほど騒ぐ。事件の進展がどうであろうと、彼らの矛先が捜査本部に向けられるのは間違いなく、その数々は現場で動き回る捜査員にとっては障害物でしかない。そして、そのマスコミ対策も雑用扱いで深川署署長の担当になる可能性が高かった。

「どちらにせよ、捜査方針が決まるのは検視と鑑識の結果待ちになります。今の段階では無闇に捜査対象が拡がらないように祈るだけですよ……じゃあ、わたしは署に戻ります」

そう言って陣内は踵《きびす》を返した。恐らくは早くも地取りに回っている捜査員からの連絡を本部で待つのだろう。できることなら自分も訊き込みに回りたいのだろうが、強行犯の班長という立場ではそれも許されない。動く身よりも待つ身が辛《つら》いのはこういう時だ。

時折、風が吹いてくる。朝陽が出て間もない時刻の乾いた風だが、向きが悪かった。ちょうど現場から麻生の立つ場所に向いているので、腐敗し始めた動物性蛋白質《たんぱくしつ》の臭気を運んでくる。

ここで鼻を覆ったり立ち位置を変えたりすれば、たちまち自分の行動を注視している報道陣がその姿をシャッターで捉《とら》えるに違いない。麻生は異臭に顔を顰《しか》めながら堪《こら》えるしかなかった。

しばらく悪臭に辟易《へきえき》していると、ブルーシートの中から検視官の御厨《みくりや》が出て来た。麻生はこれ幸いと現場の風下を避けながら御厨に近づく。

「どうでした」

開口一番にそう訊くと、御厨は横目でじろりと睨《にら》んでから首を横に振る。おや、と思った。いつもはこちらの質問に間髪容《い》れずに答える男だ。

「どうもこうもありませんね」

御厨は手袋を外しながら不機嫌そうに言う。これもまた、この男には珍しい物言いだった。

「消化器系は胃、腸、小腸、大腸、膵臓《すいぞう》、肝臓。循環器系は心臓、脾臓《ひぞう》、腎臓《じんぞう》。呼吸器系は肺。泌尿器系は尿管から膀胱《ぼうこう》まで。生殖器系は卵巣、子宮。ありとあらゆる臓器がすっかり摘出されている。ご存じのように死亡推定時刻は直腸内の温度を測定して算出するものですが、これはその直腸自体が存在しません。胃の内容物の消化具合を調べようとしても、胃自体が存在しません」

「じゃあ、死亡推定時刻は不明だと」

まさかそれが臓器摘出の目的かと合点しかけた時、待ったが掛かった。

「慌てないでください。死亡推定時刻の算出方法はまだ他にもあります。死後硬直、死《し》斑《はん》、そして角膜の混濁状態」

死んで心臓が停止すると水分の供給も停止するため、体内の水分が蒸発してしまう。そして人体の中で一番乾燥しやすいのは角膜だ。だから角膜の乾燥具合から逆算すれば心臓の停止時間を割り出せる。

「角膜の混濁は死後十分から始まるが、死体のそれは曇りがやや強くなっている。ここだけ見れば死後五時間から八時間は経過しています」

麻生は腕時計を見る。現在六時十五分。逆算すれば死亡推定時刻は昨夜の十時から一時までの間ということになる。

「更に全身の筋肉に硬直が見られることから六時間から八時間に短縮。ですから昨夜の十時から十二時といったところですが、外気温との関係もありますから断言はできません」

詳細を詰めたければ司法解剖の結果を待てということか。だが、麻生は御厨の見立てに大きな誤差はないだろうと考えた。過去に扱った死体の数が警視庁管内ではトップということもあるが、御厨の見立てが解剖所見と大きく乖離《かいり》していた例は今までになかった。

「直接の死因は？　やはり大量の失血によるものですか」

「開腹の刺切創に生活反応はありませんでした。だから少なくとも生きながら解剖された訳じゃない。これはガイ者にとってせめてもの救いですね」

生活反応というのは生体における受傷反応の総称だ。受傷すると皮膚には縮もうとする弾力性があるので傷口が開く。また、出血すると白血球による防衛システムが働くので傷口には膿《うみ》が生じる。そしてこれらの反応は死後には発生しない。

「腹部以外に刺切創はなく、打撲創も見当たらず。ただ、頸部《けいぶ》に見事な索条痕《こん》が残っていました。交差部分から推すと背後から二重に巻いている。顔面に鬱血《うっけつ》があり、吉川線《よしかわせん》（抵抗防御痕）もあるので死因は絞死と見ていいでしょう」

背後から絞め殺した上で解剖。犯人もその点だけは人道的だったという訳か。しかし、そうなるとやはり解剖の必要性が理解できない。

「警部が疑問に思われていることは分かりますよ。わたしも最初は、犯人が半可通の法医学で死亡推定時刻を誤魔化すために臓器を摘出したんじゃないかと疑いましたから。でも、それは違いました」

「何が違うんですか」

「まず腹部切開に用いられた道具ですが、非常に鋭利な刃物です。恐らく医師の使用するメスに酷似した形状の物でしょう」

皮膚の下には脂肪の層があり、人体を切開しようとすればどうしても刃に脂が付着して切れ味が悪くなる。だから手術に使われるメスは鋭利であると共に脂が付着しにくい形状になっている。最初から臓器の摘出を計画していたのなら、犯人がそうした道具を用意していたことは想像に難くない。だが御厨の言葉の端々は妙に意識に引っ掛かった。

「もう一つ特筆すべき点は刃物の入れ方です」

「入れ方？」

「死体にはこういう形で刃物が入っています。まず左右の鎖骨下から胸部の中心に向かって進み、胸部中心から下腹部までは正中線に沿っている。これはY字切開法と呼ばれるものです」

「それじゃあ……」

「次に胸部の皮を剥《は》いで、肋骨剪刀《ろっこつせんとう》のような刃物で肋骨と肋軟骨の結合部を切断して肋骨を部分切除、しかる後に心臓と肺を摘出。それから腹部の臓器を取り出し、最後に膀胱と子宮を摘出。この順番で行えば無駄な部分に刃物を入れることなく効率的に解剖できるのですが、あの死体もそれと同様の手順で臓器が切除されています。非常に合理的な方法ですが、これを知っているのは生体の切開法を熟知している者だけです。そうでない素人は正中線に沿って切開するだけのI字切開になりやすい」

説明を聞いているうちに不安が黒雲のように拡大していった。

「まさか犯人は医師だと？」

「早計に断言はできません。ただ解剖の知識を備えた人物であることだけは間違いないでしょうね。法医学教室ゆかりの者、現役医師、学生、精肉業者……ああ、もちろんわたしたち検視官もその範疇《はんちゅう》に入りますがね」

御厨は自嘲《じちょう》めいた口調でそう言うが、聞く側の麻生はちょっとした恐慌事態に陥る。解剖の専門家といえば、大抵は捜査側に属している。もしもその中の誰かが犯罪者の側に転んだとすれば、犯罪捜査の裏をかくことなど造作もないではないか。

「だからこの犯人には死亡推定時刻を混乱させようという意図はありません。人体の解剖にこれだけ習熟している人物が生活反応や索条痕については無知というのはおよそ考えられませんから。すると自ずから別の、そしてあまり気分の良くない疑問が浮かんできます」

「……犯人は、死亡推定時刻を誤魔化す以外のどんな理由で臓器を取り出したのか」

「その通りです。解体作業自体は迅速で正確です。道路一つ隔てた場所に警察署があろうが近くにホームレスたちの塒《ねぐら》があろうが、犯人はひどく冷静に事を済ませています。

これはいち検視官の個人的な見解ですが……申し上げてもいいですか？」

「どうぞ」

「もしも被害者の殺害に関して特定の動機や容疑者が浮上しなければ、犯人は同じことを繰り返す可能性があります」

「検視官、それは！」

「あくまでも個人的な見解と申し上げたでしょう？　しかしですね、最初の人体解剖にこれだけ躊躇《ちゅうちょ》が表れていないのであれば、何度繰り返しても犯人には良心の呵責《かしゃく》はないでしょう。それこそ日常のルーチン業務と同じ感覚で二件目を起こしたとしても、わたしは全く驚きませんね……。ふう」

御厨は一度だけ深呼吸した。これもこの男が滅多に見せない仕草だった。

「そして、もう一つ疑問があります」

これ以上聞いても精神衛生上良くないことは分かっているが、無視する訳にはいかない。

「犯人は摘出した臓器をいったい、どうするつもりなのでしょうね？」

「あ……」

そして後ろ髪を引かれるようにブルーシートのある方向を振り返ると、首を振りながらその場を立ち去って行った。

後に残された格好の麻生は、御厨の最後の言葉を反芻《はんすう》する。

犯人は摘出した臓器をいったい、どうするつもりなのか――。

途端におぞましい想像が二つほど浮かんだので、慌てて打ち消した。そして、こんな時にこそ頼りたい人間をまだ目にしていないことに気がついた。

眼前を横切った捜査員の一人を捕まえて訊《き》いた。

「犬養《いぬかい》はまだか。姿が見えんようだが」

「犬養さんだったらまだ出勤してませんよ。それに今朝は病院に立ち寄るから遅くなるって。ほら、いつもの娘さんの見舞いで」

「用事が済んだらすぐに合流するよう言っとけえっ」

麻生は我知らず怒鳴っていた。

2

「今日はずいぶん顔色がいいじゃないか」

声を掛けたが、ベッドの上の沙耶香《さやか》は顔を向こう側にしたまま、こちらを見ようとはしない。

以前ならここで憎まれ口の一つくらいは浴びせられたが、ここ最近はそれすらもない。最大の悪意が無視というのなら、沙耶香の態度がまさにそれだった。

犬養隼人《はやと》はそれでも声を荒げるような真似だけはするまいと思った。年頃の娘とはいえ、これほど反抗的にさせてしまった原因の一つは自分にある。

「大分、安定しているんだってな。先生もそう言っていた」

嘘ではなかった。主治医の真境名《まじきな》は腎不全《じんふぜん》の症状がやや進行を緩めたと教えてくれた。だが、それは病状が高止まりしているだけで決して快方に向かっている訳ではない、と付け加えるのも忘れなかった。誠実な医者というのは残酷でもある。患者とその家族に過度な期待を持たせようとしない。

「最近、どんなテレビを見てる？　やっぱりお笑いか」

返事はない。待つ間の数十秒、ずしりと重い沈黙が流れる。血の繋《つな》がった相手との会話よりも容疑者の取り調べの方が気楽というのは、やはりどこかが間違っている。

「何か欲しい物はないか？　あるんだったら言ってくれ。常識の範囲内なら何でも」

常識の範囲内と限定するところが我ながらせせこましいと思ったが、できない約束はしないというのが三十五年の人生で得た人生訓の一つだった。

だが、沙耶香の答えは予想外のものだった。

「健康な身体が、欲しい」

一瞬、返事に窮した。

確かに常識の範囲内だ。しかし、かぐや姫の注文並みに困難な願い事だった。

犬養は咳払《せきばら》いを一つしてから弁解気味に応《こた》える。

「それは……真境名先生に頼んでくれ。悲しいかなお父さんは刑事であって、お医者さんじゃない」

「そうよね。どんなに犯人を捕まえたって、あたしの病気が治る訳じゃないもの」

尖《とが》った物言いに驚いた。その鋭さにではない。離婚する直前、沙耶香の母親が自分に突きつけた台詞《せりふ》にそっくりだったからだ。

犬養が刑事の仕事を続けているからこそ月々の養育費も入院代も何とか工面できている。それは事実だったが、この場で告げてもお粗末な言い訳にしか聞こえない。

だが一方、沙耶香がこれほど尖ってしまったもう一つの理由も分かっている。恐らく人工透析が辛《つら》いのだ。

「他に欲しいものはないのか」

「それしか欲しくない」

離婚する前、沙耶香からは何度もプレゼントをねだられたが、今回は逃げるしか手はない。

「また来る」と言い残し、犬養は病室を脱《ぬ》け出した。

結局、今日も沙耶香は顔を見せてくれなかった。実の娘の顔を見るだけのために何故こんなに苦労しなくてはならないのかとも思うが、全ては自分で蒔《ま》いた種だ。人からどう扱われるかは日頃の言動が招いたものでしかない。

廊下を歩いていると向こう側から白衣の二人組がやって来た。

「おや。もう面会は終わりですか」

真境名孝彦《たかひこ》は意外そうな顔をした。無理もない。先刻、真境名に面会を告げてからまだ十分も経過していない。

「嫌われました」

それだけ伝えると、真境名は納得したように小さく頷《うなず》いてみせた。沙耶香が父親を毛嫌いしているのは主治医になってくれた時から承知済みだった。くどくどと説明する手間が省けて大養には都合がいい。

「過敏になっているのは、恐らく人工透析が辛いせいでしょう。あなたのせいではない」

腎機能《じんきのう》が低下し尿毒症の症状が顕《あらわ》れ始めると人工透析が行われる。血液を濾過《ろか》するために二本の針を刺すのだが、この針が異様に太く、しかも針先が血管に入るまで刺し続けるのだ。針が入らないからといって透析を中断することはない。しかも、それを続けたところで尿毒症を防ぐだけであり、腎不全が改善される訳ではない。聞けば、最近の沙耶香は人工透析の度に痛がって泣いているという。

「同じ症状の患者に比べても沙耶香さんは我慢強い方です。人工透析は見ている方も辛い」

真境名からそう言われて、少しだけ肩が軽くなった。白髪交じり、真摯《しんし》な風貌《ふうぼう》の主治医の口から出る言葉にはそれなりの重みがある。

その真境名の陰に隠れるようにしているのが麻酔医の陽子《ようこ》夫人だ。真境名が執刀する手術ではいつも彼女が麻酔を担当しているので、文字通り公私に亘《わた》るパートナーということになる。

「沙耶香さんが透析を受ける時は大抵、お母さんが付き添っていますからね。その際の苦痛を見ていないあなたには、きっと辛く当たるのでしょう」

「恐れ入ります」

もちろん理由がそれだけでないのは真境名も承知しているだろうが、敢《あ》えて口にしないのはこの医師なりの気遣いに違いなかった。

「さっき、娘からプレゼントをねだられました」

「ほほう。いったい何を」

「健康な身体が欲しい、と」

するとと真境名は夫人と顔を見合わせ、そしてしばらく考え込んだ後、気まずそうに口を開いた。

「人工透析を続けていれば確かに尿毒症は抑えられます。ただし症状が今より軽くなる訳ではない。ここまで進行してしまえば塩分や蛋白質《たんぱくしつ》の摂取量を制限しても快方には向かわないでしょう。そして、体液の量は増加するので心不全を併発する可能性もあります」

「心不全……」

「あくまでも可能性ですが」

「では、娘のリクエストに応えるのはやはり不可能ですね」

「いや……方法がないこともない」

真境名らしからぬ歯切れの悪い口調だった。

「それは、何ですか」

「腎移植《じんいしょく》です。腎臓《じんぞう》そのものを交換すれば健康な肉体を取り戻せるかも知れません」

やはり、そこに話が落ち着くのか――犬養はやり切れない気持ちでその言葉を反芻《はんすう》する。

腎不全の根本的な治療が腎移植であることは最初に聞かされている。しかも主治医の真境名は移植手術では権威とされる医師でもある。遅かれ早かれ、移植手術に踏み切るかどうか選択せざるを得ない刻《とき》がくると予想していたのだ。

「成美《なるみ》、いや、あれの母親は何と言ってるんですか」

「沙耶香さんの身体が元に戻るのなら、できることは全て試してくれと言われました」

妙に懐かしい気分になった。別れたといえ、娘に対する考えは一致したということか。

「わたしに異存はありません。先生、よろしくお願いします」

犬養は深く頭を下げるが、その頭には〈費用〉と〈ドナー〉という言葉が渦を巻き始めていた。子供の移植手術にいったいどれだけの費用が掛かるのか、いやそれ以前に腎臓を提供してくれるドナーが都合よく現れてくれるものなのか。

ドナーはともかくとして、父親としては早急に手術費用を工面しなくてはならないだろう。退職金の前借り、保険金の解約、そして現在の妻への申し入れ――考え始めると次から次へと頭の痛い問題が浮上してくる。

「承りました。それでは早速、移植コーディネーターと交渉してみましょう。ただ、沙耶香さんに適合したドナーがうまく見つかるかどうかは、彼女の運に期待するしかありません」

確かにそればかりは天に祈るしかない。犬養はまるで真境名夫妻が神であるかのように、再び深々と頭を下げた。

「それでは、これで」と言い残し、真境名は陽子を伴って廊下の先を進む。きっと別の患者の許《もと》に向かうのだろう。大したものだと思う。沙耶香との面会を告げた時には、今朝方京都で行われた学会から戻って来たばかりのはずだった。六十歳を過ぎた臨床医が尚《なお》、強行軍さながらに東奔西走せざるを得ないのは、偏《ひとえ》にこの国の移植手術の前例が少ないことに起因するのだろう。

第一病棟から本館に足を踏み入れた時、真横から声を掛けられた。

「ああ、犬養さん。やっと捕まえた」

振り向くと、後輩の葛城公彦《かつらぎきみひこ》が探し物を見つけた子供のような顔で立っていた。

「あのな。人を迷子になった犬みたいに言うな。それより何でお前がこんなところにいるんだ。円《まどか》ちゃんが妊娠でもしたか」

そう茶化すと、葛城はすぐに慌てふためいた。

「ばっ、馬鹿なこと言わないでください。犬養さん呼んで来いって言われたからここまでやって来たんじゃないですか。犬養さん、ケータイの電源切ったままでしょう」

指摘されてやっと思い出した。病室に入る前に電源を切ったまま放っておいていたのだ。改めて電源を入れると、たちまち不在着信七件がカウントされた。発信元は全て麻生だった。

「何もこんなやさぐれに召集かけなくたって、麻生班には人材が揃ってるだろうに」

「その筆頭が犬養さんという意味でしょうね」

「事件か」

葛城は周囲を気遣って急に声を落とした。

「木場公園で殺しです」

「それだけで、どうして主任が七回も俺を呼ばなきゃならん。しかもお前は俺とは班が違うだろう」

「悲しいかな下っ端だから伝書鳩にされたんですよ。それから麻生主任が焦っているのは、これがただの殺しじゃないからです」

「ただの殺しじゃないって？」

「死体からはほとんどの臓器が抜き取られているそうです」

ぎょっとした。たった今、その臓器の話をしたばかりだ。

「現状、被害者には殺害される原因が全く見当たりません」

「おい。それはつまり」

「ええ。被害者は無作為に選ばれた可能性があり、捜査本部は事件の連続性を危惧《きぐ》しています」

「……行くぞ」

言うが早いか、犬養は葛城の脇を通り過ぎて駆け出した。


深川署に設けられた捜査本部に到着すると、第一回の捜査会議が始まったばかりだった。既に本庁から出張って来た捜査員たちは席の前列に陣取っている。

雛壇《ひなだん》には本庁から鶴崎《つるさき》管理官と津村《つむら》捜査一課長、そして深川署からは仙石《せんごく》署長が顔を揃えている。最前列に座っていた麻生は会議室に入って来た犬養に気づくと近くに座るよう手招きしたが、好き好んで地獄の牛頭馬頭《ごずめず》たちに近づきたいはずもない。犬養は最後列の隅に目立たぬように腰を下ろした。

雛壇に揃った雁首《がんくび》の中で一番緊張しているのは鶴崎管理官だが、それも無理はない。鶴崎は今月神奈川県警から赴任してきた直後であり、この事件が最初の大きな事案になる。いわば最初の試金石であり、この事件が早期解決するかまたは長期化するかで上層部の評価はずいぶんと変わってくる。

また、その隣に座る仙石署長は緊張というよりはむしろ悲愴《ひそう》な表情をしている。警察署庁舎の目の前で行われた猟奇事件。恐らくマスコミはこの一点だけで深川署の治安能力に疑問を呈するはずだ。従って事件が長引けば長引くほど、署長に対する本庁や世間の風当たりは強くなっていく。

「まず被害者について報告」

津村の声に前列の捜査員が立ち上がる。

「被害者は六郷由美香二十一歳。東城《とうじょう》信用金庫東陽町《とうようちょう》支店に勤務。葛西の自宅は両親と三人暮らしです」

「葛西か。現場に近いな」

「自宅は中葛西《なかかさい》四丁目なので徒歩圏内でもあります。しかし被害者の所持していたPASMOの記録から、当日は葛西から木場まで地下鉄を利用したようです」

「被害者の足取りは把握できているんだな」

「勤めを終えて帰宅したのが午後八時過ぎ。自宅で夕食を済ませると、母親にちょっと出掛けて来ると言って外出しました。これが九時四十分です」

「交友関係」

「両親が知り得る範囲内では、それほど親密な友人はいなかったようですね。勤務先にも確認してみましたがやはり同様の証言しか得られませんでした。異性との交友関係は現状浮かんでいません」

犬養は前面のモニターに映し出された六郷由美香の顔写真を眺めた。二十一歳ということだがそれよりは幼く見える。ただし十人並みの容色でお世辞にも美人とは言いかね、異性との交友関係なしとの情報も自然に頷《うなず》ける。

「痴情怨恨《えんこん》の線は希薄だな。目撃情報は」

これには別の捜査員が答えた。

「東京メトロ木場駅から現場となった木場公園周辺までは住宅系マンションが点在していますが、当日は熱帯夜であったため窓を閉め切って冷房していた家庭が多く、近隣住人からの目撃情報はまだありません。木場駅と公園一ヵ所に設置された防犯カメラは現在解析中です」

公園にはたった一ヵ所しか設置していなかったのか、と声を上げそうになったが思い留《とど》まった。何といっても大規模署の真正面だ。まさかこんな場所で堂々と犯行に及ぶ者がいるとは予想もしなかったに違いない。

「公園内を住処《すみか》にしているホームレスは木陰の多い南側にテントを張っており、イベント池周辺は熱気が冷めていなかったこともあり、現場に近づいた者は現状、名乗り出ていません」

「しかし十時以降、公園内で人の移動がなかったというのはどうもな。大体、夏場のホームレスは夜行性になるものだろう」

「昨夜は今年四度目の熱帯夜でしたから。みんな、さすがに動く気力もなかったと言ってました」

津村も昨夜の寝苦しさを思い出したのだろう。納得するかのように頷いてみせた。

「だが地取りは継続するように。次、被害者が所持していた携帯電話の行方について」

また別の捜査員が立ち上がるが、Ａ４サイズの書類に目を落としながら眉間《みけん》に皺《しわ》を刻んでいる。

「現場となったイベント池と周辺を探ってみましたが、本人の携帯電話は破片も見つかりませんでした」

「一切、ないだと」

「もちろん犯人に持ち去られた可能性もありますが……現在も捜索を続けていますがまだ報告はありません」

最近の若い娘で携帯電話を持っていないことはまず有り得ない。犯人が持ち去ったと見る方が妥当だろう。つまり、犯人が被害者と通話し、その記録が残っているからこそ放置しなかったのだろう。

「さて、次は検視報告だが……」

恐らく現場写真の凄絶《せいぜつ》さに注意を喚起したかったのだろうが一足遅かった。モニター一杯に死体が映し出されるなり、室内からは驚きとも呻《うめ》きともとれる声があちこちで上がった。そして、ひとしきり嘔吐《おうと》を堪《こら》えた沈黙が流れる。

犬養も思わず腰が引けた内の一人だった。捜査一課に配属されて十年以上、今まで原形を留めない死体は山ほど見てきたが、他殺死体でこれほど人間の尊厳を蔑《ないがし》ろにした事例は初めてだった。まるでカエルの解剖を模したように臓器の全てを除去した空洞。切開面が異常に綺麗《きれい》な分、その凄惨《せいさん》さが増幅される。熱に浮かされたサイコの手口ではない。これは冷静沈着な人間が為《な》せる業だ。

さすがにトイレに駆け込む者はいなかったが、これから昼食を摂《と》る者には辛《つら》い前菜となるだろう。津村はその場の空気を一掃するように咳払《せきばら》いしたが、あまり効果はなかった。

「見ての通りの有様だが、頸部《けいぶ》の索条痕《こん》並びに角膜の白濁と死後硬直から死因は絞死、死亡推定時刻は昨夜の午後十時から十二時までの間と報告された」

それから腹部の切開について詳細な説明が為された。要は臓器を摘出した犯人は解剖学を知悉《ちしつ》した人物である可能性が高いということだ。

「因《ちな》みに暴行された痕跡は認められなかった。仮に性交があったとしても子宮ごと持ち去られていては体液も採取できん」

冗談めいた台詞《せりふ》に聞こえなくもなかったが、誰も笑う者はいなかった。

「鑑識は現場から多数の毛髪を採取した。中には人間以外の物も多く存在しており、判別に苦労している。不特定多数が出入りする公園では致し方ない事情だ。また、現場に残された血液の量から解体は現場で行われたとみて間違いない。そして本人が所持していたバッグからは現金二万五千円の入った財布とカードが手つかずのまま発見された。従って物盗《と》りの線も薄い。プロファイリングはまだだが、これらの状況から犯人が享楽的に殺人を犯した疑いは濃厚だ」

津村の言葉に捜査員の何人かが小さく頷く。

「更に持ち去られた臓器についても気になる。犯人は何故臓器なんか摘出したのか。そして、それをどう処分したのか。もしも廃棄したのなら、それは焼却したのか、川に流したのか、土に埋めたのか。あるいは……廃棄していなければどう処分するのか」

麻生は言葉を濁したが、居合わせた捜査員の頭にはカニバリズム（食人）という概念が渦を巻いているに違いなかった。その証拠に誰もが舌の上に不味《まず》いものを載せたような顔をしている。

形容しがたい怖気《おぞけ》で、確実に体感温度が下がった。食人は人間最大のタブーだ。だからこそそういう事件が起きれば、人心を徒《いたずら》に乱さないという大義名分の下、マスコミへの情報流出は可能な限り抑えられているから顕在化はしない。しかし、こうした猟奇事件には大なり小なりその要素が絡んでくる。

しばらく沈黙が流れた後、鶴崎管理官がようやく口を開いた。

「もしもこの見立てが正しく、犯人が享楽殺人者であった場合、事件はこれ一件で終わるとは限らない。犯人が第二第三の犯罪に手を染めることも充分視野に入れて捜査しなければならない。各報道機関には臓器摘出については箝口令《かんこうれい》を敷いたが、例によって一部マスコミによるリークも懸念される。そうなれば当然、不安に駆られる市民も出てくるだろう。意味のない不安は捜査の障害になり、解決を遅らせる。そして何より、これは警察に対する明白な挑戦でもある」

鶴崎は声を凜《りん》とさせた。

「ここにいる者は全員肝に銘じろ。一刻も早い犯人逮捕に警察の威信がかかっている。一日遅れれば、それだけ我々の誇りが地に塗《まみ》れるのだ」

「はいっ」

その場にいた捜査員たちは一斉に気勢を上げたが、犬養は白けた気分でそれを眺めていた。

警察の威信を護《まも》るのも結構、警察官の誇りを堅持するのも結構。だが、犬養が気に食わないのは鶴崎の檄《げき》が被害者の無念に触れていなかったことにある。今更、警察が正義の味方などと子供じみたことを標榜《ひょうぼう》するつもりは更々なかったが、組織の保全に全力を傾けられるほどの忠誠心も持ち合わせていなかった。

捜査員たちが三々五々散開する中、再び麻生が手招きをしている。犬でもあるまいにと思うが、どうせ口さがない連中からは犬呼ばわりされ名前もその通りだ。心中で溜息《ためいき》一つ吐いて、上司の許《もと》に向かう。

近くで見るまでもなく、麻生は不機嫌さを周囲に撒《ま》き散らしていた。

「こんな時に重役出勤か」

「一時間の遅刻は三日前に申告済みですが」

「ところでこの事件、どう思う？」

「怨恨でもなし物盗りでもなし。周到かつ偏執的なサイコの臭いがプンプンしますね。

ただサイコの仕業に見せかけただけで、本当は理性的な犯人という可能性もある」

「理性的な犯人が腹を掻《か》っ捌《さば》くか」

「理性的な理由があれば実行するでしょう。気の重い話ですが、犯人にカニバリズムの嗜好《しこう》があるかどうかでプロファイリングの結果も大きく違ってくるでしょうし」

麻生は物憂げに首を振ってから、犬養を正面に見据えた。

「お前は名前の通り嗅覚《きゅうかく》が鋭い。おまけに女はともかく野郎の嘘を見抜く名人だ」

「だから苦労しているんですけどね」

「この犯人の臭いは異様か」

「少なくとも普通じゃありません」

「だったら、その能力を存分に生かせ。早速、所轄の誰かとペアを組んでもらう……と、それから会議に遅れたことは事実だ。ペナルティ代わりに今から心躍る仕事を割り振ってやろう」

急に口調が優しくなったので、思わず犬養は身構えた。この男が猫撫《ねこな》で声になる時は大抵碌《ろく》でもないことを押しつける時だった。

「今、一階に被害者の両親が来ている。事情を説明した上で二人を監察医務院に連れて行け」

いきなり最高級の罰かよ——犬養は嘆息した。被害者の遺族と会い、死体と対面させる。被害者を確定するのに必要な仕事だが、刑事の最も嫌がる仕事でもある。死体は著しく損傷されている。救いは顔面に傷のないことだが、それでも臓器をあらかた抜き取られていることを知ったら、遺族としてはやり切れない気持ちだろう。その恨みつらみは全て目の前の警察官に向けられることになる。

「あまり待たせるなよ。一人娘が殺されたらしいと知らされてじりじりしているんだ。胸中察するに余りある」

それなら自分が到着する前に誰か行かせればよかったのに、と思ったが口には出さず、犬養は踵《きびす》を返して遺族の待つ一階に向かった。

麻生に言われるまでもない。家族を失った者の悲憤は想像力を必要としなかった。


父親の六郷武則《たけのり》と妻の和江《かずえ》を説得しながら、監察医務院に向かう。二人ともまだ四十代のはずだが、ひどく老いて見える。車中にあっても夫婦の動揺は治まらず、犬養はひと言も口を差し挟むことができなかった。

既に司法解剖を終えた由美香の死体はシーツに包まれていた。和江は震える手でシーツを剝《は》がし、それが我が娘であることを確認すると、いきなりその場にくずおれた。

「どうして……折角ちゃんとお勤めもしていたのに……」

顔を覆った手の平の隙間から嗚咽《おえつ》が洩《も》れ始め、やがてそれは号泣となって狭い部屋に響き渡った。

武則はもう動かなくなった娘と泣き叫ぶ妻を交互に見つめていた。唇を嚙《か》み締めて感情の吐露を抑えているのはせめてもの自制だった。武則は感情を殺した声で話し始める。

「……昨夜、娘はいったん帰宅してから九時半過ぎに外出しました。木場の方に出掛けるのだと言っておりました」

「誰かと会う約束でもあったのですか」

「いえ。すぐに戻ると言うものですから安心して、深く問い質《ただ》すことはしませんでした。ああ……しかし、こ、こんなことになるなんて」

夜九時以降の外出。散歩する日課でもなければ不自然な行動だ。やはり誰かから呼び出された可能性が高い。しかし一方、携帯電話はまだ発見されていない。通話記録を削除されたのか、あるいは勤務先から呼び出しを受けたのか。いずれにしてもこの線は洗っておく必要がある。

「六郷さん、由美香さんには特に目立った交友関係がないということですが」

「娘は病気がちで友人と呼べる人はいませんでした。現在の勤め先も入社したばかりで、仕事を覚えるのに忙しくて気の合う同僚も見つけていなかったようです」

友人なし。恋人なし。捜査会議で結論づけられたようにやはり怨恨《えんこん》の線は薄い。しかしそれなら何故、こんな事件にそんな人間が巻き込まれなくてはいけなかったのか。

六郷由美香が選ばれた理由が必ずある。それを突き止めることが犯人検挙への最短距離になるはずだった。

だが、そんな犬養を一気に混乱に陥らせる事件が起きた。

犯人からの犯行声明が届いたのだ。

3

木場公園で死体が発見された翌日、帝都《ていと》テレビ報道局のディレクター兵頭晋一《ひょうどうしんいち》はADから奇妙な手紙を受け取っていた。

「まーた、何かの悪戯《いたずら》っスかねえ」

ADは鼻で笑っていたが、兵頭には封筒の素っ気ない仕様が引っ掛かっていた。どこにでもあるような業務用のグレー封筒。悪戯にしてはケレン味がなさ過ぎる。消印は大手町《おおてまち》ビル内郵便局、日付は昨日になっている。帝都テレビの報道番組を宛名《あてな》にした文字はワープロで打たれたものだった。

裏返して、おやと思った。

『彼女の臓器は軽かった』

差出人名の代わりに記された一文がそれだった。

まず兵頭の頭に浮かんだのは昨日木場公園で発見された臓器をあらかた摘出された死体だった。被害者六郷由美香が殺害の後に臓器を持ち去られている事実は、当事者のみしか知り得ない事実として報道各局に箝口令が敷かれている。単なる悪戯の投書でこの表現は絶対に有り得なかった。

彼女の臓器は軽かった――臓器についての言及も然《さ》ることながら、その重さに触れた内容も斬新《ざんしん》だった。兵頭は興味に駆られて中身を検《あらた》めた。

『わたしは時空を超えてまたこの世に甦《よみがえ》ってきた。木場公園の事件はわたしの仕事だ。手際は非常によかった。彼女には悲鳴を上げる暇さえ与えなかった。わたしはこの仕事を楽しんでいるのだ――ジャック』

ジャック。

すぐ脳裏に去来したのは十九世紀のイギリスを恐怖のどん底に叩《たた》き込んだ切り裂きジャックの猟奇事件だった。

本物だ。

兵頭は興奮のあまり声明文を握り締め、慌てて指の力を緩めた。この紙片には犯人の指紋が付着しているかも知れない。ここで自分が余計なことをしたら後で警察から何を言われるか分かったものではない。

そう考えた段階で、警察に通報する義務と独占ニュースとして報道する権利の二つは既に両立していた。少なくとも臓器摘出に触れなければ大したお咎《とが》めもあるまい。

壁に掛かった時計は午前十一時三十分。

上手《うま》くすれば昼のニュースに差し込めるか？

ままよ。まずは試してみることだ。

兵頭は傍らのコピー機で声明文と封筒を注意深く複写すると、現物は抽斗《ひきだし》に仕舞い、コピーした物を握り締めて調整室を飛び出した。もう、頭の中には平成の切り裂きジャックについての騒然たる反響しかない。ついでに年一度の社長賞が自分のものになる算段もついていた。その報道によって社会不安を起こす罪悪感や、犯人の自己顕示欲を充たしてやる憤懣《ふんまん》は欠片《かけら》もなかった。速報性とリアルさ、言い換えれば速さと扇情がテレビ報道の真骨頂だ。それさえ備えていれば不確かさや下世話さは陰に隠れる。

安穏な日常に弛緩《しかん》した一般大衆の頰を、このスクープで張り倒してやる——兵頭は爆発しそうな期待感と予想される称賛で胸が張り裂けそうになっていた。


帝都テレビ系列『アフタヌーンJAPAN』の緊急ニュースとして公開されたジャックからの犯行声明は、兵頭の思惑通り視聴者の頰を張り倒すには充分な威力を備えていた。昨日のニュースでは女性一人が公園内で不審死した程度の事件が、この犯行声明によって突然陰惨極まる凶悪事件に格上げされた。

その最大の要因はやはりジャックという固有名詞だろう。百二十年以上経っても、かの地の事件が人々の記憶から消去されることは決してなかったのだ。

一八八八年、ロンドンで八月三十一日から十一月九日までの約二カ月間に少なくとも五人の売春婦が殺害される事件が起きた。場所はイースト・エンド、ホワイトチャペル。

被害者たちは全員が鋭利な刃物で喉《のど》を掻《か》き切られた上で臓器を持ち去られており、当時のロンドン市内を恐怖に陥れた（少なくともというのは、その被害者についてもっと多数であったという説があるものの手口の違いから同一犯の仕業と特定できなかったからだ）。この事件がロンドン市民の耳目を集めた理由は殺害の手口だけではない。犯人は切り裂きジャックの名前で新聞社セントラル・ニューズ・エージェンシーに挑発的な犯行声明文を送りつけたのだ。いわば昨今言うところの劇場型犯罪のはしりであり、切り裂きジャックは一躍犯罪界のみならずイギリス社会のダーク・ヒーローに祭り上げられた。

スコットランド・ヤード（ロンドン警視庁）は威信をかけて捜査に全力を注いだが、次々と浮かんでは消える容疑者に翻弄《ほんろう》されるばかりで、結局犯人を特定できないまま今日に至っている。切り裂きジャックの犯行は犯罪史上、最も有名な未解決事件と言えるだろう。未解決であることは神秘性と好奇心を誘い、ジャックの犯罪はその後、多くの研究書とフィクションを生み出した。小説、映画、ドラマ、漫画、ゲーム。中には事件そのものをモチーフとする音楽さえあった。

そのジャックが時空を超えて現代に甦った——まさか百二十年も生き長らえる人間がいるはずもなく、普通に聞けば笑い飛ばすような与太話なのだが、実際の殺人事件が絡むとなれば俄《にわか》に怪談めいた説得力を帯びてくる。

したがってテレビ報道が死体発見の状況をぼかしても、ジャックの名前だけで猟奇事件であることは大抵の視聴者が想像できた。いや、詳細を伏せたことが災いし、却《かえ》って好奇心を煽《あお》る結果になってしまった。帝都テレビの電話は殺到する問い合わせやら非難やらで一時回線がパンクした。口コミやインターネットで情報は拡大し、午後以降の帝都テレビの視聴率は事件の続報を期待する者たちによってうなぎのぼりに跳ね上がった。

更に拍車を掛けたのは同様の声明文がやはり大手新聞社二紙に届けられたことだった。警察から報道自粛を要請された新聞社も、帝都テレビにすっぱ抜かれた後ではそれに従う意味なしと判断し、こちらも同日の夕刊で声明文の存在を公表したのだ。ワープロ文字だから問題はないだろうと二社は声明文の現物を写真掲載し、現代に甦った切り裂きジャックの物語はより鮮明な輪郭を得ることになった。

犬養が帝都テレビに兵頭を訪ねたのは、ちょうどそんな時だった。出迎えた兵頭は上司共々神妙な顔を見せていたが、それが取ってつけたような顔なのが最初に鼻についた。

「この度は何と言いますかフライングを起こしまして……まことに申し訳ございませんでした」

「ほう。やっぱり色んな業種の方と交流するのは有益ですな」

「え？」

「一般社会への影響も考えないまま、捜査本部に何の相談もなく犯人からの通信を公開することをフライングと呼ぶのは初めて聞きました」

皮肉を精一杯に利かせたつもりだったが、兵頭は眉《まゆ》を微動させただけで全く表情を変えない。これが初犯ではないと気づくのに数秒かからなかった。恐らく行儀の悪いことを何度も繰り返して現在の地位を得たのだろう。頭の下げ方も鉄面皮も堂に入ったものだった。

「まず犯人からの手紙を拝借したいですね」

兵頭は黙って封筒の入ったビニール袋を差し出す。

「この封筒に触れた方はどなたとどなたですか」

「ADの松井《まつい》くんとわたしだけです。報道局に回す時にはコピーを使いましたから」

つまり重要な証拠物件であるのを承知の上で報道局に回したと自白しているのだ。半ば開き直りに近い言質に、再び引っ掛かりを覚える。

「ではお二人の指紋を採取させていただくことになります」

努めて冷静に告げるとこちらが機嫌を損ねていないと思ったのだろうか、兵頭は差し出したビニール袋をついと引っ込めてにやっと笑った。

「どうでしょう？　ここは交換条件ということで」

「交換条件とは？」

「この重要な証拠物件の提出と引き換えに、今後の進展は優先的に私たちに教えていただくということで如何《いかが》ですか」

犬養は一瞬、兵頭が何を言っているのか理解できなかった。真意を探るためいつものように相手の表情と動作を観察する。目はこちらを向いているが、焦点は犬養の額に向けられて相対することを避けている。ビニール袋を持った手が宙空で止まっているのは、いざとなった時にすぐ差し出せるようにしているからだ。つまり兵頭はこちらの出方を推し量っている。最初に無理な要求はするが駄目で元々、通れば幸いとでも考えているのだろう。

「もちろん、それが全てという訳ではありません」

犬養の沈黙を逡巡《しゅんじゅん》と解釈したのか、真横に座っていた男が機を見計らったように口を挟んだ。

「報道局の住田《すみだ》と申します。どうも兵頭は言葉足らずなところがございまして……先ほど口にした交換条件というのは些《いささ》か語弊がありまして、正確に申し上げれば帝都テレビ報道局は警視庁と協力態勢を取りたいと考えているのです」

「ほう。それはいったいどういう形のご協力ですか」

「犯人はまず帝都テレビに手紙を送ってきた。これはウチを自身の発信基地としたいためでしょう。だから犯人は必ずウチの報道番組を見ているはずです。ならば警察もウチを媒介にすれば、犯人との交渉が可能になるような気がしませんか？　いやいや、もっと率直に言ってしまえば、警察側からの発表ということで犯人を挑発することもできる」

犬養は今度こそ呆《あき》れた。こいつらはこともあろうに劇場型犯罪を報道するどころか、自らシナリオを書こうとしている。もちろん犯人逮捕という大義名分は掲げているが、事件をより娯楽化させて視聴者に供しようとしているのだ。

「わたしが見る限り、犯人はマスコミ受けを狙っております。それはもう声明文の内容からも明らかでしょう。こういう手合いを搦《から》め捕るには、やはりマスコミの力を利用するべきだとお思いになりませんか」

住田は卑屈とも思えるような笑顔で畏《かしこ》まって提案する。その内容は胡散《うさん》臭さが充満している一方、意外に説得力もある。成る程、この部下にしてこの上司ありといったところか。殊勝な態度を見せながらなかなかに老獪《ろうかい》で、天下の警視庁を相手に強引な交渉をする豪胆さは天晴《あっぱ》れと言えた。

だが現状では、そんな危ない橋を渡るだけの必要性も相手に対する信頼もない。ここは表向きには警告と、心情的には牽制《けんせい》で済ませておく方が無難だろう。恐らくは麻生もこういう際の現場判断を委ねて自分を差し向けたに違いない。

「個人的には魅力的な提案に思えなくもありませんが……残念ながら二つほど勘違いをされているようですね」

「二つ？」

「一つ。ご協力には感謝しますが、あなた方もわたしたちからすれば一般人に変わりはありません。一般人を事件に巻き込むことには激しく抵抗を覚えます。二つ。先ほど、その封筒を提出していただくためには交換条件を呑《の》めと仰《おっしゃ》った。しかしながら殺人事件が発生しているにも拘《かか》わらず、その犯人を明示する証拠を提出しないとなれば犯人隠匿の可能性ありとして任意同行をお願いするかも知れません」

　二人の顔色が変わった。

「更に穿《うが》った見方をすれば、封筒あるいは声明文に兵頭さんの指紋があるのは開封時にではなく作成時に付着したのではないか。つまり、自身の手になるものであることを誤魔化すため故意に指紋をつけた可能性も否定できない」

「わ、わたしが容疑者というんですか」

「提出を拒んだら、そんな風に色んなことが疑われるのですよ」

　犬養は殊更に表情を殺し、一段声を落とした。他人の顔色から、自分がどんな表情をすればどう反応されるかは知り尽くしている。目鼻立ちの整った犬養の顔は無表情になった途端に静かな殺気を孕《はら》むようになる。

「臓器摘出という情報から今度の事件で死体がどんな有様だったのか、お二人とも想像を巡らせていらっしゃると思いますが、現実はそれよりも更に非道で更に陰惨です。こういう仕事をしていると、十年に一度くらいの割合で救いようのない殺人鬼に対峙《たいじ》することがありますが、今回の犯人がまさにそれです。戦争の死体写真だって、あれよりはソフトな方だ」

　住田は眉間《みけん》に皺《しわ》を寄せた。

「死体の処理はひどく手間暇のかかる作業ですが、にも拘わらず証拠を残すようなヘマはしていない。犯人は残虐ですが、とんでもなく冷静でもある。こんなことは言いたくないが、とてもあなたたちに御せる相手じゃない。いや、下手をしたらあなた方自身が犯人に狙われるかも知れない」

兵頭は予想外の方向から飛んできた矢に慌てふためいた。それを真横で眺める住田の目にちらりと失望の色が見えた。

「失礼しました。彼の提案は聞かなかったことにしてください」

住田に促されて、兵頭はまたビニール袋を差し出す。犬養も今度はすんなりと受け取ることができた。

目の前の二人はカードを有効に切れなかったプレイヤーよろしく、不満げな面持ちでいる。こんな時、颯爽《さっそう》と勝ち逃げすれば気持ちはいいが遺恨を残す。犬養は封筒をビニール袋ごとバッグに仕舞いこむと、座ったまま姿勢を低くした。

そして不意に表情を緩める。そうした仕草が相対する者に大きな親近感を与えるのも実証済みだ。

「ご協力ありがとうございます。しかし、先ほどのあなた方の力を捜査に活用すべしという提案は一聴に値します。それは上司に必ず伝えておきましょう」

鑑識に回すと、調達してきた封筒からは三種類の、そして声明文からは兵頭の指紋のみが検出された。

「つまり犯人は声明文には指紋を残していなかった。声明文に残していない以上、封筒を素手で触るようなヘマはしてないでしょうね」

　捜査本部が置かれた深川署の一室。予想されていた結果だったので犬養は事もなげに報告したが、麻生はまだ未練が残る様子だった。

「切手の裏は。犯人は舐《な》めてないのか」

「分析結果ではただの水道水のようです」

「消印は大手町ビル内郵便局になっている。局員の中でそれらしき郵便物を扱った者、不審者を見かけた者はいなかったのか」

「別働隊が目撃情報を集めていますが、あの辺りにはポストが多く点在しています。よほどの目立ちたがり屋以外はそっちに投函《とうかん》するでしょうね」

「現物で後は辿《たど》れないのか」

「封筒も声明文に使用されたPC用紙もマスプロ製品で追跡は困難です」

「印字のインク」

「それも同様にマスプロでした」

　ううん、と麻生は呻《うめ》く。

「では声明文の文面はプロファイリングの材料にならないか。ずいぶん芝居気のある文章だと思うが」

「文章の大部分は本家からのパクリですよ。切り裂きジャックがセントラル・ニューズ・エージェンシー社へ最初に送った手紙の文面から抜粋しています。まあ、それを知っているという事実で犯人が妙に物識《ものし》りだということは分かりますが」

「プロファイリングの結果はどうだったんだ」

「インテリ。年齢は二十代から四十代。性格は内向的ながら自己顕示欲強し。個室に自分専用のパソコンを持っている。都内、あるいは首都圏に在住。職業は医師、医学生、精肉業者、または医療業務に従事する者」

「個室に自分専用のパソコン。ふむ、他人の物や共有の物では声明文を作成した痕跡《こんせき》が残るからな。だがその程度の条件では絞り込みが困難だな」

「ええ。職業を医療関係者と精肉業者に条件づけしたのも、開腹の仕方に躊躇《ためら》いがないためとのことです。刃を入れてから最後まで正確なY字切開をしているのは、その作業自体に慣れがあるからだと」

くそ、と呟《つぶや》いて麻生は腕を組む。その姿に犬養は違和感を覚える。事件発生から三日目、まだ初動捜査の段階であり有力な手掛かりが見つからなくとも業を煮やすほどではない。

「真っ当な証拠物件が少な過ぎるんだ」

犬養の視線に気づいたのか、麻生は腹立ち紛れに言った。

「ジャックの声明文が公表されてからというもの、いったいどれだけの偽文書が届けられたと思う？　まだ昨日の今日だというのに本庁に二十六通、深川署に四十二通。テレビ局と新聞社に送りつけられたのはそれ以上だ。帝都テレビめ。全く何ということをしてくれた」

麻生の苛立《いらだ》ちはもっともに思えた。悪戯《いたずら》であるのは分かっていても、その全てを潰《つぶ》していくのが犯罪捜査だ。百通の文書が届けられたのなら、その一通一通について本物と同様の手間をかけなくてはならない。当然、その分だけ手は取られ捜査の進展が遅れる。出した方は単なる悪戯心からだろうが、その内実は公務執行妨害と何ら変わるところがない。

「本物らしき物も混ざってますか」

「いや。テレビと新聞が公表したのは声明文本体だけで封筒の仕様は伏せたままだからな。あれと同一の封筒を使用した例はまだ一つもない。偽の声明文、見てみるか？　現代人の心の闇が垣間《かいま》見られるぞ」

「遠慮しときますよ。それは別の班の仕事ですし」

笑いながら手を振ったが半分は本気だった。類似の事件が起きた時、必ず犯人を名乗る者から通信が届く。郵便、電話、警察署ホームページの掲示板。もちろん大部分が匿名による悪戯だ。過去に犬養もそういう類《たぐい》の通信を嫌というほど受けてきた。

人間を嫌いになりたければ匿名の投書や電話を受け取ればいい。その精神に触れれば、確固であるはずの人間愛も同胞心も途端に胡乱《うろん》なものに変わるだろう。

匿名性は安全地帯の別名だ。そして人は安全地帯の中では思う存分、自分の悪意や独善を発揮する。その過激さに自己陶酔し、注目されることに無上の悦《よろこ》びを感じる。犬養が猟奇犯罪を厭《いと》うのは、本筋の事件以外にもこうした夾雑物《きょうざつぶつ》を取り込んでしまうからだった。

「ネットの書き込みも？」

「全く無視する訳にもいかないだろう。ご丁寧にもネットに犯行予告をしておいて実際に凶行に走る馬鹿がいるご時世だからな。専従班がパソコンと首ったけでお調子者をピックアップしている。ＩＰアドレスを辿り、居場所を突き止め、その本人から事情聴取するのにいったい何人の捜査員を駆り出さなきゃならんのか」

麻生はくるりと背を向けた。分かっている。犬養の見えないところで嘆息したいのだ。

「勤め先の方はどうでしたか」

「空振りだよ。父親の言った通りだった。勤め先の同僚と上司に事情を訊《き》いたが、恨まれるとか憎まれる以前の問題だ。被害者六郷由美香は入社以来、親しい同僚ができなかった。まあ仕事が定時に終われば自宅に直帰し、社内の呑《の》み会や合コンの類には一切参加しなかったというんだから、そういう友人を作る機会もなかったんだろう」

「えらく禁欲的な生活ですね。あの年頃……でなくても、もう少し羽目を外したって良さそうなものだが」

「それも父親の証言通りさ。彼女は高校生の頃から肝臓を患っていてしばらく入院していた。退院してからも食餌《しょくじ》療法を続けていたから、おいそれと療法メニューにない飲み食いはできなかったんだ」

話を聞いて固まった。

沙耶香と似たような境遇ではないか。

「ただ親しい同僚がいなかったからといって、本人が疎ましがられていた訳じゃない。勤勉で素直で、上司や同僚からの評判も決して悪くなかった。だから彼女が被害者に選ばれたことを関係者の誰もが不思議がっている」

「不思議なのは我々も同様なんですけどね」

犬養は平静を装っていたが、今までのように由美香を単なる被害者とは見做《みな》せなくなっていた。内臓疾患治療の苦しみは患者の父親として知り尽くしている。その苦しみを乗り越え、やっと社会復帰を果たした由美香を襲った理不尽に憤りを感じずにはいられなかった。

「鶴崎管理官は捜査会議で享楽殺人者による連続性を危惧《きぐ》したが、それは声明文で犯人が切り裂きジャックを名乗ったことで図らずも現実のものになった」

少なくとも五人の売春婦を屠《ほふ》った切り裂きジャック。では、今回のジャックを名乗る犯人がそこまで殺人を繰り返しても不思議ではない。

「ただの通り魔ならまだしも、連続殺人を予告しているようなものだ。社会不安は間違いなく拡大する。それを防ぐにはこいつの法則性を一刻も早く探し出さなきゃならない」

被害者選びの法則性――それはそのまま殺人の動機と直結する。

「法則が見つかったら見つかったで、その条件に合致する者は恐怖するだろうが、対象が限定されればこちらが保護することも可能だ……急がなきゃならん」

新任管理官の功名心、その管理官に上目使いをしなければならない立場の主任。警察組織ならではの思惑が交錯する中で、麻生の洩《も》らした言葉の切実さはそれとは別のものだ。

「家庭と勤め先以外に、被害者が他人と接点を持つ場所……まずは同級生の線から洗ってみましょう」

犬養はそう言って部屋を出た。

4

「深昏睡《こんすい》継続」
「瞳孔《どうこう》固定継続」
「脳幹反射消失継続」
「脳波平坦《へいたん》のまま」
「自発呼吸なし」

ベッド上の患者は顔を叩《たた》かれ、角膜を綿棒で触れられてもぴくりとも動かない。

病室の隅に立つ高野《たかの》千春《ちはる》はその一部始終を指定された用紙に書き込んでいく。これは一人の人間が医学的に死んだことを宣告する儀式だった。
三組目の専門医チームがそれぞれの項目をチェックして結果を伝える。わざわざ声に出すのは居並ぶ遺族と移植コーディネーターである自分に脳死の判定基準を充たしていることを明確に示すためであり、やはり儀式の一部といえた。

1・深昏睡――顔を叩く、つねるなどの強い刺激を与えても反応しない
2・瞳孔固定――左右とも直径四ミリ以上
3・脳幹反射の消失
対光反射――目に強い光を当てても瞳孔が縮まない
角膜反射――角膜をガーゼや綿棒で触ってもまばたきしない
毛様脊髄《せきずい》反射――頸部《けいぶ》をつねるなどの刺激を与えても瞳孔が開かない
眼球頭反射――頭を左右に振っても眼球がそれとは反対方向に動かない
前庭反射――耳の中に氷水を注入しても眼球が動かない
咽頭《いんとう》反射――喉《のど》の奥に物を入れても吐き出す反応がない
咳《せき》反射――喉の奥に物を入れても咳《せ》き込まない
4・平坦脳波――大脳の活動を示す脳波が最低三十分間計測不能である
5・自発呼吸の消失（無呼吸テスト）――人工呼吸器を外すと自発呼吸がない

これら法的脳死判定基準の項目を二人以上の専門医が順番に判定し、六時間以上空けて更に二回目の判定を実施する。そしてまた別のチームが二回分の判定を総合評価し、全ての項目が充たされていると確認した時点で脳死と確定される。そして今、この段階で患者高里翔平《たかざとしょうへい》は死を判定された。

「午前十時三十二分。ご臨終です」

「しょ、翔平えええっ」

立ち尽くしていた遺族の中でまず母親が遺体に取り縋《すが》って泣き始めた。

千春は無理もないと思った。患者はまだ二十二歳、まだまだこれから人生を謳歌《おうか》できる年頃だった。どんな家庭を築くのだろうか。どんな仕事をするのだろうか。どんな女性と恋をするのだろうか。そして、どんな家庭を築くのだろうか――母親ならではの希望に満ちた未来もこの瞬間に封殺されてしまった。それがどんなに口惜しく、絶望的なものか。子供を先に失くした気持ちなど、母親以外に分かるはずもない。

母親がひとしきり泣いた頃合いを見計らって、同席していた救急医が前に進み出た。

「こんな時に申し訳ありませんが……翔平さんの臓器を提供してくださいませんか」

「こんな時に何を言われるんですか！」

今まで唇を真一文字に閉じていた父親が初めて口を開いた。救急医は頭を下げて言葉を続ける。

「翔平さんはドナーカード（臓器提供意思表示カード）を携帯していらっしゃいました。

こんな時に申し上げるのは、時間が経過すると折角翔平さんが提供の意思表示をしてくれた臓器が使い物にならなくなるからです」

「勝手なことを言うな。全部、そっちの都合じゃないか」

哀しみが怒りに転化したのか、父親は救急医の肩を摑《つか》んで乱暴に揺さぶり始めた。

「き、昨日いきなり息子が病院に運び込まれて訳が分からないうちに脳死だと宣告された。死を覚悟する間も別れを告げる間もなかった。それを、それをまた藪《やぶ》から棒に臓器を寄越《よこ》せだとおっ。本当は救《たす》けられたんじゃないのか。息子の臓器が欲しいばっかりに見殺しにしたんじゃないのか！」

自分の出番だ――千春はそう判断して救急医と父親の間に割って入った。

「落ち着いてください、お父さん。翔平さんはまだ死んでません」

「何だと」

突然の言葉に父親の動きが止まった。

「まだ生きているんです、ここに」

千春は患者の腹部を指し示す。

「確かに脳は死にました。もう話すことも見ることも考えることもありません。ご家族の記憶も消えてしまいました。でも、それ以外の翔平さんはまだ生きているんです。今なら、他の患者さんの一部になって生き長らえることもできるんです」

「戯言《たわごと》をぬかすなあっ」

父親の腕が救急医から千春に移った。指先が華奢《きやしや》な肩にめり込み、千春は思わず苦痛に顔を歪《ゆが》めた。

「それが勝手な理屈だと言うんだ。た、他人の命を長らえさせるためにわたしたちは翔平を育てたんじゃない。身体を切り刻むために苦労したんじゃない。そ、それなのに」

「わたしは翔平さんとは面識はありません。どんな方なのか、性格も趣味も知りません。でもたった一つだけ知っています。あなたの息子さんは他人を思いやることのできる立派な人です」

「黙れ、黙れ、黙れえっ。それ以上つまらんことを言ったら」

「……待ってください」

ひどく醒《さ》めた声でふっと喧噪《けんそう》がやんだ。

母親がじっと千春の方を見ていた。

「あなたは……女医さんですか」

「コーディネーターの高野と申します」

「今、仰《おつしや》ったことは本当？　翔平の臓器は他の人の身体に使えるの？」

「翔平さんは健康体です。適合さえすればレシピエントと共に寿命まで生き続けることができます」

「それでは、そうしてやってください」

「お前！」

「翔平が生きられる道がまだ残っているのよ。このまま焼いてしまえば、もうお骨しか残らないのよ。それにもし翔平が移植を待つ立場だったら？　翔平もあたしたちも誰か他人様《ひとさま》の臓器を望んだはずよ」

「しかし」

「今、高野さんの言われた通り翔平は他人を思いやる子だった。だからドナーカードを持っていた。そうでしょ、あなた？」

「それは、そうだが……」

「もう二十歳を超えた子が決めたことだもの。あたしたちに止める権利なんて……ないわ」

　それを聞いて父親は急に肩を落とした。まだまだ言いたいことはあるのだろうが、腹を痛めた母親の言い分に勝てる理屈はない。

「ありがとうございます。翔平さんの精神は決して無駄にしませんから」

　千春は深く一礼すると、救急医に目配せをした。合図を受けた救急医は予《かね》てからの手筈《てはず》通り、ストレッチャーを取りに病室を出る。千春も救急医と歩を合わせながらドナー情報用のフリーダイヤルを呼び出した。このフリーダイヤルは日本全ブロックのチーフコーディネーターに連絡が入り、当該の臓器を必要とするブロックセンターに待機するよう指示するためのものだ。もちろんドナー側もレシピエント側も適合基準に必要な情報は全て確認済みだった。

「いつもながら見事な弁舌だった」

真横を走っていた救急医が片方の眉《まゆ》を上げて笑った。

「高野先生がいる限り、この病院は最も有益な提供施設でいられる」

ちょっと、と文句を言おうとしたら、救急医は千春を追い越して行ってしまった。

携帯電話を畳みながら千春はいつものように自己嫌悪に陥る。

今回は患者がドナーカードを携帯していた。記載内容に不備はなかったので臓器移植について遺族の承諾を得る必要は元々なかった。それでも両親に断りを入れたのは、術後のトラブルを可能な限り回避するためだった。つまり最初から移植ありきの前提があった。

患者さんはまだ生きています——今まで何度その台詞《せりふ》を口にしてきただろう。最初はもっと陳腐な言い回しだった。それが今ではかなりの確率で遺族の心を捉《とら》える台詞に進化した。口下手な人間が講演を繰り返すうち能弁になり、受けや落としどころを熟知するのと一緒だ。そしてスキルの向上と共に最初に抱いていた熱情は次第に冷めていく。

熱意を持続できないのは移植された臓器のその後を知り過ぎたのが原因だった。コーディネーターは術後経過を確認するために移植後のレシピエントを訪ねることがあり、千春は見なければよかったものをよく目撃する。術後も移植された臓器はレシピエントと共に生き続ける。ただしドナーとその遺族が望んだように、とは限らない。もちろん更新された生を精一杯歩き続ける患者もいるが、逆に毎日を無為徒食に過ごし新たな生を浪費している者もいる。

一度などは碌《ろく》な就職活動もせず親のカネでパチンコ屋に入り浸る元患者に忠告したこともあった。腹が立ったからではない。ドナーと遺族、そして医療関係者の志を真摯《しんし》に受け止めて欲しかったからだ。

だが返ってきた答えは、「うるさい。もう俺の命だからどう使おうが俺の勝手だ」だった。

不愉快な事実を知った上で、それでもドナーを確保しようとするのは仕事だからだ。

移植コーディネーターは医療関係者なら誰でもなれるものではない。医療系四年制大学卒かそれと同等の知識を持つこと。組織バンク、アイバンク、日本臓器移植ネットワーク、都道府県コーディネーターとして一年以上の実務経験があること。筆記・実技試験と面接に合格すること。その他学会主催のセミナーに参加するなど様々な条件をクリアした上でコーディネーター認定委員会の認定を受ける。その数は決して多くない。臓器移植ネットワークに所属する専任の移植コーディネーターは約三十人、都道府県移植コーディネーターは支部にいる者も含めて五十人程度だ。この八十人ほどが全国の移植手術に携わっている。当然一人当たりの仕事量は過密で、それこそ夜間も休日もない。臓器提供者が発生すれば全ての術式が完了しない限り、おちおち寝ることもできない。しかもコーディネーターは専任が原則であるため、他の医療業務で収入を得る訳にもいかない。

そんな条件下で千春が仕事を続けているのは、偏《ひとえ》に移植医療の未来に理想を抱いていたからだった。失われゆく生命をもう一度甦《よみがえ》らせる――ドナーにとってもレシピエントにとっても、それは夢の結実だったはずだ。

しかし、その夢が輝きばかりを放っている訳ではないことを知った今、千春の理想は徐々に内部崩壊を始めていた。

詰所に戻って移植情報専用のパソコンを開く。そこにはドナーとレシピエント間の適合性が一覧となって登録されている。移植対象となる心臓、肝臓、腎臓《じんぞう》、肺、膵臓《すいぞう》、小腸に対して、それぞれABO型、体格、前感作抗体、HLA、搬送許容時間、緊急性などの項目が並ぶ。全てはチェック済みであり、既に連絡を受けた各地のチーフコーディネーターがレシピエント候補に移植の意思を再確認し、ブロックセンターでは選定が進んでいる。

ブロックセンターとはオンラインで繋《つな》がっており、各臓器のレシピエントおよび移植実施施設が決定すると即座に通知が入る。提供施設のコーディネーターは通知を確認する一方、電話による口頭確認でダブルチェックを行う。千春も次々と受信するセンターからの通知を見ながら、逐一実施施設に電話で確認する。全ての情報はブロックセンターに集約されるので二度手間だと言う者もいるが、搬送するモノの重要性を考慮すればどんなに確認を重ねても重ね過ぎということはない。

ただし、モノがモノなだけに決定と行動の速さも要求される。最前に脳死が確認された翔平の遺体はすぐに検視が行われ、終了次第臓器摘出について警察の承諾を得る。そして臓器の搬送先が決定するとレシピエントは待機施設から実施施設に移送され、同時にドナー側では移植チームが結成される。

「今日の執刀医は？」

声を上げると看護師の一人がすぐに反応した。

「榊原《さかきばら》先生です」

榊原博人《ひろと》教授。この病院では真境名と並んで成功率の高い医師だ。千春の不安はまずそれだけで大きく軽減された。臓器摘出手術には臓器別のチームが参加する。各人が専門医なので同業者の評価に厳しいが、執刀医が榊原ならば彼らも異存はないだろう。

千春は麻酔医と看護師の担当をチェックした後、借用物品と薬剤を確認する。摘出手術を提供施設で行う場合、使用する器材薬剤は全て借用扱いとなる。また、その際に発生する費用負担についても実施施設と取り決めておかなくてはならない。

今は検視の真っ最中だが不審な外傷がない限りは手続き上のことであり、三十分もあれば終了するはずだ。そして、こうしているうちにも実施施設からは移植チームがドクターヘリでこちらに急行している。

「検視終了。ドナー、手術室に入ります」

瞬間、翔平の亡骸《なきがら》に取り縋《すが》っていた母親の姿が脳裏に浮かんだが、すぐに払い除《の》けた。

これから現場は正念場となる。感傷を味わっている暇などどこにもない。

「桐島《きりしま》医大チーム、到着しました！」

「東邦《とうほう》病院チーム、到着しました！」

次々と上がる報告を背中に浴び、千春はドナー情報を網羅した書類を携え手術室に向かう。移植チームが参加する提供臓器評価にはコーディネーターも同席しなくてはならないからだ。

手術室に向かう途中で榊原率いる執刀チームと合流した。チームといっても榊原の他には手術室勤務の梨田《なしだ》看護師と久世山《くぜやま》麻酔医の三人だけだ。

「移植部位は五つだったね」

目礼を交わすなり榊原が聞いてきた。

「健康なドナーでした」

「健康なドナーほどメスを入れる場所が多くなる。皮肉以外の何物でもないな」

ロマンスグレーをオールバックに撫《な》でつけ、表情はいつも柔和。どこから見ても紳士なのだが、口をついて出る多くが毒舌というのも皮肉といえば皮肉だろう。千春も最初に榊原と言葉を交わした時、その落差に驚いたものだった。

だが、榊原が臓器摘出や移植の手術に際して毒舌を吐くのは他にも理由がある。

「各移植チームは？」

「慈愛《じあい》医大チームがおよそ五分後に到着。それで最後です」

「臓器評価の時間を考えれば小休止もなし、か」

「申し訳ありません」

「不安かね、高野先生」

榊原はいきなり不意を衝《つ》いてきた。

「臓器移植に消極的なわたしが執刀医では不本意なのかな」

「そんなことは……」

「主義主張と仕事を切り離せないような青臭さは持ち合わせておらんから安心しなさい」

「元より榊原先生の術式に不安など抱いていません」

「では、その形のいい眉を忙《せわ》しなく動かすのは当分やめた方がよろしい。他所《よそ》から来る移植チームの中には不安に駆られる者がいるかも知れん」

「……失礼しました」

千春は慌てて両方の眉を片手で押さえた。何かに集中できない時に眉を小刻みに震わせるのは、子供の頃からの癖だった。

「高野先生は思ったことが面に出やすいね」

あなたは逆に出さな過ぎです、という言葉は当然喉《のど》の奥に引っ込め、その場で術衣を羽織る。

手術室に入ると既に五組の移植チームが榊原の一行を待ち構えていた。一チーム二人の外科医で合計十人。千春はその輪の中に飛び込み、カルテやICUの重症観察シート、主治医の観察記録と治療内容を閲覧させた。この閲覧によってドナー患者の病態を把握させるためだ。

次に千春たちは翔平の遺体に近づいた。ここから先は移植チームの手に委《ゆだ》ねる。遺体の感染兆候の有無、外傷の有無、皮膚の温度・緊張度・チアノーゼ・蒼白《そうはく》の有無が慣れた手で確認されていく。

チームの一人が聴診に取り掛かる。ここでラッセル音や異常な心音が確認されなければ摘出手術に移行する。

やがて十人の外科医がそれぞれ了承したことを確認して、千春は榊原に向き直った。

「榊原先生。開腹お願いします」

まず久世山が翔平の身体に全身麻酔を施す。脳死状態とはいえ身体機能と臓器はまだ活動しているので、手術侵襲のストレスから護《まも》るために麻酔を打たなければならない。

次に看護師がイソジン液で頸部《けいぶ》から両鼠蹊部《そけいぶ》まで消毒し、滅菌覆布を掛ける。

「開腹」

誰かが唾《つば》を呑《の》み込む音が聞こえた。

榊原のメスが胸骨上縁から恥骨上部までの正中を切開する。下腹部まで真直ぐに下ろす手際は、画家が筆を扱うように何の躊躇《ちゅうちょ》もなかった。正中線に沿った切開面からぷくりといくつか血の玉が浮かぶ。

胸を開き、胸骨を電動ノコギリで切断する。回転数の高い音がひとしきり続くが、その音に変動がないのは余分な力が加わっていない証拠だ。

切断した骨断端をワックスで止血、開創鉤《こう》を掛け、腹部を最大限に開く。榊原の手は一瞬も止まらない。すぐに腹直筋腱《けん》を切開し更に視野を広げる。

全開にした瞬間、血と脂と、そして臓器特有の臭気が千春の位置までむわっと広がった。千春はしばらく息を止める。これまで開腹には何度も立ち会ったが、血は見慣れてもこの臭気にはなかなか馴染《なじ》めない。

これで移植対象の臓器が全て露出した。移植チームの面々は肉眼と触診で腫瘍《しゅよう》や外傷の有無を確認し、第三次提供臓器評価を終了させる。

臓器評価が終わると、榊原は総胆管を十二指腸直上で分断した。

胆嚢《たんのう》を切開し、冷生食水で注入洗浄。

右胃動脈を胃幽門部上縁で結紮《けっさつ》切除。

胃十二指腸動脈を十二指腸直上で結紮切除。

2－0絹糸を脾《ひ》静脈に二本、上腸間膜静脈に一本掛けた上で脾動脈を脾体尾部で結紮切除――。

榊原はこれだけの術式をまるで機械のように進行させた。その動きには澱《よど》み一つなく、熟練工の趣きさえあった。

「後は任せます」

ドナー側、つまり榊原の執刀はここまでだ。臓器の摘出は各移植チームの外科医が担当することになる。だが十人の外科医がちらりと失望の色を見せる。できればこの後も榊原に続行して欲しいという気持ちがありありと窺《うかが》える。皆、この老練な外科医のメスさばきを見学したくて仕方がないのだろう。

しかし、それは叶《かな》わぬ望みだった。他の術式ならともかく、性急な移植治療に慎重な立場を取る榊原は定められた範囲でしかメスを握ろうとしない。これが推進派の真境名であれば、乞《こ》われるままに各臓器の摘出まで全てやってのけるのだろうが。

榊原が後退すると、五つのチームが順次臓器摘出に取り掛かった。

まず心臓の血管処理を行い、腹部臓器の摘出から始める。

「肝門部剝離《はくり》」

「鉗子《かんし》」

露出した大動脈を鉗子で遮断しておく。特に手際が悪い訳ではないのに指の動きがやや緩慢に見えるのは、やはり榊原の執刀と比較してしまうせいだろう。

「右後腹膜切開」

開かれた腹膜から右腎《じん》、下大静脈、大動脈、左腎、膵臓《すいぞう》の順に露出する。

「ヘパリン三百単位投与」

「カニューレ」

心臓の摘出が始まる、と同時に大動脈から冷却灌流《かんりゅう》液が注入される。これは体内で冷却灌流をさせ、低温化で臓器の組織代謝を抑制するためだ。酸素消費量を低下させ、一方で臓器の灌流を行うので必要な酸素と栄養素が補給され保存期間を長くすることができる。

やがて外科医の手で心臓が摘出された。千春は別の外科医と共に、摘出された心臓を低温灌流保存装置に納める。小型冷蔵庫ほどの装置の中で、心臓がまだ活動している。実験では四十八時間の保存が可能だったが、臨床例ではそれほど長く保《も》たない。精々十七時間が限界だ。心臓の移植チームは早々と搬送の準備に入った。

心臓の摘出が終わると別チームの外科医が執刀を引き継ぐ。横隔膜下で大動脈を遮断、腹部大動脈および下大静脈下端を結紮遮断し、心臓と同様に腹部臓器を冷却する。肺、そして肝臓、膵臓、小腸、腎臓の順に摘出し、それぞれを保存装置に入れていく。後は保護液を満たしたアイスボックスに収納して搬送するだけとなる。

「では閉胸と閉腹を」

「それはわたしがやろう」

最後に残ったチームの外科医から榊原が執刀を引き継ぐ。自分で開いた腹は自分で塞《ふさ》ぐということか。しかし交代を告げられた外科医は素直に場所を譲る。

榊原は臓器を摘出されすっかり空洞となった腹腔《ふくこう》内をしばらく見つめた後、空洞部分に綿を詰めてから丁寧に閉腹していく。開腹の時とは違い、正確だがゆっくりとした指だ。

千春は榊原の背後からちらと閉腹痕《こん》を見て納得した。職人技のように見事な縫い目だった。詰め物も適量でとてもほとんどの臓器が摘出されているとは思えない。これならあの母親の心を掻《か》き乱さずに済みそうだった。コーディネーターにはこれからドナーの遺族に摘出手術が終了したことを報告し、霊安室で亡骸《なきがら》と対面させる仕事が残っている。手術室に入る前は温かかった身体が冷たくなって戻ってくるのだ。脳死であると告げられただけの遺族には言いようのない衝撃と欠落感が生まれる。それでも体表面の傷が少なく、そして綺麗《きれい》なほどショックは和らぐ。

移植治療に慎重ではあっても、ドナーとその遺族には精一杯の誠意を尽くす――榊原の示した態度に頭が下がる思いだった。

「ありがとうございました」

千春と共に閉腹を見守っていた外科医が深く頭を下げた。

「本来ならドナーの遺族にご挨拶《あいさつ》しなければならないのですが……」

皆まで言わせなかった。

「ご遺族にはわたしの方から伝えておきますから、早く病院に戻ってください。レシピエントが先生の帰還を待っています」

「すみません。それでは」

最後の移植チームがアイスボックスを携えてドクターヘリに向かう。提供臓器が無事にこの病院内から運び出されるまではと千春も後を追う。

「それにしても一体について五チームとは……効率的という言い方でいいのかな。あのドナーのお蔭《かげ》で五人もの患者が助かる。本当にありがたい。どうしたってレシピエントよりドナーの方が不足しているからね」

どんな顔をしていいのか分からず、千春は曖昧《あいまい》に頷《うなず》くことしかできない。

「そう言えば今、世間を騒がせてるジャックとかいるでしょ。殺した挙句に臓器のほとんどをごっそり持ち帰ったってヤツ。正直な話、目的を達成したなら、その臓器さっさと俺たちに提供してくれないかと思うよ。ねえ」

やはり、どんな顔をしていいのか分からなかった。

＊

「今年は去年より暑くなるっていうからドライメッシュの肌着を買ったわよ。明日《あした》、宅配便で送るから」

涼子《りょうこ》がそう告げると、老いた父親からの返答には何故か間があった。

『……全部で何枚、買ったんだ？』

「八着」

『そんなに要らんぞ』

「志郎《しろう》の分も買っちゃったから」

電話の向こう側でまた沈黙が続く。

「ほら、志郎はそうでなくても汗掻きだから。ドライメッシュってね、汗を吸収してもすぐに逃がしてくれ」

『もう、いい加減にしないか』

父親の声はひどく苛立《いらだ》っていた。

『志郎はもう、死んだんだ』

この人はいったい何を言っているのだろう、と思った。そろそろ耄碌《もうろく》が入ってきたのだろうか。

「志郎はちゃんと生きていますよ」

『他人の臓器としてだ。鬼子母《きしぼ》志郎という人間はもうおらん』

「違います」

父親が実家で一人暮らしをするようになってから二年になる。やっぱり離れて暮らしていると孫に対する愛情も希薄になっていくのだろうか。元々、父親は亡夫との結婚も反対していた。きっと父親似の志郎のことも本当は持て余していたのかも知れない。

『忘れろとは言わん。しかし現実を見ろ。志郎はもうこの世にはいないことを認めろ。死んだ子の齢《よわい》を数えたってお前が辛《つら》くなるだけなんだ。わしだって孫のことは』

涼子は通話を切った。これ以上話しても不愉快になるだけだった。それから三度、着信音が鳴ったが無視していた。

やがて携帯電話が沈黙すると、涼子はふらふらとリビングの隣に移動した。六畳一間の和室。仏壇に志郎の遺骨が置かれている。父親は早く先祖代々の墓に納骨しろと言っているが、涼子はずっと手元に置いていた。死んでもいない者をどうして墓に入れる必要があるのか。

死んでなんかいるものか。

あの子はばらばらになっただけだ。

ばらばらになって、そして今でも生き続けている。

心臓と肝臓と腎臓と、そして肺。あの子の一部が現実に脈動している。他人などであるものか。志郎はどんなに形を変えても志郎のままだ。

あの子に会いたい。

涼子はまた、そう思った。

ふと芽生えた想いが急速に膨れ上がる。すると、もう自分では歯止めが利かなくなる。最近はそういうことがとみに多くなった。

壁に掛かったカレンダーを見る。昼間の空虚な時間を潰《つぶ》すために勤めるようになったスーパーは明日から二日間の週休になっている。

今から会いに行こう。

志郎の居場所は全部知っている。

涼子はいそいそと身支度を始めた。

二　焦燥

1

七月九日午前六時二十五分、川越市宮元町《かわごえしみやもとちょう》。

雨宮恵美《あまみやえみ》は中学校への道を急いでいた。スマートフォンの時計表示を見ながら横断歩道を突っ走る。後五分で朝練が始まるが、このままでは間違いなく遅刻する。

水泳部顧問の谷垣《たにがき》は殊更時間にうるさかった。一分遅れる毎に腕立て伏せ十回を課す。まだ練習も始まっていないうちから体力を消耗させてもタイムが伸びるはずはないと思うのだが、谷垣はそれを根性がないからだと言う。とにかく谷垣はふた言目には根性を持ち出す。根性さえあればどんな大会でも優勝できるし、イジメも克服できるのだとも言う。きっとあの男の脳みそは根性でできているのだろう。

とにかく、そんなペナルティはご免だ。恵美は表通りから左に折れた。裏通りでいくつも道が交差するが、恵美は迷うことなく走る。

普段通学路に使っている道は大きく迂回《うかい》している上に信号がやたらと多い。空き地が多く点在するこちらの道は狭いが学校まではほぼ直線で結ばれており、急げば五分で到着する。

まだ七時前だというのに額から大粒の汗が流れ、シャツはもうべったりと肌に張りついている。この不快感から抜け出すには、一刻も早くプールに飛び込むしかない。

住宅地を抜け、三角公園を過ぎ、工事中のビルの中を潜る。先月から建設の始まったビルだがまだ基礎部分しかできていないためか、防塵壁《ぼうじん》もなく敷地を素通りすることができる。建設器機も資材も作業途中のように放置されている。土と鉄と、そしてコンクリートの臭い。それから——。

悪臭に気づいたのはその時だった。セメントでも機械油でもない、ひと息嗅《か》げばたちまち胃の中身を全部戻してしまいそうな甘く、饐《す》えた臭い。

これだけ強烈な臭いなら飛んでくる方向も明確だった。視界の隅にちらと異様な物体が映る。瞬間、見てはいけないという警告と好奇心がせめぎ合ったが、結局好奇心が勝った。

恵美は歩を緩めると、その物体にゆっくりと近づいた。鉄筋の突き出たベタ基礎の上に横たわる不思議な赤い物体。最初はセントバーナードなど大型犬の死骸《しがい》かと思ったのだが、どうもそうではない。

死骸はワンピースを着ていた。マネキンにしては顔の造作がひどくリアルだ。そして胴体の破壊具合がひどく非現実的だ。

こんな物が本物である訳がない。恵美はその時までそう確信していた。身体が綺麗《きれい》に開かれ、内臓が全て取っ払われた死体がこんな場所にあるなんて絶対に有り得ない。

じゃあ、どうしてこんな強烈な臭いがする？

鼻と口を押さえながら顔を近づけると、奇妙なモノが目についた。黒く薄いベールが死骸の内部でさわさわと小刻みに揺れている。

いや——ベールではなかった。

蟻だ。

何百という蟻の群れが一斉に蠢《うごめ》き、内部の組織をめりめりと食い千切っているのだ。

作り物ではない。

恵美はひいと細い声を搾り出すなり、その場に尻餅《しりもち》をついた。しばらく震えていると腰の真下に温い水溜《みずたま》りができているのが分かった。

恵美は失禁していた。


「二件目ですって？」

捜査本部に駆け込むと、麻生は不機嫌そうな顔で犬養を出迎えた。

「まだそうと決まった訳じゃない。手口はそっくりだがな」

そう言って指し示したパソコン画面には六郷由美香と同様、腹をY字に裂かれた女の死体が映っていた。頸部《けいぶ》の索条痕《こん》と切断の位置だけ見ても由美香の死体に残されていたものと同一に思える。

「ついさっき埼玉県警から連絡があった。照会をかけて送られてきたのがこの画像だ。確認のため御厨検視官に出張ってもらった」

「でも、この写真を見る限り」

索条痕の形も切開の方法も公表されていない。いわば当事者のみが知り得る事実だった。従って模倣のしようもなく、同一ならばジャックの犯行である可能性は大となる。

「そうだ。まだそうと決まった訳じゃないが十中八九奴の仕業だ。だからこそ御厨検視官に出張ってもらったんだ」

悪い予感ほど的中する。これで二つ目。ジャックは先代に倣って、いったい何人の人間を殺《あや》めるつもりでいるのか。

予感が的中したことで不安は恐怖に変わる。この事件を報道したら人々がどう反応するかが目に見えるようだった。

座れ、と麻生が顎《あご》で椅子を示す。

「それにしても川越とは……」

「最初のプロファイリングでは首都圏在住だったから外れちゃいない。だが容疑者の行動範囲が拡大したことは確かだ」

麻生の声には不自然な冷静さが聞き取れた。

「主任、何か目処《めど》でも？」

「そんなものはない。だが、同一犯ならたとえ凶悪ではあっても最悪じゃない」

それで麻生の考えが理解できた。川越の事件がやはりジャックの仕業であれば、警察は凶悪なシリアルキラーを相手にしていることになる。だが連続殺人は物的証拠が倍になり、それだけ捜査網を縮めることができる。一方、犯人が別となればそれは模倣犯であり、手掛かりが増えても捜査は進展しないばかりか更なる模倣犯の出現に怯《おび》えるという最悪の事態となる。最悪よりは凶悪の方がマシというのはそういう意味だ。

「被害者は」

「半崎桐子《はんざききりこ》、三十二歳。前と同じだ。死体の傍に本人のバッグが放置されていた。身元確認やら遺族との面通しは埼玉県警がやっている最中だ。県警の方でも六郷由美香の事件との関連に気づいて深川署から情報を吸い上げてる」

麻生は次の画像を出した。免許証の拡大写真だ。そこに映し出された半崎桐子は童顔で三十過ぎには見えない。目が大きく、笑えば愛嬌《あいきょう》のある顔立ちだった。

「ということは県警との合同捜査ですか」

「そうなる可能性が高い。それでお前には早速御厨検視官の後を追って欲しい」

「俺が、ですか」

「同一犯かどうかの見極めも含めて、ウチから一人出さなきゃなるまい」

遺族を遺体と対面させるよりはいくぶんマシだが、これもぞっとしない仕事だ。

警視庁も埼玉県警もいち地方警察という意味では同等の立場だが、その組織構成や位置づけを考えればやはり厳然としたヒエラルキーが存在する。合同捜査本部が立ち上がった場合、そのヒエラルキーが無意味な競争意識を醸成させることも少なくないし、相互の協力関係に支障を来たすことも考えられる。

そんな中で先陣切って県警に赴くのは、早い話が敵方のチームに正面から偵察に行くようなもので、嫌われて当然くらいに思った方がいい。

「正直、向こうでも泡を食ってる様子だな。ジャックの犯行声明が出た時には対岸の火事くらいにしか思ってなかったのが、自分の庭に飛び火したようなものだ。六郷由美香の事件を照会する文書にも焦りが見て取れる」

それでも自分の管内で起きた事件は自分の手で犯人を挙げたいというのが偽らざる心境だろう。そこには組織としての面子《メンツ》と刑事としての意地が相互に働いている。理屈は犬養たちも一緒だ。警視庁管内で発生した凶悪事件を他の警察署で解決されたら、少なくとも一課の面子は丸潰《まるつぶ》れになる。新任管理官の鶴崎にしても絶対に避けたい事態だ。

麻生は多くを語ろうとしないが、これがジャックの犯行であると断定された瞬間から警視庁と埼玉県警の綱引きが始まる。言い換えれば上は管理官同士、下は刑事同士の小競り合いだ。時にはそれが捜査を進展させる推進力になることもあるが、逆効果になることも多い。つまりは犯人以外の敵と闘うことになり、足も使うが気も使う。消耗戦になるのは必至で、広域に跨《また》がる凶悪事件が解決までに時間を要する原因の一つだ。犬養でなくとも鬱陶《うっとう》しいことこの上ない。

せめて埼玉県警の担当者がウマの合う奴でいて欲しい——そう願わずにはいられなかった。

「半崎桐子の死体は医大の法医学教室に搬送されてる。御厨検視官もそっちに向かったから合流してくれ」

今度もスタートは死体との対面か。

犬養は嘆息したいのを堪《こら》えて部屋を出る。昼飯は抜いた方が良さそうだった。


クルマで都心から約一時間、医大の法医学教室に到着すると犬養はまず入口で白衣に着替えさせられた。聞けば御厨検視官は既に入室していると言う。

ドアは厚く、重い。開けた瞬間にホルマリンの臭いが鼻を突いた。酷暑で火照った皮膚に冷気が突き刺さる。防腐対策として室温が常時五度以下に設定されているためだ。

低い天井の蛍光灯の下、一台の解剖台を三人の男が囲んでいた。一人は見知った御厨検視官、一人は白髪オールバックの老人、そしてもう一人は二十代半ばと見える男だった。

「ああ、犬養さん。今到着か」

御厨が手招きをする。あまり解剖台に近づきたくないが、この局面では進まざるを得ない。

「こちらは光崎藤次郎《みつざきとうじろう》教授と埼玉県警の古手川《こてがわ》さん。それで、彼がさっき話していた警視庁の犬養さん」

　ども、と古手川が軽く頭を下げる。若さの中に不遜《ふそん》さが見え隠れするが、不思議に傲慢《ごうまん》な感じはしない。光崎教授に至ってはじろりとこちらを一瞥《いちべつ》しただけだ。

　隙間から半崎桐子の死体が見えた。免許証写真では童顔だったが、生気が失せたせいだろうか今やその華やかさはなく相応以上の年齢になっていた。正中線の真下まで切り裂かれたせいで恥骨が剝《む》き出しになっており、子宮もそっくり摘出されているため外性器が陥没している。四肢の肉付きを見る限り、元は中肉だったろうが、ごっそりと内部を抜かれた胴体はひどく歪《いびつ》に見える。内部では赤黒い組織と暗く変色しつつある脂肪の上を米粒大の蛆虫《うじむし》が這《は》い回っている。

「頸部に二重の索条痕ならびに吉川線あり。死因は絞死。背後から紐《ひも》状の物を巻いて後ろで交差。他に乱暴の痕《あと》、また交情の痕跡《こんせき》は認められず。肩甲骨下部から側胸部にかけて縫合痕があるがこれは以前手術した名残だろう。死後硬直と死斑《しはん》から死亡時刻は昨夜の午後十時から十二時の間と推定」

　光崎教授が死体に屈《かが》み込んで独り言のように呟《つぶや》くと、御厨も頭を同じ高さまで下げる。顔が死体まで十センチと迫るが二人は気にした風もない。慣れとはいえ、その神経の図太さに少し呆《あき》れた。

「先生。どうですか、こっちの刺創傷と比較して」

初対面の硬さはなく、恐らく光崎とは旧知の仲なのだろう。御厨が差し出したのは切開部分を拡大した六郷由美香の写真だ。光崎はしばらく写真を凝視した後、「似ているが断定はできん」と洩《も》らした。

「Y字の入れ方が酷似しています」

「同様にメスの扱いに慣れた筋ではあるが、始点に若干の相違がある。これだけでは断言できん。しかし索条痕の形が同一であることを考え合わせれば、その可能性は大きい」

意外に慎重だなと考えていると、御厨がこちらを見て浅く頷《うなず》いた。光崎の言葉を翻訳してほぼ同一犯と断定している顔だ。

「おい、若造」

光崎の声に古手川が反応した。

「お前のところはいつもいつも本当に碌《ろく》なホトケを持って来ないな。わしに恨みでもあるのか」

「俺に言わんでください。巡り合わせの問題でしょ。それに、こんな難儀な案件だからこそ光崎先生じゃないと駄目だって渡瀬《わたせ》班長が言ってましたよ」

光崎は古手川を睨《にら》みつけると、もう一度六郷由美香の写真に目を落とした。

「この現場はどういう場所だ」

これには自分が答えるべきだろう。

「深川署の真向かい、木場公園の池です」

「つまり幹線道路の近くか」

「近くどころか、目撃者は歩道から死体を発見したくらいです」

光崎は首を二、三度揺らすと古手川に向き直る。

「どうせあの男のことだから、また非公式な見解を訊《き》き出して来いとか言われたのだろう」

「図星です」

「なら伝えておけ。犯人はすこぶる危険な人物だ。開腹にしても臓器の摘出にしてもおよそ躊躇《ちゅうちょ》した痕がない。人を殺す、そして解体することに露ほどの抵抗も持ち合わせておらん。しかも、それを短時間でこなせるだけの自信を備えている。だから往来から見える場所でも平気で作業を行っている。解体に必要な道具を常備しているから衝動的にではなく、計画的に犯行を繰り返している。これより先の連続性を否定できる材料は何もないぞ」

光崎と御厨を残して二人の刑事は部屋を出た。途端にむっとする熱気が全身を包む。

「あの二人、よく体温調節ができるもんだな。温度差は三十度近くある」

「それに飯もあの中で食らうんですよ。この間なんか先生、死体の真ん前で肉うどん啜《すす》ってましたからね」

古手川は面白くなさそうに話す。ちょっと珍しい男だと思った。本庁勤めで年上の自分に対して、何の衒《てら》いや気後れもなく接してくる。口調はいくぶん軽薄だが、よく観察すると顔面と言わず腕と言わず新皮が隆起して目立たないものの無数の傷痕がある。どの傷もさほど古いものではなく、刑事になってからこしらえた傷ならば歴戦の勇者ということだ。

「あ、主任から言われました。合同捜査になった暁には俺がコンビ組むらしいんで。よろしくお願いします」

「こちらこそ」

「犬養さん有名っスよ。県警で」

「何が」

「野郎の検挙率なら本庁でも一、二を争うって。でも何で女の犯人は数に入らないんですか？」

最初から立ちいったことを訊くものだ。だが犬養もこういった直截《ちょくさい》さが嫌いではない。

「男の嘘はすぐ分かる。眼球の動き、ちょっとした仕草、声の強弱。作話症でない限り大抵の嘘は面に出る。しかし女は……駄目だな。情けない話だがティーンエイジャーにさえ騙《だま》される」

古手川は笑い出すかと思ったが、意外にも納得顔をしている。

「まあ、そうっスよね。女って男とは別の生き物だし、訳分かんないっし……」

齢《とし》に似合わぬ物言いに危うく噴き出しそうになった。

「ところで、さっきのは何だったんだ。県警の捜査一課は司法解剖の担当医にいちいちあんなことを訊くのか」

「いやあ、あれはウチの班長が光崎先生の経験則に全幅の信頼を置いてるんで」

「経験則って……」

「先生、あまり外したことがないんですよ」

光崎の言葉を反芻《はんすう》してみる。人を殺し解体することに何の躊躇も見せない自信家、そして計画性を持つ人物。捜査本部の立てたプロファイリングから逸脱していない。何より切り裂きジャックを名乗る厚顔さが光崎の見立てとぴたり符合する。

「半崎桐子のプロフィールと死体発見の状況を教えてくれないか」

「独身アパート暮らし。川越市郊外の家電量販店に勤めていて、昨日は午後九時に退社してます。本人を表通りで見かけた目撃者はいますが、犯人らしき姿を見た者はいません。本人が所持していたケータイがバッグの中に見当たらないので、これは犯人が持ち去ったものと推測されます」

次に死体発見時の状況を聞いて犬養は呻《うめ》いた。死角とはいえ人通りの多い街中で凶行をやってのける神経はやはり同一犯のものとみて間違いなさそうだった。

「ケータイが持ち去られたのは犯人との通話に使用されたから……」

「だと思います。試しに本人の番号にコールしてみましたが電源が切られてました」

「念の入ったことだ。六郷由美香の時も通話記録自体は電話会社に残っていたが、発信先は公衆電話からだった。恐らく通話内容を録音される可能性に怯《おび》えたんだ。親族、交友関係の中で被害者に動機を持つ者は？」

「家族は全員熊谷《くまがや》市在住、遺産や借金に絡むトラブルは皆無。勤務先での人間関係は本人が人当たりのいい性格であったことも手伝って極めて良好。付き合っていた男となると、こちらはまだ捜査中」

「木場の事件と似ているな。どちらの被害者も殺されるような理由が見当たらない」

「つまり、犯人は無作為に被害者を選んでるって訳ですか」

古手川は今にも嘔吐《おうと》しそうな顔を見せた。会話の内容でいちいち表情が変わる。いつも犬養がするような、仕草で感情を読む手間は一切要らない。およそ刑事には不向きな気質だが、見ている分には面白い。

「畜生、ふざけるな」

ぽつりと呟くのが聞こえた。

「何がジャックだ。自己顕示欲丸出しにしやがって。絶対とっ捕まえてやる」

怒気を孕《はら》んだ声に意外さがあった。若手の刑事なら気負って然《しか》るべき事件なのに、この男はそれより先に嫌悪感をあからさまにしている。見かけよりはずいぶん真っ当な男のようだ。

「以前にもシリアルキラーの事件を担当していたのかい」

「ええ。それも思いっきり胸糞《むなくそ》の悪くなるようなのを。お蔭《かげ》でずいぶんと人間不信にさせてもらいました」

　口ぶりからすると既に解決した事件のようだった。無事に解決したのなら自慢半分に終結までの経緯を話しても良さそうなものだが、古手川は詳しく語ろうとしない。語りたがらないものを無理に聞く必要もなく、語るべきことなら放っておいても自分から話し出す。犬養はしばらくだんまりを決め込んだ。

「二人の被害者の間にきっと何かの共通点があるはずだ」

　それは犬養も同意見だった。標的を無作為に選んでいるとしても、そこには必ず条件が介在している。

「確か本家の切り裂きジャックは娼婦《しょうふ》ばかり狙ってたんですよね」

「六郷由美香と半崎桐子が売春婦だというのか」

「もしもそうだとしたら辻褄《つじつま》は合います。そういう裏商売なら家族にも同僚にも秘密にしているから表に出ない」

　積極的に賛同はできないものの、可能性としては検討に値する。特定の職業に偏執的な憎悪を抱く者はいつでもどこでも一定数存在するものだ。

「じゃあ、どこから調べる」

「まずは二人に接点があったのかどうかでしょう。年齢が離れているから同級生ということはないけど共通の友人がいたかも知れない。片や信用金庫、片や家電量販店。仕事で出会ったことがあったかも知れないし、何かのボランティアで顔を合わせたかも知れない。互いの関係者に鑑取りすることから始めましょう。その時点で共通点が出てきたら万々歳です」

ポイントがずれていないのも意外だった。若いのに捜査の軸足をどこに置くかを知っている。これは本人の適性なのか、それとも上司の教育の賜物なのか。いいところをさらわれてばかりでは癪《しゃく》に障る。犬養は年長者としてのアドバイスを忘れない。

「もう一つ、二人の預金と現金の流れを追おう。正業以外からの収入があれば隠れた商売が見つかる」

「それにしても犬養さん。何で今頃切り裂きジャックなんですかね」

「今頃、とは?」

「わざわざ海の向こうの、しかも伝説化した殺人者を名乗る必要が分からないんですよ」

そこに着目したのなら、やはりポイントはずれていない。

「これはまだ俺の推測なんだが……最初に名前があったんじゃなく、目的の後についてきたんじゃないかな」

「目的の後に?」

「犯人は理性的で計画性がある。そんな人間が切り裂きジャックに憧《あこが》れただけの理由で犯行を繰り返すとは到底思えない。違うよ。臓器は摘出する必要があったからそうしたんだ。そして臓器を摘出した一番の有名人といえば大抵の人間は切り裂きジャックを連想する。だから彼の名前を拝借した。そう考えた方がよほど理に適《かな》ってる」

「……摘出した臓器をどうするっていうんですか」

「時間さえ稼ぐことができたなら臓器売買というのが考えられる。これはカネ目当てだからどちらかといえば一般的な動機だな。異常性向の方で考えるなら性欲の代替行為、観賞用、それから……食材として」

古手川がふと黙り込んだ。見れば眉間《みけん》に皺《しわ》を寄せて表情を硬くしている。

「理性的で計画性のある犯人像では、なかなか納得できない動機かな」

少しからかうようにそう水を向けると、古手川はふるふると首を横に振った。

「いや……それって充分過ぎるくらいアリですよ。とことん理性的なヤツがとんでもなくド畜生なことをするのは珍しいことじゃありませんから」

2

「少しだけ病院に寄り道したいんだが、いいかな」

「構いませんよ。通院っスか」

「娘の見舞いだよ」

古手川をクルマに待たせて犬養は沙耶香の籠《こも》る病室に向かう。切り裂きジャック事件の最中だが、それとこれとは話が別だ。

誰に決められた訳でもないが一週間に一度は見舞いに行くことにしている。これくらいなら頻繁でも疎遠でもないだろうという独り決めだが、そうした方が自分の背中を押す理由の一つになるという計算が働いている。

入院当初は見舞いの度に花束を抱えて行ったが、本人が受け取るなり床に叩《たた》きつけたことが重なって結局やめた。花がもったいないからではなく、その後始末を看護師に任せるのが忍びなかったからだ。

ベッドの横に座っても会話らしい会話はない。一方的に犬養が話し掛けるだけだ。時折、返事らしきものもあるが大抵は「うるさい」とか「もう帰って」とかの罵声《ばせい》が飛んでくるくらいだ。

病室が近づくにつれて足が重くなる。だが背中をもう一人の自分が押し続ける。まるで拷問を受けているようだが、有体に考えれば罰と言った方が正しい。何しろこういう状況を作ったのは他でもない犬養自身なのだから。

病室の手前まで来るとちょうど引き戸が開き、中から女が出て来た。

「あ……」

成美は犬養の姿を認めると立ち止まって眉《まゆ》を顰《ひそ》めた。露骨な反応だったが文句を言う筋合いはない。

「元気そうだな」

咄嗟《とっさ》に口をついて出た台詞《せりふ》は嘘だった。久しぶりに見る元妻は面やつれが目立ち、実年齢よりも老けて見えた。その原因が沙耶香の病状に根ざしているのは容易に想像がつく。

「……見舞いなら無駄足よ。もう寝たわ」

「そうか」

それでも病室に近づこうとする犬養の前に成美が立ちはだかる。

「もう寝たって言ってるでしょ」

「顔を見るだけだ」

「意味ないじゃない」

「俺の方に意味がある」

犬養は避けようとしたが、成美は通そうとしない。

「どういうことよ、それ」

「週に一度は見舞いすることに決めてある。俺なりのケジメだ」

「全然、変わってないのね。そういう自分勝手なところ。相手の気持ちなんてこれっぽっちも考えてない」

成美はますます態度を硬化させた。

「沙耶香は会いたくないと言ってるし、あたしだって会わせたくない。あなた、あたしたちにどんな仕打ちしたのかもう忘れたの。今更、父親面されたって迷惑だわ」

「もう夫婦じゃないが、まだ父娘《おやこ》だと思ってる」

「あの子の名字も豊崎《とよざき》姓に変わってるわ。戸籍上も父娘じゃない。とにかく病室には入らないで。やっと寝たんだから」

その口ぶりで透析を終えた直後らしいことが窺《うかが》えた。痛みに耐えた後だ。このまま眠らせるに越したことはない。

「移植の話、沙耶香にはもうしたのか」

「したわ」

「何と言っていた」

「不安がってる」

都合よくドナーが現れるかどうか、自分の体力で移植手術に耐えられるかどうか、そして費用はどうやって工面するのか。

移植が必要な患者には希望と同等の、いやそれ以上に様々な不安が伸《の》し掛かる。十三歳の女の子なら尚更《なおさら》だろう。だから少なくとも、親ができる心配は親がしてやろうと思う。

「費用は俺が何とかする」

それだけ言い残して踵《きびす》を返す。

「そんなおカネ、どこに」

返答しないまま廊下を引き返すと、病棟入口の壁に古手川が立っていた。やはり感情がすぐ面に出る。気まずそうな表情で今のやり取りを聞いていたことが丸分かりだ。

車中に戻ってからもしばらく重苦しい沈黙が続いた。

「見苦しいものを見せちまったな」

「すいません。エンジン切ったクルマの中で待ってられなくて……あの、バツイチだったんスか」

「バツニだよ。あれは最初の女房だ」

「へえ」

「感心することじゃないと思うが」

「いえ。ウチの班長もバツニなんですよ。本人は飽きっぽいから替えたとか嘯《うそぶ》いてますけど」

「選択の余地があって羨《うらや》ましい限りだな。こっちは選ぶどころか捨てられたってのに」

「捨てられたって……」

「全部、俺が悪かったのさ」

本音だった。

度重なる結婚の失敗も一人娘の親権を手放す羽目になったのも、全ては自分の至らなさに起因する。弁解の余地はない。

学生時代から男振りの良さも手伝って女には困らなかった。今にして思えば、それがそもそものつまずきだった。人は手に入れられないものを得るために考え、努力する。

そして努力して手に入れたものには執着心を持つ。いつも女の方から寄り来る犬養にとって、女心など興味の埒外《らちがい》であり、従って貞操観念も希薄だった。

そんな人間が所帯を持って長続きするはずもなく、犬養の浮気が原因で最初の結婚が破綻《はたん》した。離婚届に判を押すことに異存はなかったが、沙耶香の親権を取り上げられたことは痛かった。夫としてはともかく父親の立場には固執した。

「ふた親を早くに亡くしてね。兄弟もいなかったから血を分けた肉親は娘だけになるんだよ。だから余計に執着してるのかも知れんな」

「俺も似たようなもんです」

「あんたも早くに親御さんを？」

「そんなもんじゃないです。碌《ろく》な家庭じゃなかったんですよ」

古手川は自嘲《じちょう》気味に言った。一家離散でもしたのだろうが深く聞くつもりはなかった。

「犬養さん、女運が悪いんですかね」

「昔っから男の敵も多かったが」

「でしょうねえ。それだけ男前だったら」

「さっきまで調子合わせて喋《しゃべ》ってたダチが、俺が席を立った途端に悪口言いやがる。だから敵味方を区別するために嘘の見分け方を研究し始めた。お蔭《かげ》で野郎の嘘だけは見抜けるようになった」

「何が幸いするか分からないもんですね」

「そんなに幸いなこととは思えんが」

その時、犬養の携帯電話が着信を告げた。

相手は麻生だった。

『今、どこだ』

「都内を走ってます」

『すぐ本庁に戻れ。ジャックから二通目の手紙と、それから小包が届いた』

『二人とも生きる資格のない人間だった。その意味はやがて大衆の知ることとなるだろう。今後も聖餐《せいさん》は続く。だから模倣犯と区別しやすいように肉体の一部を同封しておく』

一通目と同様のPC用紙に打たれたワープロ文字。違いと言えば、それが小包の中に同封されていたことだった。

「肉体の一部って……」

「プラスチックの容器の中に親指大の肉片があった。DNA鑑定はまだだが簡易鑑定で判明した。半崎桐子の腎臓《じんぞう》の一部だ」

麻生は吐き捨てるように言ったが、犬養も同じ気分だった。

本家の切り裂きジャックは四番目の殺人の後、ホワイトチャペル自警団の団長ジョージ・ラスクの許《もと》に一通の手紙と切り取った腎臓を送りつけた。つまり、今回のことも順番が多少違っているが、本家を踏襲した行動と言えた。

犬養が嫌悪したのはまさにそこだった。十九世紀末の殺伐とした国の殺伐とした地区の事件をそのまま現代日本に持ち込んできた違和感、時代遅れのような猟奇性に神経が逆撫《さかな》でされる。我らのジャックは理性的かも知れないが、発想がひどく歪《いびつ》だ。

「プラスチックの中に保冷剤とかは入ってましたか」

「いいや。容器の気密性が高かっただけだ。だから箱を開けた時の悪臭は相当なものだったらしい」

ここのところ猛暑日が続いている。保冷剤も何もなく、プラスチック容器の中では確実に腐敗が進んでいたはずだった。犬養は最初に容器を開けた者に少なからず同情した。

「確か、本家からの手紙には残りの腎臓をフライにして食べたという記述があったはずですが……」

「我らのジャックが人間らしい嗜好《しこう》であるのを祈るばかりだな」

「やはり同じものがマスコミにも送られましたか」

「ああ。あちらは小包こそないものの帝都テレビと新聞社に同じ内容の封書が届けられた。さっき回収に行かせた。もちろん捜査本部に臓器の一部が送られた事実には箝口令《かんこうれい》を敷いておいた。ジャックはとんでもないところに気を回してくれたが、今日びこれすら真似しようという奴が出て来んとも限らないからな」

畜生、と犬養の後ろで古手川の呟《つぶや》く声が聞こえた。

「本庁は六郷由美香と半崎桐子の殺害事件を同一犯のものと認定、正式に埼玉県警と合同で捜査を進めることとした」

麻生の声で犬養は古手川に向き直る。

「改めてよろしく、だな」

古手川は浅く頭を下げただけで、心ここにあらずといった風情でジャックからの手紙に見入っていた。

畜生、ともう一度呟いた。

「犯行声明だけじゃ飽き足らず、次の犯行予告までしてやがる」

古手川の憤りは手に取るように分かる。ジャックの手紙は他人を虫けらのように扱う傲慢《ごうまん》さと不遜《ふそん》さに満ちており、古手川が直情径行気味の男であることを差し引いても首肯できる感情だった。

ジャックを止めなくてはならない。

普段はルーチン業務に追われて意識の下層に眠っている怒りがふつふつと沸いてくる。殺人犯にも様々なタイプが存在するが、その中でもジャックはとびきり危険な存在に思える。

本人が意図するしないに拘《かか》わらず、ジャックは病原菌となり得る。彼が犯行を繰り返すことで社会には恐怖と悪意が伝染し蔓延《まんえん》していく――犬養は先日、麻生が洩《も》らした懸念を思い出した。十九世紀のジャックに多くの模倣犯と信奉者が生まれたのと同様、この平成の世にも同じことが起きるかも知れない。そうなれば麻生の指摘した通り、最悪の事態となる。

「被害者二人の接点を探ってみる、と言ってたな」

麻生が水を向けてきた。合同の捜査本部が立ち上がる前に、自分たちがどう動くかは麻生に打診してあった。

「捜査本部に遺体の一部を送りつける。尋常な行動ではない。捜査員の中からは異常者による無差別殺人ではないかとの声も依然として強い」

だから二人の鑑取りは優先させないというつもりか——犬養がやんわり疑義を差し挟もうとした時、古手川がぼそりと呟いた。

「無差別じゃない」

「ほう。古手川くんと言ったか。所轄の捜査員が何か意見でもあるのかな」

からかい半分挑発半分の言葉だったが、古手川は意に介する様子もない。

「意見というか経験則です。前に同じような連続殺人を捜査したことがあります。ひどく残酷で、ひどく頭のいいヤツでした。最初は被害者たちに何の関連も見られず、無差別殺人かと思われましたが、やっぱり被害者同士を繋《つな》ぐ輪はありました」

「ジャックも同様だと言うのか。その根拠は？　犯行の手口は理性的かも知れんが、選択方法や動機に関しては異常である可能性もある。目に留まった獲物から手に掛けたという見方は否定できない」

「じゃあ、そいつの目を引くような何かを二人が持っていたんです。ええと、ええっと……畜生、うまく説明できないな。つまり金魚すくいと一緒ですよ」

「金魚すくいだとお？　いったい君は何を言っとるんだ」

「プールの中に何十四と金魚が泳いでて、それを掬《すく》う段になってですね。闇雲にポイを突っ込むのはホントの幼児だけで、やっぱり大きなのとか模様が鮮やかな金魚を選ぶじゃないですか。ジャックもそうです。趣味とか嗜好とか、被害者を選んだ基準が必ずあるはずなんです」

　麻生が機嫌を損ねたらしいのは仕草で分かった。犬養は麻生が口を開く前に、古手川との間に割って入った。

「正式に合同の捜査会議が開かれた際、被害者たちの共通項は必ず検討事項となります。当たりにしろ外れにしろ、それを今から潰《つぶ》しておくのも捜査を迅速に進める一助になるんじゃないかと」

　しばらく腕組みをした後、麻生は不承不承頷《うなず》いてみせた。

　長居は無用と部屋を退出すると、古手川はちらちらと犬養を横目で見た。

「何か意思表示したいことがあるのか」

「いや。さっきみたいな上司操縦法はどうやって会得するものかと思って」

「あんなのは操縦法でも何でもない。単なる逃げだよ」

「俺も一度でいいから、あんな風に上を手玉に取ってみたいけど……無理だな。あのタマじゃ」

その口調から、古手川の上司はよほど融通が利かないか、よほど頭の切れる人物であることが窺《うかが》える。

「あんたの上司は理屈屋なのか」

「理屈屋というよりは海千山千ですね」

「日頃そんな上司を相手にしていてあの理屈はなかった。煙《けむ》に巻くのなら、もっと説得力のある出まかせを言わないと。それに金魚すくいの喩《たと》えは稚拙だ」

「……悪かったですね、稚拙で」

「題材じゃなくてレベルの比喩《ひゆ》が稚拙だというんだ。大きさと模様の鮮やかさで選ぶんなら通常レベルに過ぎない。大体、大きいのや綺麗《きれい》なのは罠《わな》だって知ってるか」

「罠？」

「紙破りといって、一番元気な金魚を入れておくんだ。元気だから掬おうとしてもすぐ破られる。金魚屋の仕込んだ罠さ。本当に賢い奴はそんな紙破りには目もくれないで、ひたすら水面近くに上がった金魚を狙う」

「どうして」

「水面近くまで上がってるのは酸欠状態で弱っているからさ。弱っているから簡単に掬える。ジャックは多分、その程度には賢い」

「……犬養さんも結構妙なこと、知ってますねえ」

「金魚屋にはずいぶんやられたからな。研究もするさ。人間は痛い目に遭わないと学習しない」

「そんなこた、分かってますよ」

古手川は不満げに唇を尖《とが》らせた。


それから一週間、二人は手分けして六郷由美香と半崎桐子の鑑取りを行ったが、収穫らしい収穫は得られなかった。

まず由美香の勤務先である東城信用金庫と桐子のカワダ電器との間には資本面でも取引面でも何ら繋がりはなく、また両社の社員同士で合同の懇親会などを行った過去もなかった。従って二人が仕事で接点を持った事実は発見できなかった。

次に交友関係について由美香の部屋に残っていた郵送物および住所録に登録されていたアドレス、桐子に関しては家族の証言を基にして知人の一覧表が作成されたが、両者に共通する人物は存在しなかった。

それから犬養と古手川は被害者たちの生活圏を探ってみた。自宅から勤務先まで、そして休日の行動範囲。昼食に立ち寄る店、行きつけの店、趣味としていたもの興味の対象だったもの、好きだったアーティスト、読んでいた小説、散歩コース、ボランティア参加の有無。しかし、ここにも手掛かりはなかった。

背後関係を学生時代まで遡《さかのぼ》ってもみた。二人の卒業写真を取り寄せ、可能な限り同級生の証言を集めてみたが、被害者二人の年齢が離れていることもあり、やはり接点は見つけられない。当時在籍していた教師の一覧を照合しても一致する人物は一人も見当たらない。

ないない尽くしの結果が続く中、犬養は被害者宅から本人所有のパソコンを鑑識に回し、アクセス内容の解析を試みた。現実世界に接点がなくとも、ネットの世界で二人が交流している可能性に着目したのだ。だが、この試みも無駄に終わった。由美香も桐子もそれぞれ〈No.6〉〈half cape〉というハンドルネームで多くのサイトやツイッターに参加していたが、二人がネット上で出会う機会は遂になかった。結局、二人に共通していたのは性別と血液型が共にB型だったという共通点とも言えない事項だけだった。

また、二人が売春行為をしていたかについては全く確証が得られなかった。ジャックからの手紙の冒頭にある『二人とも生きる資格のない人間だった』という文言からその可能性は小さくないと思われたが、勤務先での拘束時間と在宅時間を考え合わせれば街で客を取っている時間などなかった。二人の部屋を家宅捜索しても預金通帳の残高を確認しても人並みの生活水準であることが窺われ、給料以外の収入があったことも考えられなかった。

そして犬養と古手川が二人の鑑取りに頓挫《とんざ》していた頃、世間ではジャックが圧倒的な存在感を獲得していた。

まず、最初の事件から時を置かず二件目の犯行を成就させたことが注目を浴びた。犯行声明をぶち上げた大胆不敵さに勝るとも劣らない行動力として、良くも悪くも有言実行であることが耳目を集めた格好だった。しばしばマスコミの世界では美談よりも悪事が持て囃《はや》される。美談は一時の感動で済んでしまうが、悪事は暴露されてからも印象が後を引くからだ。絶えず新鮮なネタを追い求めるマスコミにとって賞味期限の長い事件は重宝することこの上ない。

殺害後に臓器を摘出し、それればかりか犯行声明を発表する犯人——訴求力は申し分ない。どこか知的な香りさえ感じさせる異常者というキャラクターは大向こう受けもする。各媒体の取り上げ方は、さながら悪のヒーロー登場を称賛する紹介文の趣きさえあった。

ジャックが脚光を浴びた二つ目の要因は、やはり被害者の遺体の一部を送りつけたという事実だった。捜査本部はひた隠しにしていたが、帝都テレビの不心得者のニュースキャスターがうっかり『犯人は手紙以外にも自身の犯行であることを証明するモノを同封し』、と口走ったのだ（もっとも捜査本部に身を置く者でそれが本当に「うっかり」だったと受け取った者は誰もいなかったが）。

ジャックという名前とニュースキャスターの失言で同封されたモノの正体は容易に想像がついた。どこの局もしばらくは巧みに断言を避けていたが、某写真週刊誌が内容を明記したのを皮切りに歯止めがなくなった。要はどこもフライングを怖れていただけのことで、一つ穴が開くと捜査本部の申し入れは一気に瓦解《がかい》した。

世間は静かに怯《おび》え始めた。犯行声明だけならまだしも、被害者の肉体の一部を捜査本部に送りつける犯人など、少なくとも平成の世になってからは初めてのケースだった。人は理解できないものに原初的な恐怖を抱く。ジャックの行為は不可解さと相俟《あいま》って人々の胸に楔《くさび》を打ち込んだ。

一番敏感に反応したのは風俗業に従事する女たちだった。本家ジャックの標的が娼婦《しょうふ》であり、今回も女性が連続して狙われたことから〈ジャックの目的は風俗嬢〉との風評が広まり、警察に保護を求めたり廃業する者が続出した。

ネットでは早くからジャックに関して、そして二人の被害者について膨大な量の書き込みがされていた。フェイスブックのように実名登録が原則となるSNSには真っ当にジャックの非道さを弾劾するものもあったが、多くは似非《えせ》ジャックを名乗る者とジャックをヒーロー視する者、そして被害者二人を嘲笑《ちょうしょう》し次なる犠牲者を推測して悦に入る者たちで占められた。

各種サイトや掲示板の閲覧を含むとさすがに鑑識課の手に余り、捜査本部はサイバー犯罪対策課に応援を依頼して手掛かりを模索した。その結果は一日毎に本部に上げられたが、報告書に目を通す度に犬養は「一般市民」とやらが薄汚く思えて仕方なかった。匿名性の持つ悪意をここでもまざまざと見せつけられたからだ。

ネットの書き込みやツイッターは簡便で即時性がある。匿名で手軽に発信した言葉にすぐさま反応が返ってくる。特定の対象を悪罵《あくば》して逃げ去るのに、これほど好都合なツールは他にない。何をどう書き込もうが全くの自由であり、責任を問う者はどこにもいない。さながら公衆便所の落書きと同じであり、劣等感の裏返しとなった悪意が充満している。ジャックの登場はこの悪意の火薬庫に火を放つ結果となった。

『ジャックは我なり』

『俺こそが本物のジャックだ』

『わたしは満足していない。犠牲者は両手に余るだろう。それまでにボンクラの刑事たちはわたしを捕まえられるかな？』

『切り裂きジャックからの伝言。殺して欲しい売女《ばいた》がいるならこの掲示板に名前と住所を明記した後、以下の振込先に二百万円を……』

『切り裂きジャックとは実は数人のメンバーからなるユニット名であり……』

『次の犠牲者は葛飾区《かつしかく》立石《たていし》○○に住む高橋京子《たかはしきょうこ》（二五）になりました』

『光《ひかり》が岡《おか》中学校教師勝木《かつき》郁美《いくみ》へ。腹を洗って待っていろ』

『腹を切られた女たちは街娼《がいしょう》だった。俺はあいつらに病気を伝染《うつ》されたから復讐《ふくしゅう》したまでだ』

『二人の死体は丁寧に捌《さば》いて食材に混ぜておいた。わたしこと切り裂きジャックは外食チェーン〈サンドリヨン〉のスタッフで……』

『切り裂きジャックの正体を知っています。千葉県浦安《うらやす》市猫実《ねこざね》二丁目のマ○クに勤める柳田《やなぎだ》という男で……』

　ジャックを自称する者、犯人を名指しする者を放置するわけにもいかず、サイバー犯罪対策課は該当する書き込みに対してIPアドレスを辿《たど》って住所を特定したが、本人たちから事情を聴取するまでには至っていない。とにかく数が多過ぎるのだ。

捜査本部への悪戯《いたずら》も一向に止まなかった。今度は予想通り小包が増え、中を開けると声明文と肉片が入っているものが多かった。もちろん鑑定してみると動物のそれだったのだが、それだけでもかなりの人員と時間を取られ、捜査本部は早くも機能停止に陥りかけていた。

3

「本庁の捜査支援分析センターからプロファイリングの追加修正分が上がってきた」

犬養が誘い水を向けると、古手川が顔を近づけてきた。

「結果、どんな風でした」

「『年齢二十代後半から四十代前半の男性。東京近郊に仕事場を持ち、一人暮らし。自己抑制が利き、目的意識が高い。極めて社交的である』」

「……それだけっスか」

「これだけだ」

古手川は拍子抜けしたように言ったが、それは犬養も同様だった。最初に提示されたプロファイリングからほとんど進展はない。殺人が一つ追加されてこれしきの進展というのでは、さすがに思いやられる。捜査に有効な材料が揃う頃には死屍《しし》累々になるではないか。

「最後の社交的ってのはどういう根拠ですか」

「六郷由美香にしても半崎桐子にしても風俗嬢だった事実は今のところない。そうなると犯人の方から被害者に接近する訳だから、ある程度以上の社交性がなければならない……そういう理屈らしい」

「へえー」

どう聞いても感心したという口調ではなく、むしろその逆だった。

「気に入らないか」

「っていうより気にしてたらドツボ嵌《はま》りますよ、そんなプロファイリング」

古手川は警視庁が肝いりで設置したセンターそのものをせせら笑うように言う。

「以前、シリアルキラーの担当したって言ったでしょ。その時もプロファイリングはあったんですよ。ところが犯人はプロファイリング像とは似ても似つかないヤツでした」

「経験則からの不信感か」

「その時、上司に言われたんです。プロファイリングはあくまでも統計学だって」

「それはその通りだ」

「それってつまり、データが多くなきゃ信憑性《しんぴょうせい》がないってことですよね。かなり前からデータを蓄積している英米ならともかく、まだ日本じゃ凶悪犯罪自体が少ない。そんな少ないデータから弾《はじ》き出した推論が精度の高い訳ないじゃないですか。だって例の世田《せた》谷《が》一《や》家惨殺事件でも、プロファイリングなんてクソの蓋《ふた》にもならなかったって言うじゃありませんか」

犬養は少し感心して聞いていた。最近の警察官は警察学校での教育が徹底しているとみえて、科学捜査には絶対の信頼を置いている者が多い。科学捜査への信頼が自白偏重の捜査方針を牽制《けんせい》するという意味では悪い傾向ではないのだが、行き過ぎれば科学捜査偏重となるきらいがある。日進月歩の科学捜査において、現時点での科学捜査がどこまで信頼できるかという問題だ。

要はバランスなのだと犬養は考える。科学捜査を重視しながら、その隙間を捜査員の観察力で充塡《じゅうてん》していく。その観察力は現場で養うしかない。科学捜査一辺倒の結果生み出された冤罪事件とは、とどのつまり現場の捜査員と検察官の観察力のなさが露呈したものに他ならない。

その点、この古手川という男は若いのにバランスの重要性をよく知っている。確たる信条ではなくとも、知っているだけでも有象無象の刑事よりは遥かにマシだ。

「大体ですよ、そんな犯人像、首都圏だけで何万人いるってんですか」

「定石に縛られる管理官なら人海戦術でローラーかけるだろうな」

そして見込み違いの畑を潰《つぶ》して徒《いたずら》に捜査本部を疲弊させ、結局は真犯人を見逃す――迷宮入りになる典型的なパターンだ。

まだ考えを面に出さない術《すべ》は習得していないらしく、古手川がローラー作戦を嫌っているのはすぐに分かった。

「古手川くんよ。俺たち下っ端が現場で自由に振る舞う方法って知ってるか」

「実績を上げること、ですかね」

「正解だ。そして幸か不幸か、俺はそこそこ検挙率がいい。だから根回しさえしておけば多少のスタンドプレーは黙認してもらえる。あくまでも多少だが」

するとと古手川はいきなりにやにや笑い出した。

「俺が何か可笑《おか》しいことを言ったか」

「いえ……どうして俺がパートナー組む相手って、個人プレー大好き人間になるのかなと」

「そういうパートナーは嫌か」

「あの、犬養さん。今から言っておきますけど、俺もどっちかっていうとそのクチなんです。しかも暴走タイプ。だから年長者の犬養さんにはブレーキ役になってもらわないと」

「そんな殊勝な気持ちは更々ない」

犬養は突き放すように言う。

「悪いが君と二人三脚するつもりはない。何故かといえば今度の犯人が普通とは思えんからだ。そういう相手に定石は通用しないし、相手が目一杯アクセル踏み込んでる時にこちらがブレーキ踏んでたら、いつまで経っても追いつけない。暴走大いに結構。ただし骨は拾ってやれんよ」

　犬養がそう言っても古手川はにやにや笑いを止めなかった。

「いいっスよ、拾ってくれなくて。間違った方向に暴走するのだけ直してくれたら。それより犬養さん。さっきのプロファイリング聞いてて変な感じしませんでしたか」

「変な感じとは？」

「何かちぐはぐなんですよ。自己抑制が利き目的意識が高いって、要は計画性を持ってるってことでしょ。それが何か……うーん、合わないっていうか、そぐわないっていうか」

　ああ、そのことに気づいたのか——犬養はまた古手川を見直した。どうやら勘も人並み以上にあるらしい。

「言いたいことは分かるよ。計画性というのは小心者のすることと相場が決まっている。ところが今度の事件は劇場型犯罪だ。君は小心者が劇場型犯罪を演出していることが腑《ふ》に落ちないんだろ」

「あ、そうですそうです。何だ、犬養さんも分かってるんじゃないスか」

「いや、理由は俺だって分からんさ。だから気持ち悪いんだ」

　それはプロファイリングの結果を持ち出すまでもなく気づいていたことだった。計画性があるのなら、それを遂行するためには可能な限り不確定要素を排除するのが当然だ。

だが劇場型犯罪は犯人側と警察側だけでなく、観客をも巻き込む。つまりマスコミや一般大衆が過熱した結果、犯罪全体の構図が変質する可能性を持つ。この二つが大きく矛盾するために、犬養はずっと困惑していたのだ。

「あの、これも上司の受け売りなんですけどね。手品のネタを暴く方法ってのがあるんですよ」

「手品のネタ？　何だい、それは」

「手品師は右手に注目を集めさせている最中に、左手でネタを仕込んでいる。だから右手が派手に動いている時は、逆に左手を見ていれば仕掛けが分かる……って話」

成る程、言わんとしていることは理解できる。

「つまり犯人は劇場型犯罪に見せかけて、何かを隠そうとしているってことかい」

「ああ、それそれ。凄《すご》いスね、犬養さん。俺の考えてること、ちゃんと言葉にしてくれてますよ」

「一度、その上司に会ってみたいものだな」

「ウチに帳場立ってますから会おうと思えば会えますけど、やめといた方がいいっスよ。第一印象、最低ですから」

「じゃあ、第二印象が素晴らしくいい訳か」

「第二印象、最悪です」

鬱陶《うっとう》しそうに言うものの、古手川の口調にはどこか親近感が聞き取れる。犬養はしばらく考えて思い当たった。これは息子が父親を語る時の口調そっくりだった。

「ともかく手品師の左手に注目というのは俺も賛成だ。じゃあ、早速その左手を見に行くか」

「どこへ?」

「六郷由美香と半崎桐子両方の実家。実はちょっと気になることがあるんだ。ひょっとしたら、そいつが手品師の隠したがっている左手かも知れない」

江戸川区中葛西四丁目。二人が現地に到着すると六郷家の玄関にはまだ忌中の札が貼られていた。

「由美香の後、またお嬢さんが犠牲になったようで……」

六郷武則は最初に会った時よりもずっと老けて見えた。側頭部の生え際にも白髪が目立ち、まるで一気に十も齢《とし》を取ったような印象を受ける。

「それでもまだ、犯人の目星とかはついておらんのですか」

年相応に感情を抑えた物言いだが、それでも警察への不信感と憤りが滲《にじ》み出るのは仕方のないところか。ここで責任逃れをしても始まらないし、するつもりもない。こういう時に頭を下げるのは挨拶《あいさつ》のようなものだ。犬養は深々と頭を下げる。古手川も少し遅れて後に倣う。

「今日はその手掛かりを得るために参りました。これ以上の犠牲者を出さないためにも、どうかご協力ください」

「これ以上の犠牲者。ま、まだこれからも増えるというのですか」

「お嬢さんたちを襲った犯人の人物像を考えると、その可能性が充分あります」

「しかし、由美香に関して大抵のことは既にお話ししましたが」

「いや、実はあの時に話されたことで引っ掛かることがありまして……あの時、お母さんは『折角ちゃんとお勤めもしていたのに』と言いましたね」

「ええ」

「そしてあなたは由美香さんが病気がちで友人と呼べる人はいないと仰《おつしや》った。事実、お嬢さんの部屋にあった住所録には十四件の情報しかなかった」

「はい」

「もしや由美香さんは長期間入院されていたのではありませんか」

「その通りです。由美香は就職してからすぐに長患いをし、二年間病院におりました」

「ご病気は」

「劇症肝炎ですよ。最初は風邪かと思っていたがなかなか治らないので診察してもらったらそう診断され、即入院となりました。この病気は度々意識障害が起こり、死亡率も高いと聞いていたので由美香が不憫《ふびん》でなりませんでした」

「しかし、退院された」

「ええ。いいお医者様に恵まれましてね。肝臓移植をしていただきました」

「執刀医とメンバーは憶えていらっしゃいますか」

「手術してもらったのは恵帝《けいてい》病院の筑波《つくば》先生ですが」

「移植手術でしたら他にもメンバーはいたんじゃないですか。たとえば移植コーディネーターとか」

「移植コーディネーター……ああ、そうです。そういう人がおりました。確か、高野という女性の方でしたな」

「連絡先はご存じですか」

「確か、名刺をもらったはずですが……少しお待ちください」

武則は奥に入ってしばらく探しものをしていたが、やがて手ぶらで戻ってきた。

「申し訳ありません。どこかに紛れ込んだようで……手術が終わった後も筑波先生とは術後経過の報告で何度かやり取りしたのですが、コーディネーターの方とは手術の際にお会いしただけで」

「結構です。もし見つかったら教えてください」

犬養は礼を言って六郷家を辞去した。早速、古手川が訊《き》いてきた。

「今のが手品師の左手ですか」

「ああ、そうだ。半崎桐子の司法解剖に立ち会った時、光崎教授が指摘していたよな。肩甲骨下部から側胸部にかけて縫合痕《こん》があると。半崎桐子も六郷由美香同様、過去に手術している」

そこに着目したのは自分の娘が手術の必要に迫られていたからだが、口には出さずにいた。

「手術繋《つな》がりって訳か。でも、それがどういう形の手なんですか」

「そいつはまだ分からん。さあ、次は半崎桐子の実家だ」

二人は次に熊谷市に向かった。持田《もちだ》インターチェンジで下り、中山道《なかせんどう》十七号線を南下。久下《くげ》橋を渡ったところに半崎家があった。六郷家と同様、こちらも玄関ドアに忌中の貼り紙がある。この辺りはまだ新しい住宅地で路地からは子供たちの声も聞こえて結構賑《にぎ》やかなのだが、さすがに半崎家はひっそりとしている。

「ここは俺が慣れてますから」と、今度は古手川が前に出る。

応対したのは母親だった。見るからに憔悴しきっており眼窩《がんか》の周りには深い隈《くま》ができている。これは犬養が何度も見た被害者遺族特有の顔だ。泣くにも悲しむのにも体力が要る。ひとしきり嘆き悲しめば、相応に面やつれする。

「お嬢さんの病歴についてお聞きしたいのですが、桐子さんは何か重い病気を？」

「娘は肺炎を患っていました」

「肺炎、ですか」

「細菌性肺炎と診断されました……本当はクスリで治るような病気らしいんですが、仕事で無理をしているうちに受診が遅れたので、命に関わるような病気になってしまいました」

「手術はされたんですか」

「ええ。川越の黎名《れいめい》病院で肺の移植手術を受けました。お蔭《かげ》で体調も戻り、仕事に復帰もできてやれ安心だと思っていた矢先、こんなことになって……」

「執刀医の名前は」

「鮎川《あゆかわ》先生……鮎川達志《たつし》先生です」

「移植手術であれば、事前に移植コーディネーターとの接触があったはずですが、その人物の名前は分かりますか」

「移植コーディネーター……？　ああ、ちょっと待っててください。名刺をいただいていたので取っておいたんです」

奥に引っ込んだ母親はすぐに一枚の紙片を持って戻ってきた。

「この方です」

犬養と古手川は差し出された名刺に顔を寄せる。

〈帝都大附属病院　移植コーディネーター　高野千春〉

犬養は思わずうっと声を洩《も》らした。まさかここでこの病院名に当たるとは。

「帝都大附属病院って、犬養さんの娘さんが入院している……」

「ああ。燈台下暗《とうだいもとくら》しもいいところだ」

「高野。確か六郷由美香の移植コーディネーターもそんな名前でしたね。きっと同一人物ですよ」

「偶然の一致だと思うか」

「これが偶然だと決めつけるんなら刑事辞めた方がいいでしょうね」

遂に見つけた二つの事件の共通点。名刺の名前が浮き上がって見える。刑事としての勘が、高野千春こそが事件の突破口であると告げている。

二人は弾《はじ》かれるように半崎家を後にした。


病院に到着し、犬養が名乗ると高野千春は合点したように頷《うなず》いた。

「ああ、沙耶香さんの件ですね。ええ、真境名先生から伺っていますよ」

「いや、違うんです。今日は沙耶香のことではなく、事件の捜査で」

出鼻を挫《くじ》かれたように犬養は口籠《くちご》る。娘の生殺与奪の権を握る関係者が相手では、やはり勝手が違う。しかも自分の苦手な、女だ。

それでも二人の犠牲者の名を告げると、千春はあっさりと答えた。

「確かに六郷由美香さんも半崎桐子さんもわたしが担当でした」

「報道でお二人が事件に巻き込まれたことはご存じでしたか」

更に犬養が問うと、千春はこれにもすんなりと首肯する。

「ご存じであれば、どうしてご一報いただけなかったんですか」

「テレビでは切り裂きジャックを名乗る犯人が無差別に女性を選んでいると報じてましたから……二人を関連づけて考えることはしませんでした」

犬養は千春の目を覗《のぞ》き込む。今喋《しゃべ》っていることは本心かそれとも虚偽か。男相手であれば眼球の動き、声の抑揚、手の仕草で嘘を見破るのは造作もないことだが、女相手では観察眼も洞察力も鈍る。我ながら情けないとは思うが、こればかりはどうしようもない。

「二人の移植手術はいつでしたか」

「記録を確認しなければ、はっきりとしたことは言えませんが、確か今年の四月でした」

「二人ともですか」

「同日に手術が行われました」

「二人とも臓器を提供された側、つまりレシピエントです。しかも二人とも血液型は同じB型だ。その二人が同日に手術を受けたということは、ドナーが同一人物ということですか」

「その通りです」

「そのドナーの連絡先を教えてください」

「それはできません」

千春は言下に拒絶した。

「できないって……殺人事件の捜査なんですよ。ドナーの遺族が事件に関係している可能性は大いにあるんです」

「あくまでも可能性に過ぎません。患者さんについては守秘義務があります。おいそれと個人情報を提供する訳にはいきません。組織移植コーディネーター理念にもそれは謳《うた》われています」

「個人情報保護法のことを仰《おっしゃ》っているのなら、これは例外規定に当たります。第二十三条第一項の四には、国の機関が法令の定める事務を遂行することに対して協力する必要がある場合には……」

「それなら正規の手続きを踏んで、資料を請求してください。わたしの独断で患者さんの情報を詳《つまび》らかにすることはできません」

よほど職業倫理に忠実なのか、それともドナー情報を秘匿しなければならない特別な理由があるのか――千春の顔色からそれを窺《うかが》い知ることはできない。

見かねた様子で古手川が二人の間に割って入った。

「あんた、何か隠してませんか」

あまりに直截な物言いに千春が目を剝《む》いた。

「わたしはただ手続きに従って欲しいと言っているだけです」

「テレビで見たと言いましたね。だったら、これがそんじょそこらの物盗《と》りとは訳が違うことも知っているはずだ」

「わたしは刑事さんじゃありませんから」

「普通の事件じゃない。あんたの担当した患者が殺された上で臓器をごっそり抜かれている。あんたの担当した患者はこの二人だけじゃないだろう。他にもこれから犠牲者が出るかも知れない。それでもあんたは平気でいられるのか」

「何も、隠していません」

千春は後ずさるが、古手川は距離を縮めることなく迫る。

「守秘義務か。よく聞く言葉だ。でも、人の命が懸かっているという時に守秘も何もあったもんじゃない。あんたたちがそれを口にするのは大抵が逃げ口上だ。後で責任を取らされるのが嫌でしょうがないんだ」

「失礼なことを言わないでください」

千春の表情が崩れた時に思い至った。

古手川はただ乱暴な刑事を演じているのではない。千春を挑発して隠《かく》されたものを引き出そうとしているのだ。いささか古臭い手法だが、職業倫理を振り翳《かざ》す手合いには一定の効果もある。それを意識して演じているとすればなかなか手練《てだ》れとも言える。

どちらにせよ、ここは古手川のお手並み拝見といったところか。もし境界線を越えるようなことがあれば、その前に制止すればいいだけの話だ。

「失礼か。ものは言いようだな。警察に情報を提供すれば護《まも》れるかも知れない命を危険に晒《さら》す方が、よっぽど失礼だと思うんだけどね」

「あなたはドナーにもレシピエントにも縁がないから、そんなことを言うんです」

　千春の口調が急に尖《とが》った。

「生体移植というのは命の受け渡しと同じ意味です。自分の命を差し出す人、それを受け取るしかない人の気持ちを考えたことがありますか！　ドナーの遺族には手術が終わった後も後悔に苛《さいな》まれている人がいます。レシピエントだって罪悪感を抱えて生きているんです。もし情報を開示することで双方の素姓が分かってしまったら、起きなくてもいい争いが起きます。これからドナーになろうとする人、レシピエントに登録しようとする患者さんに迷いが生じます」

「それでも殺人よりはマシだ」

　古手川はぐいと顔を近づける。

「あんたの言い分は単なる感情論だ。しかもあんた自身は与《あず》かり知らぬ他人の感情だ。言ってみれば建前だな」

「建前、ですって」

「人が建前を言う時は大抵保身を考えているか何かを隠しているかのどちらかだ。あんたが保身で言っているんじゃないとすれば、何かを隠していることになる。それはいったい何だ」

　一瞬、千春の表情に怯《おび》えが走った。

　古手川も追及の手を止めた。彼女の口が開くのを待つ様子だ。

しかし、千春は険のある目で古手川を睨《にら》み返すだけで何も言おうとはしなかった。

「もう、その辺でやめとこう」

潮目を見た犬養が口を挟む。

「人並み外れて倫理観の堅牢《けんろう》な人らしい。こういう人には正攻法で話を通すより他ない。高野さん。それでは正式に捜査関係事項照会書を提出させていただきます」

「このことは抗議します」

「ご自由に。ただし、捜査が進展する上であなたや病院側が犯罪に関して重要要件を意図的に隠蔽《いんぺい》しようとしていたら、その抗議も藪蛇《やぶへび》になってしまう可能性がある。どうかその点をご考慮ください」

犬養が頭を下げると、千春は二人の顔も見ずに廊下の向こうへ消えて行った。

ふう、と古手川が溜息《ためいき》を吐く。

「熱演、ご苦労さん」

「犬養さん、腰が引けてましたね」

「言っただろ、俺が得意なのは野郎だけだ」

「彼女、完全に隠してますね」

「ああ。それが自分に関してのことなのか他人に関してのことなのかは分からんが」

「他人てのはドナー、もしくはその遺族のことですね」

「ああ。彼女自身がいみじくも言っていたじゃないか。遺族の中には移植手術の後も後悔に苛まれている者がいると。そういう遺族なら移植された臓器に関心があってもおかしくない」

「まさか……移植された臓器を取り返すために死体の開腹をしたって言うんですか」

「可能性としてはなくもない。愛情の裏返しは憎悪だからな」

「でもそれにしたって、照会書出してすぐに回答するとは限りませんよ。何やかやと理屈つけてきたらどうします？」

「もしこの線が当たりなら、早晩犯行は止まるはずだ。タネを握った左手が注目されていると知ったら、手品師もおいそれと次の行動には移れまい。その間、俺たちは高野千春の行動を監視していればいい」

古手川は合点したように頷《うなず》いた。犬養もこれで事件の終結が近づいたかと思った。

だが、それは大きな誤算だった。

4

「帝都テレビから取材の申し込みだと」

取材の申し込みを受けた時、鶴崎は最初に胡散《うさん》臭さを感じた。

いつごろからか平成ジャック事件と名付けられた事案はその凄惨《せいさん》な内容に興味が集まり、まだ捜査本部に対する批判や揶揄《やゆ》は見当たらない。従ってこのタイミングでの取材要請は事件解決に向けての形式的な色合いが強かったが、問題は要請が広報を通したものではなく鶴崎個人に直接もたらされたことだった。

帝都テレビ報道局といえばジャックが声明発表の場に選んだ局だ。それを考えると、取材の目的が単なる捜査の進捗《しんちょく》具合を確認するためのものとは思えない。

鶴崎は十分だけという条件で取材に応じることにした。どうせこちらに不都合な内容なら、その場で追い返してしまえばいい。

応接室で待っていたのは二人組だった。それぞれ報道局のプロデューサーとチーフディレクターという肩書だから番組の責任者なのだろう。

「住田と申します。お忙しい中、貴重なお時間をいただき申し訳なく存じます」

一見してこの住田という男が一筋縄《なわ》ではいかない人間だと分かった。丁重な物腰の裏に狡猾《こうかつ》さを隠し持っているように見える。キャリアの道を進んできた鶴崎は、現場経験がない代わりに人を見る目が肥えていた。誰が味方で誰が敵なのか、そしてその人物は有能なのか無能なのか。そうしたことを瞬時に見極めることこそが処世の秘訣《ひけつ》だったからだ。

「単刀直入に申し上げましょう。本日お伺いしたのは、事件解決に向けて捜査協力をさせていただこうと思い立ったからです」

「捜査協力？」

「平成ジャックは帝都テレビに声明文を送りつけてきました。この点について我々はジャックが劇場型犯罪を目論《もくろ》んでいるのではないかと推測したのですが、鶴崎警視のお考えは如何《いかが》ですか」

「大きく間違ってはいないでしょうな」

鶴崎は慎重に答える。マスコミ人種相手に言質を取られることだけは避けるべきだ。

「ジャックは自分で脚本を書き、自分で演出をしようとしている。そのことを承知していながら、報道の必要性から奴の声明を発表せざるを得ない私どもにも忸怩《じくじ》たる思いがあります」

何が忸怩たる思いだ、笑わせるな。

鶴崎は肚《はら》でせせら笑う。ジャックの犯行声明を電波に乗せてからというもの、『アフタヌーンJAPAN』の視聴率は十ポイント以上も跳ね上がったと聞いている。忸怩たる思いどころか欣喜雀躍《きんきじゃくやく》というのが本音だろう。

「被害者はいずれもうら若き女性で、視聴者からも恐怖と憤りのメールを多数頂戴《ちょうだい》しております。いったい捜査は進展しているのか、犯人の目星はついているのかというお叱りまで私どもが受けております」

ふん、今度はあてつけか。

「詳細は明らかにできませんが捜査は着々と進展しています。ご心配なさらぬように」

「それはもちろんそうでしょう。私どもも警視庁には全幅の信頼を置いております。ただ……」

「ただ？」

「この状況はあまりにジャックが有利のように思えます。ジャックが一方的にカードを開いていくのを我々はただ見ていることしかできない。報道する側も一種、屈辱めいたものを感じずにはいられません」

「……何を仰《おつしや》りたいんですか」

「ジャックが脚本、演出している劇をこちら側で書き換えられないかという提案ですよ」

鶴崎は一瞬、虚を衝《つ》かれた。

この男、いったい何を言い出したのか。

「放送局というのは元々、発信の場です。その機能を使わない手はない。そうお思いになりませんか」

住田の言わんとすることがそれで合点できた。

「つまり、マスコミを通じて捜査本部からジャックに対して揺さぶりを掛ける、とそういう趣旨ですか」

「ああいうものを送りつけてきたくらいですから、ジャックも『アフタヌーンＪＡＰＡＮ』を、そして視聴者の反応を逐一ウォッチしているはずです。言い方は悪いが、愉快犯知能犯という輩《やから》はこちらを刺激することには慣れているが、刺激されることには慣れていません」

鶴崎は住田の言葉を吟味してみる。仕掛けられた劇場型犯罪を逆手に取るというのは確かに斬新《ざんしん》なアイデアだった。刺激されることに慣れていないというのもその通りで、こちらから挑発してやれば慌てるか怒るかしてミスを犯すかも知れない。どんな冷静な人間も、いや冷静な人間であるからこそ冷静さを失った時には失敗しやすい。

問題は自分に跳ね返るリスクがどの程度かということだった。ジャックを刺激することが捜査に混乱をもたらし解決が遅れれば、その責任は全て自分に伸《の》し掛かってくる。それだけは御免だ。自分のキャリアに傷がつくくらいなら、事件の一つや二つ迷宮入りになった方がいい。

だが、これは神奈川県警から警視庁に栄転して最初の、しかも世間の耳目を集める重大事件だ。見事解決に導けば間違いなく警視正、更には警視長への道程が開けてくる。

警視庁刑事部捜査第一課には自分以外にも十二名の管理官が置かれている。だが、その上のポストはどれも頭打ちになっている。早い話が十三人による椅子取りゲームだ。そして着任早々の鶴崎は言わば周回遅れで十二人の背中を見ながら走らされている。これは一気に皆を抜き去る絶好の機会だった。

生来、目立つことは嫌いではない。カメラ映りにも自信がある。しかも今日、麻生班長からは耳寄りな情報を得ていた。六郷由美香と半崎桐子の接点がようやく見えたというのだ。これは相手の晒《さら》していないカードの中身を知っていることと同じであり、相手の反応や出方が容易に予測できる。当然、失敗よりは成功する確率の方が高い。

「提案の内容は理解できました。しかし、あなた方のメリットは何ですか」

「メリットも何も。私どもはただ捜査に協力したい一心で……ただジャックが帝都テレビを指名している現状、警察からの発信も帝都テレビ、しかも『アフタヌーンJAPAN』に限定した方が余計な混乱は起きないと思います」

要はチャネルを独占させろということか。

警察とジャックのホットライン。好奇心で頭のはち切れそうな視聴者たちが『アフタヌーンJAPAN』に釘《くぎ》づけとなるのは確実で、視聴率は今より更に上がるだろう。そして、それは鶴崎には何ら関係のない話だった。

メリットは多く、デメリットは少ない。飛びついてもいい話だ。しかし丸呑《まるの》みしてはいけない。相手が先に提示する話ならこちら側にアドバンテージがある。アドバンテージがあるのなら、それを活用しなくて何が交渉か。

「言われてみれば確かに有意義なご提案ですね。よろしい、承りましょう。ただし条件があります」

鶴崎がそう告げると、住田たちは顔を見合わせた。どうやらこちらから条件提示されるとは想像もしていなかったらしい。

「それは何でしょうか」

「まず生放送ではなく収録であること。これは放送直後の反応を見て、対応する必要があるからです」

本音は別にあった。カメラやマイクを前に上擦った声や緊張した顔を晒したくない。収録ならば何度でも修正が可能だ。

「二つ目に、収録は基本的に警視庁からの声明発表という形式にすること。質疑応答の必要が生じた場合でも、その際は質問事項を事前にわたしがチェックできるようにしておくこと。これは質問内容が秘密の暴露に抵触していないかを確認するためです」

際どい質問をされて慌てふためく様など見せて堪《たま》るか。主導権は全てこちらで握らなければテレビに映る甲斐《かい》がない。

「最後に、警視庁の代表としてわたし一人が出演します。ジャックにしてみればわたしという個人を仮想敵にした方が真情を吐露しやすいし、やはり責任者の立場としてわたしが矢面に立つ方がいいでしょう」

メリットを享受するのは自分一人でいい。もしデメリットが発生したら捜査本部の誰かを巻き込めば分散できる。自分はそれができる立場にあり、そうする資格がある。自分をはじめとしてキャリアに失敗は許されない。キャリアの失墜はそのまま警察機構の威信失墜と同義だ。従って自分の権威が蔑《ないがし》ろにされる事態は絶対に回避しなければならない。

住田たちはしばらく小声でやり取りしていたが、やがて不承不承といった体で首を縦に振った。

＊

「……それでジャックを炙《あぶ》り出せる確率はどんなものなんですかね」

犬養の口調は皮肉めいたものになるが、麻生は顔を背けて碌《ろく》に答えようとしない。訊《き》かれた方も苦々しく思っているのは確認できたが、それで済む話でもない。

だが犬養が感情を吐き出す前に、古手川が聞こえよがしに笑い出した。

「馬鹿って、どこにでもいるんだよなー」

本来、所轄の刑事が本庁所属の班長を前にして口にする台詞《せりふ》ではなかったが、固有名詞を避けたせいか部屋中の誰も敢《あ》えてたしなめようとしない。

鶴崎という男については初めて見た時から底の浅さが見え隠れしていた。本人は気づいていないようだが、他の十二人の管理官と比較しても交渉事に慣れていない。ところが交渉に慣れていないのを押し隠すために我を通そうとするきらいがあり、更に幼稚に見える始末だ。不得手なことは不得手と表明するか黙っていればいいものを、誇大して見せようとするから余計軽薄に思われる。

有体に言えば権勢欲と上昇志向がネクタイをして歩いているような男であり、こういう人間に限って目の前に餌をぶら下げられると判断を誤りやすい。

だから鶴崎がジャックへの声明を行うと聞かされた時は冗談だと思ったが、帝都テレビが絡んでいると知った瞬間に双方のやり取りが透けて見えた。大方、自己顕示欲の強い鶴崎が帝都テレビに都合のいい条件を突きつけて承諾させたのだろうが、実際は帝都テレビにいいように扱われただけだ。駆け引きの結果ジャックが放送に反応を示せば良し。その場合、帝都テレビは存在価値を誇示できる。逆に鶴崎が何らかの失態を演じたとしても帝都テレビは痛くも痒《かゆ》くもない。いや、むしろ視聴率が上がって向こうの利益に貢献することになる。

捜査一課の面々もその程度は読んでいるのだろう。皆一様に渋面を作り、上司に恵まれない悲哀を嘆いている風だ。

「班長。確かに六郷由美香と半崎桐子の接点は見つけましたが、それがエースのカードなのかそれともカス札なのかはまだ」

「それ以上言うな、犬養」

麻生は苦りきった顔で遮った。

「今はジャックが我々の想像より遥かに低能であることを祈ろう」

「じゃあ、俺たちはその低能にこれだけ躍起にさせられてる訳ですね」

古手川がこぼすが、これはさすがに皆の反感を買った。周囲に睨《にら》まれて古手川はばつが悪そうに視線を逸《そ》らす。

「おい、始まったぞ」

誰かのひと言で皆の視線がテレビモニターに集中する。正午、『アフタヌーンＪＡＰ

AN』のタイトルの後に見慣れた鶴崎のバストショットが映った。意識しているのかいないのか、露骨なカメラ目線が却《かえ》って鬱陶しい。

『連日お伝えしている平成ジャック連続殺人事件の続報ですが、本日は捜査本部、担当の鶴崎警視をスタジオにお呼びしています。それでは警視、よろしくお願いします』

『よろしく』

質疑応答は記者会見の形式を採っているらしく、画面の外から女性アナウンサーの声がする。

『今日のお話は事件の進捗《しんちょく》についてということですが、犯人の特定ができたのでしょうか』

『まだ特定には至っておりません。目下、捜査を継続中です。また、犯人が特定された場合には即座に確保できる態勢を整えています』

『二つの事件は多分に猟奇的な色合いが強く、市民は恐怖の夜を過ごしています』

『確かにそういう面が顕在しています。しかしお気づきの方もいらっしゃる通り、これは十九世紀のロンドンで発生した切り裂きジャック事件の模倣に過ぎません。言わば演出された残虐性です。ですから、それほど怯《おび》える必要はないでしょう』

それを聞いて犬養は鼻白んだ。これは明らかにジャックを挑発する言い方だが、時には生来の残虐性よりも演出されたそれの方が怖ろしいケースに思い至っていない。もしジャックが綿密な計算の上で人を解体しているとすれば、冷静な態度である分、より脅威であることが何故分からないのか。犬養がジャックの立場であれば嘲笑《ちょうしょう》したくなるような人間観察だった。

『警視庁は世界に冠たる警察組織です。もうこれ以上の非道な犯行は許しません。市民の皆さんには今日以降、平穏な夜を過ごせるよう約束します』

「あーあ、言い切っちゃったよ」

古手川が呆《あき》れたように言ったが、これはその場にいた捜査員全員の気持ちを代弁する言葉だった。治安を護《まも》る者が市民の不安を鎮めるためであったとしても、視聴者に向かって軽はずみな約束はするものではない。これで第三の事件が発生したら、ぬか喜びをさせた分だけ猛烈な抗議がくる。念のために麻生の顔を盗み見ると、この男もひどく疲れた表情でモニターの鶴崎を見つめていた。

『当初は連続性がありながらも関連を摑《つか》めていませんでしたが、ようやく二つの殺人事件を繫《つな》ぐものが見えてきました』

『繫ぐもの。それは何なのですか』

『今はまだお答えできません。しかし、この共通項を追うことによって、早晩事件は解決するものと思っております』

鶴崎は心持ち胸を反らして言う。本人は堂々とした態度だと思っているかも知れないが、犬養の目には傲岸《ごうがん》としか映らない。

『しかしジャック……事件の犯人と名乗るジャックという人物からは第三第四の事件を

匂わせる手紙が届いていますが』

『では、この場を借りて、わたしからジャックに伝言したいと思います』

伝言だと――？　犬養は急に不安になった。

『伝言……ですか？』

『犯人からは二度に亘《わた》ってメッセージが届いている。これはその返答ともいうべきものです』

鶴崎は正面をきっと見据える。さながらテレビを通してジャックと対峙《たいじ》している正義の捜査員と言った風か。

『この放送を見ているか、ジャック』

恐らく事前に指示されていたのだろう。カメラがズームし、こちらを睨んだ鶴崎の顔が画面一杯に拡大される。

『我々はお前がどんな基準で被害者を選んでいるかを知っている。だから当然、お前が次にどんな人物を狙っているかも知っている』

「知ってねえよ」

古手川が堪《こら》えきれない調子で言う。

「照会書は出したけど、まだ病院側から回答はきていないから次が誰かは分からない。第一、これが見込み違いだったらどうするつもりなんだ」

見かねたように麻生が口を出した。

「それでも一定の効果はある。この放送を見たジャックが疑心暗鬼に駆られて次の犯行を躊躇《ちゅうちょ》するかも知れん」

「俺がジャックだったら、躊躇どころか頭にきて犯行を加速させる。こんな見え見えの脅しで足踏みするようなヤツが、被害者の腎臓《じんぞう》送りつけたりするものか」

『次の標的は我々の保護下にある。狙っても無駄だ。そしてまた、いくらジャックの名を騙《かた》ろうとも、その動機が無差別殺人でないことは既に明らかなのだ。その上で訊こう、ジャック。お前の狙いは何だ。お前の欲しいものは何だ。単なる復讐《ふくしゅう》心か。それとも愛する者の身体の一部か』

「駄目だ、こりゃ」

古手川は口を半開きにした。

「完っ全に自分の言葉に酔ってる」

呆れたのは犬養も同様だった。移植コーディネーター高野千春に辿《たど》り着いた経緯は報告しているが、ドナーの遺族についてはまだ容疑の範疇《はんちゅう》だとも言及していない。ところが鶴崎はまるで筋が確定したかのように思い込んでいる。犬養にしても現状はその線が一番濃厚だとは思っているが、千春から確たる証言を得ないうちに飛びつくのは拙速を通り越して危険ですらある。

『言いたいことがあるならわたしが聞いてやろう。電話でもメールでも構わない。だが、もう二度とお前に犯行を起こさせない。今度は忍び寄る足音にお前が怯える番だ。待っていろ。すぐ首に縄《なわ》を掛けてやる』
これ以上、見るに堪えなかった。犬養はリモコンに手を伸ばし、モニターを切った。
後には白々とした空気が漂っていた。

鶴崎のパフォーマンスはその日の夕刊のトップを飾った。ニュース番組は会見の模様を幾度となく繰り返し、鶴崎の顔を映さないメディアはなかった。

ジャックに向けて大見得を切った鶴崎には称賛の声が集まっていた。無論、中には兇《きょう》悪《あく》犯を徒《いたずら》に刺激するなという良識派の意見もあったが、大勢に呑《の》み込まれた形で目立つものではなかった。つまり、それだけ市民がジャックに対して得体の知れない恐怖心を抱いていたことの証左だった。

また帝都テレビ以外のマスコミも鶴崎の会見を好意的に受け止めた。捜査本部のトップが兇悪犯に敵意を露《あらわ》にしたのは人間らしさを感じさせる、という論調が多かった。軽挙妄動を誹《そし》る声は皆無で、まるで鶴崎とマスコミの軽薄さが同調したかのようだった。

現役の警察官僚があれほど兇悪犯に牙《きば》を剝《む》いた画《え》も過去には例がなく、ともすれば市民感覚との乖離《かいり》を指摘されていた警察には思わぬ追い風となった。警視庁並びに鶴崎への激励メールは帝都テレビに寄せられたものだけで千通を超えた。本来であれば過剰な言動を戒める立場の理事官も沈黙を守り、鶴崎は俄《にわか》に英雄として祭り上げられた感さえあった。

こうした世間の動向に押される形で捜査本部も早急の対応を迫られていた。責任者があそこまで言及したからには、もう悠長なことは言っていられない。犬養と古手川には任意で千春を出頭させよとの命令まで下った。先方から照会の回答がくるのを待つだけの余裕すらないという訳だ。

命令であれば拒否はできない。犬養は明日《あした》にでも千春に面会を求めるつもりでいた。

「正直、気が進みませんね……ホント、一センチも進まねえや」

二人きりになると古手川がこぼした。たしなめるつもりはない。犬養も気が進まないのは同じだ。

「何であんな馬鹿に付き合わされなきゃいけないんスか」

「馬鹿に付き合うっていうより、世論に押されたと考えた方が精神衛生上いいぞ」

「これでめでたくジャックが逮捕されれば鶴崎管理官は一躍スター、解決が遅れれば俺たちがお叱《しか》りを受ける……そういうことになるんでしょ」

「違う」

「え？」

「解決が遅れれば、その分死体が増えるんだ」

そのひと言で古手川の顔色が変わった。

「そんな。ターゲットを選ぶ理由が知られたとなれば、ジャックも様子見に入るんじゃなかったんですか」

「そのつもりだったんだが、管理官の放送を見てたら自信がなくなってきた。君と一緒だ。俺がジャックなら、管理官の蒼《あお》い顔見たさに今夜にでも若い女を渉猟する」

＊

『もう二度とお前に犯行を起こさせない。今度は忍び寄る足音にお前が怯える番だ。待っていろ。すぐ首に縄を掛けてやる』

「今どき熱血なお巡りさんがいるものねえ」

涼子の隣に座った女はテレビ画面を見ながらそう呟《つぶや》いた。こうした会見に登場する警察官といえば、役人のような通り一遍の言葉しか吐かない手合いばかりなので新鮮に映ったのは確かにその通りだった。

「大体、とんでもなく酷《ひど》い事件なんだから警察もこれくらい情熱を持って仕事してくれなきゃ」

ただし新鮮と好感度は別物だ。この男から漂ってくる熱さが仕事一途《いちず》からではなく、私利私欲の追求からくるものであることくらいは涼子にも分かる。だから好感を持つどころか却《かえ》って嫌悪感が湧く。涼子はすぐに興味をなくして画面から視線を外した。過密勤務の中での貴重な休み時間だ。何も不快なものを眺めて過ごさなくてもいい。

「あ、鬼子母さん。お休み申告してくれましたあ？」

向かいに座っていた朱美《あけみ》が訊《き》いてきた。涼子たちパート社員は週ごとの休暇を売り場主任に届け出る決まりになっている。

「昨日、事務所に届けてきました。明日、お休みをいただきます」

「えっ。明日あ？」

朱美の語尾が跳ね上がるのを聞いて、涼子は心中で舌打ちをする。この女がこういう声を出すのは決まって不平不満を言い出す時だった。

「やだー。西浦《にしうら》さんも明日休むのよ。鬼子母さんにまで休まれたら、あたしが休めないじゃん。ねえ、鬼子母さん。あたしと交代してくれないかな。明日、友達と約束あるんだ」

前日までに届け出なかったあんたが悪いんじゃないか――喉《のど》まで出かかった言葉をいつものように飲み下す。正社員だというのに、この女のスケジュール管理能力はまるで犬並みだ。いや、餌や散歩の時間を覚えているだけ犬の方が賢いか。

「すみません。あたしも明日はもう予定が入れてあって」

「えー。でも鬼子母さん、今は一人暮らしだったでしょ。学校行事も家族旅行もないじゃん」

「息子に会いに行くんです」

「え。だって鬼子母さんの息子さんて亡くなったんじゃ」

「息子に、会いに、行くんです」

表情を変えないままもう一度繰り返すと、朱美は気味の悪そうな顔をしてその場から立ち去った。

ほっとした。やはり母親が子供に会いに行くというのは最強の目的だ。

涼子は弁当を仕舞って売り場に戻る。これから五時間はひたすら顧客対応に専念しなければならない。

仕事が引けたら早速明日の用意をしよう。土地鑑はないが何とかなるだろう。それにしてもあの高野という人には感謝してもし足りない。本来なら知りようのないレシピエント情報を教えてくれた。だからこそこうして志郎に会いにも行ける。

志郎は今もちゃんと元気でいるだろうか——そう考えただけで涼子の足は自然に軽くなった。

三　恐慌

1

『そして各馬三、四コーナーに向かいます。先頭はキョウエイストーム、その差は半馬身くらいか残り六百メートルを通過していきます』

最終コーナーを回ると各馬は一斉にスパートをかけた。

驀進《ばくしん》する馬たち。地響きが観客席を揺るがす。ジョッキーと馬は一体の生き物となってゴールを目指す。場内の温度は確実に一度上がっている。

『さあここで赤い帽子ダイワファルコンが一気にやってきました。アドマイヤタイシは現在三番手それからエックスダンス押し上げてさあ二番のヒットザターゲット内、あ、サンテビニオンが伸びてきました。さあ直線に来ました。先頭は堂々とキョウエイストーム、馬場の真ん中一番のダイワファルコン追い上げ一馬身から二馬身のリードを取っている。さあ大きく広がっているさあトップはダイワファルコン。二番手争いが熾烈《しれつ》になっている内からヒットザターゲット更にミッキーパンプキン！』

ゴール！

『先頭はダイワファルコン一着でゴールイン』

「ああああ」

無意識に洩《も》れた言葉は溜息《ためいき》と共に周囲の声に掻《か》き消された。

具志堅悟《ぐしけんさとる》は今の今まで握り締めていた馬券を放り投げようとしたが、手汗で二枚がくっついた。

「チッ」

舌打ちは外れ馬券と財布の中身両方に対してのものだった。残金はさっき確認したばかりの三百五十円。ちょうどここから自宅までの電車賃と同額だった。親の財布からくすねた三万円はこの二時間で全て溜息に変わった。

『勝ったのは一番人気六番ダイワファルコン、二着アドマイヤタイシ三着ヒットザターゲットが入りました。三連単は六番九番十六番で四万三千三百十円という結果になっています』

悟はアナウンスされた馬券が落ちていないかと、しばらく視線を地面に落としていたがそうそう幸運が転がっているはずもなく辺りはただの紙屑《かみくず》で占められていた。きっとバイトなのだろう。競馬場の制服を着た若い男が地面の紙屑を掃き集めている。よくよく見れば自分と同じ年格好だ。黙々とモップを動かす手を見ていたら何故か居たたまれなくなり、悟は馬券漁《あさ》りを中断した。熱狂の残滓《ざんし》がわずかに残っているが、もう空しさしか感じられなかった。

最終レースが終わると観客は見る間に姿を消していく。当たり馬券を手にした者はフジビュースタンドのときわ家か神田川《かんだがわ》へ、そうでない者はメモリアルスタンドの吉野家《よしのや》にでも行くのだろう。しかし悟の所持金では牛丼一杯も買えない。悟は足をホースプレビューの方角に向ける。ターフィーショップから西門を抜け、府中本町《ふちゅうほんまち》駅まで歩くつもりだった。やっとの思いで取り戻した健康がこういう時に生かされるのは皮肉以外の何物でもなかった。

つい最近まで健康であることがあれほど羨《うらや》ましかったのに、いざ取り戻してみると駅まで歩ける体力よりは競馬で当てる方が輝いて見える。人並みの幸福は所詮《しょせん》人並みの魅力でしかない。もっとも悟が移植手術を受けられたのは他人の善意に頼ってのことだが、本人はとうにその事実を忘れつつある。

悟はかつて慢性腎不全《じんふぜん》を患っていた。食餌《しょくじ》療法も化学療法も効果がないまま末期症状を迎え、尿毒症まで発症していた。人工透析に頼る日々が続いたが、透析は一回当たりの費用も高く、そして激痛を伴った。透析に使用する針は家畜用かと思えるほど太く、血圧が乱高下するので身体のだるさがなかなか抜けない。食餌制限の他に水分制限もあり、その辛《つら》さしんどさは同じ症状の者にしか分からない。

主治医の結城《ゆうき》医師は移植手術を提案したが、共働きで諸々《もろもろ》のローンと通院代に追われる両親に手術費用を払える余裕もなく、困り果てたところに降って湧いたのが親友のブログを通じた募金活動だった。〈具志堅青年を尿毒症から救え〉——。一個人のブログからの呼びかけがツイッターで全国に拡散され、見る見るうちに手術費用が貯えられていった。そして悟は移植手術の末、念願であった健康体を取り戻した。もう頭痛も呼吸困難も意識障害も起こらない。悟は涙ながらに有志たちの善意に感謝した。その歓喜の様子はニュースにも取り上げられ、悟は一躍時の人となった。

だが感動は長続きしなかった。

健康になった途端、労働の義務が生じた。二十三歳、健康な男なら働くのは当然だ。しかし治療のためとは言え、大学中退の身の上で正規雇用の口はなく、何とかコンビニエンスストアのバイトを得たが、決まった時間に寝起きするのが辛くて一週間足らずで辞めた。

それに加えて、手術が成功したからといって完全な健康体には戻れなかったという期待外れもあった。移植手術とは他人の組織を体内に取り込むことであり、その拒絶反応を抑えるために免疫抑制剤を投与し続けなければならない。だが長期に亘《わた》る免疫抑制剤の投与は人工的に免疫不全の状態を作り出すことと同義であり、常に感染症の危険に晒《さら》される。これが夢にまで見た健康な日々だったとは想像さえしていなかったので、失望も大きかった。

家にいてもすることがないので外に出る。外に出て時間潰《つぶ》しに覚えたのが賭《か》け事だった。悟は特に競馬に魅了された。

自分の賭けた馬が競り合い、抜き去り、一着でゴールを切った時の射精にも似た快感は一度味わうと病みつきになった。一枚百円の馬券が数分後には何百倍にもなる興奮は何事にも代え難かった。

後は絵に描いたような転落が待っていた。昨日今日競馬を覚えたばかりの素人が勝ち続けるはずもなく、悟は自分の貯えを食い潰《つぶ》していった。自分の貯えがなくなると両親からカネを引き出した。もう止めよう、と思った時に限って小勝ちするので止めるきっかけを失い、泥沼に嵌《はま》っていく。入院中、痛み止めにモルヒネを打ったことがあるが、賭け事と麻薬はよく似ていると最近になって気がついた。依存性と習慣性。一度覚えた快楽は神経の奥深くに刻み込まれて悟を虜《とりこ》にした。

募金を呼び掛けてくれた親友は、日がな一日競馬場、それ以外はパチンコ屋で過ごす悟に愛想を尽かして離れていった。それが悟には有難かった。あれこれうるさく忠告する声よりも競馬の実況中継の方がずっと耳に心地よい。

それにしても明日《あした》の馬券代をどう工面しようか。もう母親の財布にはいくらも入っていない。この上は父親名義のキャッシュカードを一時拝借しようか。どうせ暗証番号は家族三人のうち誰かの生年月日に違いない――。

すっかり人影の絶えた通路を歩きながらそんなことを考えていると、

「具志堅さん」と、後ろから呼び止められた。

振り返ると、そこにはおよそ競馬場には不似合いな女が立っていた。

見忘れるはずもなかった。自分の移植手術の際、何かと骨を折ってくれた恩人の一人だった。

「あんた……何でこんなところに」

＊

「これがジャックからの回答という訳か」

犬養は具志堅悟の死体を見下ろして呟《つぶや》いた。ジャックに返答を迫った鶴崎がこれを見たら、いったいどんな顔をすることやら。

悟の死体は東京競馬場西門近く、駐輪場の裏で本十四日朝方に発見された。発見したのは競馬場に勤務していた職員で、閉門時の見回りには異状がなかったことから犯行はその直後から夜にかけてのことと思われる。

死体の状況は以前と全く同じだった。絞殺された上で臓器という臓器を全て摘出されていた。死体に対する敬意のなさも相変わらずで、コンクリートの上で大の字に寝かされている。当然、空洞と化した腹腔《ふくこう》部を空に向けてさらけ出す格好となり、内部では蛆《うじ》と蟻が領地を争うようにして脂肪や組織を食い漁っている。臭気も激烈で、死体慣れしている捜査員でもまともに嗅《か》いだらまず嘔吐《おうと》感を催すだろう。職員が死体に気づいたのもこの臭気があればこそだった。

　被害者の身元は所持していた免許証からあっさりと割れた。住所と姓から自宅の電話番号を検索し、連絡すると昨夜から本人の安否を気遣っていた母親が応対した。その時、犬養は具志堅悟という名前に聞き覚えがあったものの、どこで知った名前なのかすっかり失念していた。

「で、今から被害者の両親がここに駆けつけて来るんですか」

　鑑識課員が忙しく動き回る様を眺めていた古手川が物憂げに訊《き》いてきた。遺族が死体と対面する時の愁嘆場を思い、今からげんなりしているようだ。

「前の事件に関わっていない府中署に任せる訳にもいかんだろ。俺と一緒にやるんだから露骨に嫌な顔するなよ。それに肝心なことはもう母親から訊いておいたしな」

「肝心なこと……移植手術、ですね」

「ああ。被害者の具志堅悟はこの春、腎臓《じんぞう》の移植手術をしている。血液型はやはりB型。手術自体は京葉《けいよう》医療センターで行われているが、線は一本で繋《つな》がっている」

「その線の起点に高野千春がいる」

　口調で分かる。古手川は静かに憤っていた。

「彼女が全てを話してくれていたら、第三の被害者は救えたはずだ」

「それは彼女自身にも分かっているだろう。だから遺族からの話を聴取したら、早速彼女に会いに行こう。もう有無は言わせん」

沙耶香が手術を勧められている事情もあり、犬養も臓器移植については一通り調べている。生体移植はレシピエントに対するドナーの数が圧倒的に少ない。

「一体のドナーについて使用可能な臓器は全て移植対象となる。高野千春の隠蔽《いんぺい》しているドナー情報は一切不明だが、レシピエントが三例というのは少な過ぎる」

「ドナーとされるXから臓器提供されたレシピエント……つまり被害者になる候補者がまだまだいるってことですか」

「ああ、これは続くぞ」

犬養は沈痛な面持ちで言う。被害者が全てレシピエントである事実を知ると、被害者に沙耶香の顔が被《かぶ》るようになっていた。

「捜査本部のトップが何を表明したところでジャックは犯行を止めない。劇場型だろうが何だろうが、ヤツを止めるには捕まえるしかない」

ブルーシートで覆われたテントの中から御厨が姿を現した。やはり腐敗臭は強く、御厨の服からその残滓が漂ってくる。

「どうですか」

「特に言うことはない。前と一緒だ。見るべきところをあらかた持っていかれた。ジャックはよほど検視官が嫌いとみえる」

御厨はぶっきらぼうに言ってから辺りを見回す。

「鶴崎さんはまだ来てないのか」

「鶴崎管理官が現場に顔出すことは多分ありませんよ」

「じゃあ、帰って伝えておいてくれ。テレビで大見得切る暇があるならホトケの腹に顔突っ込んでみろって」

吐き捨てるような口調が全てを物語っていた。

「あの会見がジャックの神経を逆撫《さかな》でしたとしたら、管理官はどう責任を取ってくれるのかね」

鶴崎が責任を取ることは有り得ない——それを知っているからこそ、御厨の言葉も辛《しん》辣《らつ》になるのだろう。

「死後硬直と角膜の混濁具合から死亡推定時刻は昨夜の十八時から二十時までの間と思われる。直接の死因は窒息死だろう。頸部《けいぶ》に二重の索条痕《こん》が残っている。第一第二の事件と寸分変わらん。刺切創の位置も形も前回と同様。死体検案書は最初の日付だけ上書きすればいい」

「十八時から二十時の間。まだ宵の口ですね」

犬養は改めてジャックの大胆さと用意周到さに舌を巻く。東京競馬場。一日でも約五万人の入場者数を誇る競馬場だが、閉門後の人通りは皆無となり施錠の後は巨大な密室空間となる。

最終レースの終了が十六時十五分、そして四十五分までに払い戻しが行われる。競馬場の閉門は十七時前後だが駐輪場は場外にあるため、警備員の見回りもここまでは及ばない。裏手なら尚更《なおさら》だろう。首都東京のど真ん中、五万人を収容する施設の片隅に人一人解体されても気づかれないような死角が存在する。

「馬券を握り締めた客は最終レースが済んだら長居はしない。駐輪場は放置自転車だらけだし、たむろしているヤツもいない。案外、犯行にはうってつけなのかもな」

「助けを呼ぼうにも、顔見知りだからって油断しているうちに首《くび》を縊られたら声も上げられない、か」

古手川が犬養の言葉を補強すると、御厨がほうという顔を向けた。

「その口ぶりだと容疑者に辿《たど》り着いたみたいだな」

「いや、まだそこまでは」

「今回、ガイ者は男性だったから正直混乱した。犯人はてっきり女性に何らかのコンプレックスを抱いた者だと思っていたが、元祖ジャックとは明らかに嗜好《しこう》が違うからな。これで犯人はますます分からなくなった。君たちの当てはいったいどういう線だ」

「まだ線と呼べるようなはっきりとしたものではありませんが、被害者は全員、同日に臓器の移植手術を受けています。このガイ者も同様にです」

「移植手術か。成る程な。そう言えばこの男性にも縫合痕があった。すると犯人はやはり医療関係者という線が濃厚になってくるな」

「早計は禁物ですが……」

「それでも捜査は進展しているようだから希望が持てる。そう考えたら、どこかの目立ちたがり屋が現場に顔を出すのは却《かえ》って逆効果かも知れん」

どうやら鶴崎の言動は捜査一課だけではなく、各方面から顰蹙《ひんしゅく》を買っているらしい。犬養は古手川と顔を見合わせて苦笑いする。

「それにしてもジャックがレシピエント患者を標的にしているとなると、別の悩ましい問題が出てくるな」

「検視官。それはどういう意味ですか」

「臓器移植法が制定されてからというもの移植は一般的になったような感があるが、それはあくまでも感じというだけでね。実際にはまだまだ微妙な問題が未解決なのさ」

「微妙な問題？」

「制度自体が走り始めているから一般には認識されていないが、医療関係者の間で囁《ささや》かれている問題だ。もしジャックがそのことに固執しているのなら、ちょっと厄介なことになる」

御厨は悩ましげな顔をしたまま二人に背を向ける。

「ドナーというのは生きている人間のことだからな」

そう言い残して立ち去る御厨を見ながら、犬養は雷に打たれたように立ち尽くしていた。

そんなことは今まで考えもしなかった。

「あの検視官、何を言おうとしたんスか」

古手川の問いに即座に答えられない。御厨の投げた言葉にはそれだけの威力があった。

「……爆弾だよ」

「えっ」

「検視官の勘が正しかったら、ジャックがやろうとしているのは医学の世界に爆弾を放り込むことになる」

尚も古手川が納得しかねる風で口を開きかけた時、警官が報告に現れた。

「たった今、被害者の母親が到着しました」

「通してくれ」

やがてやって来たのは四十代半ばの女だった。勤務途中、取るものも取りあえず駆けつけたのだろう。会社の制服姿のままで〈具志堅〉という名札も外していなかった。

「あの、具志堅晴菜《はるな》と申します。悟が、息子が見つかったと聞いて」

犬養と古手川は簡単に自己紹介だけしてブルーシートの中に晴菜を誘う。

そして聞き慣れた悲嘆の声を聞き、見慣れた悲劇を見た。

遺族との対面は首だけで充分だったが、シーツで覆われていても腹部の異常な凹《へこ》みは隠しようがない。不審に思った晴菜がシーツを捲《めく》るのを、止めようとした時にはもう遅かった。晴菜の絶叫はブルーシートを突き破り、西門まで届いた。恐慌状態に至った母親を落ち着かせるには更に数十分の時間を要した。

ようやく会話ができるまで回復すると、晴菜は時折声を詰まらせながら悟のことを話し始めた。

「息子さんに間違いありませんね」

「ええ……でも、どうして悟が……折角、折角治ったっていうのに」

「悟さんの昨日の行動を教えてください」

「わたしが勤めに出た後はいつも外出するようでした……しょっちゅう連絡を取っている訳ではありませんから、その都度居場所を確認はしていませんが、最近はあちこちのパチンコ屋にも入り浸っていたようです」

「そのことをご家族以外に知っている者はいますか」

「きっと日本中の人が知っているんじゃありませんか」

晴菜の言葉が尖《とが》る。

「あれだけ週刊誌で叩《たた》かれたんですから」

犬養はそれを聞いて、具志堅悟の名前をどうして憶えていたかやっと思い出した。

ほんの一カ月前のことだ。下世話な記事で名を馳《は》せる写真週刊誌が、ある青年の顔をアップで捉《とら》えた。競馬場で下唇を嚙《か》み締めて悔しがる悟の横顔だった。キャプションには〈善意で得られた命は無為徒食に〉とあり、募金のお蔭《かげ》で移植手術を受けて生還したにも拘《かか》わらず、毎日を自堕落に過ごす悟を徹底的に非難する記事だった。犬養自身もその記事を読み、人々の善意を蔑《ないがし》ろにする悟とそれを殊更に暴き立てて溜飲《りゅういん》を下げるかのような週刊誌双方に不快感を抱いたものだった。

成る程、あの記事を読んだ者ならば悟の居場所を推測することも困難ではない。何といっても東京競馬場は数ある競馬場の中でも最大規模を誇り、尚且つ悟の自宅からも近い。少しばかり頭と根気を使えば悟は容易に捕捉《ほそく》できたはずだ。

「あの子だってちゃんと働いて皆さんの恩義に応《こた》えるつもりだったんです。だけどただでさえ不況なのに……全部があの子のせいじゃないのに、まるで手の平を返したみたいに……もらった腎臓《じんぞう》を返却しろとか、ドナー患者さんに死んで詫《わ》びろとか……」

「ここ二、三日のうちで悟くんに不審な電話とかはありませんでしたか。たとえば脅迫めいたものとか、どこかに誘われるとか」

「特には……気づきませんでした」

「では、移植手術を終えてから接触してきた医療関係者はいませんでしたか」

「それも……特には」

「六郷由美香さんや半崎桐子さんという女性についてご存じですか」

「ああ、新聞に出ていた気の毒なお嬢さんたちですよね。いいえ。ニュースで見聞きする以上のことは知りません。悟もそうだったと思います」

これも不発か。

犬養は心中で歯嚙《はが》みする。三つの事件を経て、ジャックがまるで密林の肉食獣のように思えてきた。近づいても気配を感じさせない。獲物には毛先ほどの憐憫《れんびん》も見せず、襲った後に目ぼしいものは何一つ残さない。

「高野千春という医療関係者はご存じですか」

これが最後の質問だったが、晴菜はやっと期待していた回答を口にした。

「その方なら憶《おぼ》えています。移植手術の際、ドナー患者さんを見つけていただいたコーディネーターさんですよね。ええ。あの方には本当にお世話になって」

「その高野さんから最近連絡はありませんでしたか」

「さあ。わたしは日中出掛けていますから……でも、留守中に悟が受けたかも知れません」

これで繋《つな》がった。

犬養が目配せすると古手川もそれに応えた。やはりこの事件の根底には高野千春が関わっている。

「……悟はいつも、しんどいと洩《も》らしていました」

晴菜は嗚咽《おえつ》を堪《こら》えながら搾り出すように言った。

「しんどい？」

「他人の善意はこんなにもしんどいのかって……ドナー患者さんから腎臓をいただいて普通の生活に戻れたと思ったら全然普通じゃなかった。普通の人よりも頑張らないと皆は納得してくれない、人一倍汗を流さなかったら誰も許してくれないんだって、そう言ってました。他人の命をもらったんだから二人分の努力をしろ、お前を応援した者全員がいつもお前の行動を監視している。少しでも挫《くじ》けたり怠けたりしたら承知しない…

「……」

聞きながら犬養は凍りついた。今、晴菜が告げた善意からの責めは、そっくりそのまま未来の沙耶香に向けられたものだったからだ。

無邪気に寄せられた善意ほど始末に負えないものはない。欲得ずくで援助した者は収支決算すれば事足りるが、善意の第三者は無邪気であるがゆえに期待を裏切られると感情的になる。好意はあっさりと悪意に反転し、昨日まで祭り上げていた偶像を足蹴《あしげ》にして喜悦する。

「いい加減追い詰められた悟が唯一落ち着いた場所がここでした。もちろん誉められたことじゃありません。自慢できることでもありません。それでも大勢の人が逃げ道に使っていることを、何故悟がしちゃいけないんですか」

問い詰めるような晴菜の目を真正面から見ることができなかった。

「本当に、人の善意って何なのだろうと思います。募金していただいたり応援していただいたり、その時はやっぱり感謝しましたけど、いざ期待が裏切られたらまるで親の仇《かたき》みたいに罵倒《ばとう》するなんて……そしたら善意なんて、結局は迷惑なだけじゃないですか」

犬養はこれにも答えられない。すると、

「その通りだよ、奥さん」と、醒《さ》めた声で古手川が割って入った。

「善意なんてのはつまるところ偽善か自己満足に過ぎない。そうでなければ勘違いだ。人が他人に手を差し伸べるのは、自分が善人であると信じ込みたいからだよ」

晴菜は虚を衝《つ》かれた様子でしばらく古手川を見ていたが、やがてすとんと腰を落とすとまた嗚咽を洩らし始めた。こうなれば再び話を引き出すのに先刻と同じ時間を要する。犬養と古手川は諦《あきら》めたように首を振る。

二人で手をこまねいていると、そこに府中署の刑事がやって来た。

「ターフィーショップの店員が昨夕、ガイ者らしき男性が何者かと会っていたと証言しています」

犬養と古手川は顔を見合わせる。予断は禁物だがジャックの事件で初めて得る目撃者かも知れなかった。

行こう、と声を掛ける必要もなかった。二人はターフィーショップに駆け出した。

店員は梁瀬美香《やなせみか》という二十四、五の女性だった。おどおどしているが目には歴然と好奇の光が宿っている。

「払い戻しの四時四十五分以降はほとんどお客様がいらっしゃらないので店じまいするんですけど、ちょうどその時に見たんです。三十くらいの綺麗《きれい》な女の人が、あの具志堅って人に話し掛けているのを」

悟の死亡推定時刻は十八時から二十時の間。この場所から駐輪場に誘い、その後に殺害したとしても時間的な帳尻《ちょうじり》は合う。

「どんな話でしたか」

「あ。それはお店の前だったので、中にまでは聞こえませんでした」

「では、二人の間はどんな雰囲気でしたかね」

「あまり楽しいという感じではなかったですね。男の人の方は少し会話を交わすと不機嫌そうに西門の方に歩いて行きましたから」

「すると会話はそれっきりだったんですか」

「女の人がその後を追って行ったようでした」

「その女性というのは、この中にいますか」

内心、期待に震えながら犬養は五枚の顔写真を取り出す。もちろん本命はこの中の一枚きりなのだが、証言者の思い込みを排除するために予《あらかじ》め無関係な四人を混ぜておく。

美香は五枚の写真を眺めていたが、すぐに表情を輝かせるとその中の一枚を指差した。

「ああ、この人です。間違いありません」

その一枚を犬養と古手川は食い入るように見つめた。

高野千春の写真だった。

2

二人が捜査本部に戻ると、麻生が渋面をこしらえて待っていた。その顔だけで良くない報《しら》せが届いているのが分かる。

「鶴崎管理官がお怒りだ」

口にするのも億劫《おっくう》そうに麻生は言う。

「何を怒ってるんですか」

「自分がテレビであれだけジャックを牽制《けんせい》したのに、第三の事件が起きてしまったのは現場が能力不足だからだそうだ」

古手川の舌打ちが部屋中に響いたが、他の捜査員もそれぞれに凶悪な顔つきをしていて気に留めるような雰囲気ではない。

「特に、被害者同士を結ぶ線が明らかになればジャックの犯行を止められると豪語した捜査員については猛省を促すそうだ」

もう怒る気にもならなかった。

「じゃあ担当を外される訳ですか」

「いや。猛省した上で尚《なお》、ジャックの検挙に全力を尽くせという有難いお達しだ」

本当に深刻な諭旨なら言い方を変えて伝えるのが麻生という男だった。あっけらかんとした物言いで、麻生の鶴崎に対する心証も透けて見える。

「捜査が暗礁に乗り上げでもしたら、ますます叱咤《しった》は激しくなるだろうが……まあ、それはそれだ。何か進展はあったか」

「管理官はどう受け取るか分かりませんが、やはり三人を結ぶ線は高野千春が握っていました。彼女は具志堅悟が殺害される直前に会っています」

「本当か」

「ターフィーショップの店員が目撃していました」

「高野千春を任意で引っ張るか。どの道、まだ照会の回答を受け取っていない」

「いいと思います。下手して逃げられたら元も子もなくなる」

「よし、行ってくれ」

麻生にも期するものがあるのだろう。その声は背中を押すのに充分な力を持っていた。古手川に目配せすると、こちらも行く気は満々らしい。

ところがジャケットを羽織った途端、麻生の机で電話が鳴った。

「二人とも、ちょっと待て」

出鼻《でばな》を挫かれた二人を横目に、受話器を握る麻生の顔が緊迫度を増す。

「……分かった。すぐ担当者を行かせる」

そして電話を切るなり二人に向き直った。

「噂をすれば何とやらだ。今、一階に高野千春が訪ねてきた。何でも、お前たちに話したいことがあるそうだ」

逃げ場を失った獲物が万策尽きて敵に向かってきたのか——逸《はや》る気持ちを抑えながら一階ロビーに下りると、千春が畏《かしこ》まった様子で待っていた。先日の頑《かたく》なな態度はすっかり影を潜めている。

「悟くんのお母さんから連絡いただきました」千春は青ざめた顔で項垂《うなだ》れる。「まさか彼まで犠牲になるなんて」

心底後悔している様子で、これが演技だとしたらアカデミー賞ものだと思った。残念ながら犬養に女の嘘を見破る眼力はない。古手川はと見ると胡散《うさん》臭げな視線で千春を見ている。

「さて、それでは早速伺いましょうか」

「悟さんも由美香さんと桐子さんのドナーから臓器提供を受けていました。調べていただけたら分かりますが、三人とも同日に手術を受けています」

「レシピエントはその三人だけですか」

「あと……あと一人、ドナーの心臓を移植された患者さんがいらっしゃいます」

「その方の連絡先を教えてください」

「まだ、それは待ってくれませんか」

「何だって」

古手川が顔色を変えた。

「あんた、この期に及んでまだシラを切ろうってのか」

「違います。まだ関係者全員の承諾が得られてないんです」

「関係者全員？」

「ドナーの遺族はもちろん、レシピエントとそのご家族。それに移植手術に携わった各病院長と執刀医。全員の承諾がなければ情報開示できません。これはわたしのエゴでも何でもなく、日本組織移植学会の取り決めです」

「ということは、ドナーの身元も明かせないってことか」

「申し訳ありませんが……」

「あんたね、そんな悠長なこと言ってる間に四人目の犠牲者が出たらどう責任を取るつもりだ」

「四人目のレシピエントにはもうわたしから連絡しました。ジャックに狙われているかも知れないから気をつけるようにと」

「それは警察の仕事だ。あんたはいったい自分を何様だと」

「一日だけ時間をいただきたいんです」

千春は訴えるように言う。

「ドナーの遺族にだけ承認が得られていないんです。でも明日《あした》までには必ず決着させますから、それまで待ってください」

犬養は、まだ何か言いたげな古手川を制して言葉を差し挟む。

「信じていいんですね」

真正面に見据えると、千春は一度だけ深く頷《うなず》いた。

元より女には騙《だま》されやすいから相手にも自分にも全幅の信頼を置くことができない。捜査上なら尚更万全を期さなければならない。ここで千春を信用することは、刑事として誉められたことではないのだろう。

だが、それでも犬養は千春の職業倫理に賭《か》けてみたいと思った。倫理観を持たない人間は何でも喋《しゃべ》るが、信憑性《しんぴょうせい》に疑問が残る。だが倫理観に根ざした人間は言葉少なではあっても信頼に足る。

もちろんそれは千春がジャック本人ではないという前提の上に立った話なのだが。

「よろしい。あなたの誠意を信じましょう。ただ、あなた個人の問題については今お答えください。昨日の午後五時頃、あなたは東京競馬場で具志堅悟さんと会っていますね」

「はい」

「何時から何時までのことですか」

「競馬場の中のお店が閉まり始めてから閉門する直前までです」

「え。すると十五分くらいしかありませんよ」

「ええ、それくらいの時間しか話しませんでした」

千春は口惜《くや》しそうな表情を見せる。

「もっとずっと話し続けていたら悟くんは助かっていたかも知れません。そう思うと悔しくて申し訳なくて……切り裂きジャックに二人の女性が襲われたけど三人目はあなたかも知れないと忠告したんです。それでも悟君は全然本気にしてくれなくて、しばらくは家から一歩も出ないように言うと、最後には要らぬお節介だって」

「どこで別れましたか」

「西門の近くでした」

千春の証言を信じれば、そこから悟は単独で駐輪場に向かい被害に遭ったことになる。

「その直後、つまり夕べの午後六時から八時までの間、どこにいらっしゃいましたか」

「アリバイ、ですか。話が打ち切られると、すぐ電車に乗って自宅に戻りました。Ｓｕｉｃａを使ったので記録が残っているはずです」

Ｓｕｉｃａや ＰＡＳＭＯで改札を通った場合、時刻と駅名が記録される仕組みになっている。犬養の記憶では直近五十件までは印字もできるはずだ。同行者がいなくてもその乗車記録がアリバイとして成立する。全く便利な世の中になったものだ。

「もしよろしければお持ちのＳｕｉｃａをお借りできますか。今仰《おつしや》ったことを照会してみたいので。もちろん返却するまでの交通費は後で請求してもらえれば結構ですから」

「分かりました」

千春はわずかな躊躇《ちゆうちよ》も見せずにパスケースからカードを取り出してカードを差し出す。その仕草から自分のアリバイには絶対の自信を持っていることが窺《うかが》える。

「それではこれも伺っておきましょう。七月二日の夜十時から十二時まで。それから八日の同じく夜十時から十二時まではどちらにいらっしゃいましたか」

あからさまに疑われていると感じたのか、千春はむっとしながらも手帳を取り出した。

「その二日間とも当直で病院にいました。病院の当直記録にも残っているはずですから、お疑いでしたら病院側に確認していただいて構いません」

当直と聞いて犬養の胸には新たな疑念が湧くが、ここは取りあえず聴取するだけに留《とど》めようと思う。アリバイ崩しは後でもできる。有効と判断したカードは切り札に取っておくものだ。

「結構です。それではさっきの言葉通り明日までお待ちしましょう。それまでに自発的な協力が得られなければ強制捜査の手続きに移行させます」

「分かりました」

千春は踵《きびす》を返して立ち去ろうとした。

「あなたはやはり誰かを庇《かば》っているんですか」

犬養に振り向いた顔はひどく切実なものだった。

「ええ。庇っていると言われればそうかも知れません」

「相手は連続殺人犯の可能性があるのに？」

「犬養さんも移植手術の当事者になれば、少しはわたしの気持ちを理解してくれると思います」

「……それは一種の脅しですか」

「脅しではなくて真実です。ドナーとコーディネーターとレシピエントは単に需給関係で繋《つな》がっているのではありません。だから悩んでいるんです」

そして千春は犬養の追及から逃げるようにして去って行った。

「約束、守りますかね」

古手川は千春の背中を見送りながら、まだ疑っているようだ。犬養が女心を読めない一方、古手川は女性不信が身上らしい。

「守るも守らないも何らかの行動は起こすさ。班長が尾行をつけてるから、ちょっとでも変な動きを見せればすぐに連絡がくる」

「犬養さん、彼女のアリバイ信じていないでしょ」

「どうしてそう思う？」

「さあ。何となくですけど」

「彼女の勤める病院の入退室管理ってのは結構いい加減でな」

犬養は娘がそこに入院したことが幸運だったのか不幸だったのか、未《いま》だ判断できずにいる。

「救急指定されているから、夜間でも急患を収容できるように完全に門が閉められる訳じゃない。外出もできる。当直も数人の医師と看護師が担当しているから、やりようによっては彼女一人が無断で外出してもチェックは掛からない」

「じゃあ結局は病院内を訊《き》き込みすることになりそうですね」

だが、そうなれば病院内での犬養の心証、延《ひ》いては沙耶香の評判が悪くなる——まるで沙耶香を人質に取られているようで、犬養の判断もつい鈍りがちになる。

こんな時に古手川のような男がパートナーになったのは、それこそ巡り合わせというものだろう。自分が逡巡《しゅんじゅん》している時も、きっとこの男はアクセルを踏みっ放しだからちょうどいい。

さて、千春は果たしてどんな行動を取るのか。尾行についた捜査員の報告を待つべく本部に戻りかけると、胸の携帯電話が着信を告げた。

相手は麻生だった。

「はい。犬養」

『すぐ戻って来い。たった今、ジャックから三通目の手紙が届いた』

犬養と古手川は急いで本部のある階上に駆け上がった。


本部では捜査員たちが輪になって固まっていた。その中心に何があるのか見当はついている。捜査員たちを掻《か》き分けていくと、麻生が一枚の紙片を手にしていた。

「こいつが三通目だ。例によって小包が添えられていた」

「小包の中身は」

「赤黒い肉片だった。多分、前と同様に腎臓《じんぞう》の一部だろう。ブツはもう鑑識に届けた。これは写しだ」

犬養は奪うようにして紙片をもぎ取る。それを古手川が後ろから覗《のぞ》き込む。

『捜査本部の鶴崎氏に訊かれた。わたしの狙いは何かと。わたしの欲しいものは何かと。では受け取るがいい。これが答えだ。

屠《ほふ》られた三人は他人の臓器を奪って生き長らえた者たちだった。しかも完全に死んだとは認められない人間から。それは人食いにも似た浅ましい行為だ。命のリレーだと？　偽善にも程がある。本来、三人は死ぬべき運命だった。わたしはそれを元通りにしてやっただけだ。他人の命を吸ってまで生き延びた者はわたしの足音に怯《おび》えながら眠れ』

文面からジャックの高笑いが聞こえてきそうだった。その笑いは、テレビで空しく勝ち誇っていた鶴崎と見当外れな犯人像を組み立てていた捜査本部双方に向けられたものだ。

犬養の見立ては的中した。ジャックの狙いは女性ではない。この声明を信用する限り、ジャックは移植によって助かった患者たちを憎悪の対象としている。

ドナーというのは生きている人間のことだからな――御厨の言葉が不意に甦《よみがえ》る。

「この、完全に死んだとは認められない人間、というのはどういう意味ですか」

古手川が不思議そうに訊いてくる。

「移植する時点で提供する側の死亡は確認されてるはずでしょ」

「それはな、古手川くん。あくまでも脳死判定だけの話なんだ」

犬養は苦々しく言う。今から説明することはそのまま自分と沙耶香に跳ね返ってくる言葉だ。

「臓器移植法でも一律に脳死を人の死と認めている訳じゃない。本人に臓器提供の意思表示があり、かつ家族の同意が得られた場合にのみ脳死判定が行われ、そこで初めて脳死が死と認められる」

「それはえらく限定された場合、という意味ですか」

「ああ。つまりな、脳死が人の死であると規定した法律はまだないんだ。その意味でジャックの言い分は的を射ている。現状、日本で行われている移植手術というのは生者を生贄《いけにえ》にした臓器の争奪戦なのさ」

3

ジャックから送られてきた肉片は予想通り具志堅悟の腎臓の一部だった。また司法解剖の所見も御厨検視官の見立てから大きく逸脱するものではなかった。

これで二週間足らずのうちにジャックは三人もの犠牲者を手に掛けたことになる。

同じ内容の手紙は同日帝都テレビにも到着し、報道局は臨時ニュースとしてその文面を公開した。〈切り裂きジャックの告白〉とキャプションを付された文面は数分間大写しで茶の間に流れ、視聴者の目を釘《くぎ》づけにした。

報道にまず反応を示したのは鶴崎だった。電話で帝都テレビ報道局の住田を呼びつけ、文面冒頭に出た自分の名前を何故隠さなかったのかと矢のような抗議をした。住田もその場では恐縮していたが、続報でも相変わらず鶴崎の名前を墨消しすることはなかったので、懲りた訳ではないらしい。仮に帝都テレビが鶴崎の名前を伏せたところで、後追いの他局がそんな些末《さまつ》事はお構いなしに報道しているので結果は同じだった。

ジャックを三度目の犯行に走らせたのは鶴崎が挑発したからではないのか——そういった非難は当然のように上がり、帝都テレビと捜査本部には抗議電話やメールが殺到した。

『三番目の事件は間違いなく、あの目立ちたがり屋のせいで起きた』

『大体、あんな事件を起こした犯人を挑発すれば危険な行動に出ることくらい、あの鶴崎という警察官は予想もできなかったのか。予想できなかったとすれば馬鹿だし、予想していたとすれば軽率の極みだ』

『あんな風に焚《た》きつけられたら誰でも暴れる。あの管理官は洞察力がまるでない』

恐らく警視庁内部でも同様の非難が上がったのだろう。数時間のうちに刑事部長が鶴崎を呼び出した。捜査本部ではすわ管理官の更迭かと緊張が走ったが、結局は訓告のみで終わったらしい。

「ただ、本当にお咎《とが》めなしで終わったとは思えんがな」

犬養が何気なしに呟《つぶや》いたのを古手川は聞き逃さなかった。

「え。でも鶴崎管理官てバリバリのキャリア組なんでしょ。今回だって訓告止まりだし」

「だからだよ。世間の非難は真っ当と言えば真っ当だし、刑事部長だって上から叱責《しっせき》されているのは間違いない。表沙汰《おもてざた》になった時に限って、キャリアというのは責任の取らせ方が徹底している。まだまだ長引きそうな平成ジャック事件を最後まで担当させ、とことん汚辱と失点塗《まみ》れにする。処分はその後さ。良くて減俸、悪けりゃ降格。失点塗れだから当分、失地回復の目もなくなる」

古手川は苦いものを舌に載せたような顔で聞いていた。

ジャックの告白にはもちろん多くのマスコミも反応した。何と言っても犯人自身が殺害の動機を明確にしたのだ。しかもそれは移植手術という今日的で微妙な問題を真正面から指弾している。ジャックが意図するしないに拘《かか》わらず、事件の劇場性は一層増幅されることになった。

こういう類《たぐい》の事件でただ事実だけを報道するのは如何《いか》にも勿体《もったい》ないとばかりに、午後のワイドショー並びにニュース番組はその劇場性を余すところなく具現化してみせた。急遽《きゅうきょ》集められたコメンテーターという名の俄《にわか》探偵たちが挙《こぞ》って持論を展開し、古《いにしえ》のジャック事件の犯人像に被《かぶ》せて移植反対派の医師が犯人と推理する者、また移植手術が受けられずに死亡した患者の遺族がそうだなどと断言する者、どんな主張をしようとも死体の弄《もてあそ》び方を考えればやはり異常者の仕業なのだと声を張り上げる者など賑《にぎ》わしいことこの上なかった。

推理合戦に参加したのはタレントだけではなく、警視庁ＯＢや検察庁ＯＢも多数招集された。お笑い芸人や畑違いの評論家に論じさせるよりは真摯《しんし》な制作方針と誇示したかったのだろう。さすがに彼らは経験に裏打ちされた推理を披露したが、犯人像としては素人が考えつくものから大きく逸脱するものではなかった。専門知識があるなしに拘わらず、ジャックの引き起こした犯罪は過去に類を見ないものだったので、こうしたプロの意見も大した参考にはならなかったのだ。

またジャックの告白の中からレシピエントへの憎悪を嗅《か》ぎ取り、三人の犠牲者が移植手術の後どんな生活をしていたか新たに追跡調査をする雑誌社もあった。すると具志堅悟の過ごした日々が改めて非難の対象となり、哀れ具志堅家は被害者の立場だというのに、死者を冒瀆《ぼうとく》し遺族を揶揄《やゆ》する電話が際限なく続いたという。

これは犬養がニュースを見ていた時、偶然に捉《とら》えたのだが、早速買い物途中の晴菜を捕まえてマイクを向けたレポーターもいた。

『ジャックは手紙の中で、悟さんは死ぬべき運命だったと断言していますが、そのことについてご遺族としてどう思われますか』

『死ぬべき命なんてありません。悟は腎臓を移植されて、やっと健康な身体を取り戻したんです。やっと人並みの幸せを味わえると思ったのに……』

『でも悟さんは退院後、碌《ろく》に就職もせずパチンコ屋や競馬場に入り浸っていたという話ですよね。悟さんにとって人並みの幸せというのはそういう生活だったということなのでしょうか』

『誰だって気晴らしは必要です！』

『毎日そういうところに入り浸るのは気晴らしと言えるのでしょうか。他人から臓器提供してもらいながら、そういう無駄な使い方をしていたことがジャックの怒りを買ったとは考えられませんか』

『あ、あなたは何てことを言うんですか。まるで犯人の肩を持つような言い方をして』

『もしも悟さんが真面目に生活していたら、ジャックに狙われることもなかったと思いませんか』

『知りません。わたしは犯人ではありませんから』

『折角、提供された臓器も自分の臓器ともどもジャックに奪われてしまいましたね。警察に取り戻して欲しいですよね、やっぱり』

『それより悟の命を返して欲しいんです』

『ジャックに何か言いたいことはありますか』

『もう放っておいてください！』

『息子さんを殺した犯人なんですよ。悟さんを三人目に選んだ理由が訊《き》きたいとか、償って欲しいとかあるでしょ。何かひと言お願いします』

池に落ちた犬に石を投げるのがマスコミの常道であるにしても、さすがにそれ以上見ていられなくなり犬養はテレビを切った。

ジャックの狙いが明らかになると同時に恐慌に襲われたのが、既に移植手術を終え社会復帰するなりリハビリに励むなりしている患者たちだった。ジャックの活動範囲は首都圏内であるとの報道は半ば事実として受け取られ、午後に三通目の手紙が公開されてからというもの各警察署には保護要請の電話が引きも切らなかった。窓口がやんわりと拒絶すると、その要請依頼の多くは警備会社に向きを変えたため、都内の主だった警備会社は降って湧いた特需に大わらわとなった。もうずいぶん前からこの国でも安心はカネを出して買うものになっている。人の不幸と恐怖はいつでも飯のタネになる。

そしてまた、他人の不幸と恐怖を嘲笑《ちょうしょう》し、嘲笑することで優越感に浸る者たちにはジャックの告白はまたとないご馳走《ちそう》となった。

ネット上では事件の起きた当初からジャックを英雄視する声が上がっていた。中には神扱いしその犯罪に喝采《かっさい》を送る者さえいた。ジャックこそ一般人の生殺与奪の権を握る存在という訳だ。これは考えてみれば当然の話で、矮小《わいしょう》な人間は恐怖をもたらす存在に例外なく敬意を払う。

『平成ジャックは神』

『大体、移植受けられるヤツって金持ちなんだよな。そーゆーヤツらだけが他人の臓器で生きられるってやっぱり不公平なんだよな』

『ただでさえ医療費上がってるんだから手術必要な患者なんてみんな死ぬべき』

『つまりジャック神』

『平成ジャックほど私心のない方はいない。個人的な恨みも欲もなく、人々の寿命が公平に全うされるように汗を流していらっしゃる』

『age』

『警察ほど無能な集団はいない。その無能集団にたった一人で挑戦するジャックはどう見ても現代のヒーロー』

『今頃ジャック様は被害者の臓物鍋《なべ》。俺もご相伴したい』

被害者遺族や不安に怯《おび》えるレシピエント患者たちにすれば到底看過できない言い草なのだが、元よりツイッターや掲示板は匿名の世界だ。勢い破廉恥や汚毒を排除しようとする作用もなく、ジャック崇拝の空気はより濃厚に醸成されつつあった。

こうした有象無象がジャックを崇《あが》め奉るのも、一つにはジャックの告白に首肯せざるを得ない主張が含まれていたからだ。それこそが犬養も言及した「完全に死んだとは認められない人間から」という件《くだり》だった。

脳死がヒトの死であるという意識は欧米に強く、日本では心臓死こそヒトの死であるという社会通念があったために一般的ではない。ところが脳死臨調はこの基本的な概念について国民のコンセンサスを得ないまま「脳死をヒトの死とすることは社会的・法的に妥当」との見解を示し脳死判定基準を制定してしまったがために、未《いま》だ臓器移植については疑問を差し挟む声が多い。

ジャックの告白はまさにその部分を突いていた。さしずめ盗人《ぬすっと》にも三分の理といったところだが、今まで漠然と存在していた臓器移植への不信感を露《あらわ》にしたことは事実だった。

だが、ジャックの告白に一番衝撃を受けたのは恐らく日本組織移植学会ではないかと犬養は想像する。日本組織移植学会が多少の批判を無視して闇雲に推し進めてきた臓器移植の流れに、ジャックの告白は一石どころか爆弾を放り込んだようなものだからだ。

犬養と同様の興味を覚えた者が多かったのだろう。あるテレビ局は早速、移植推進派と慎重派の論客をスタジオに招き、対談を設定した。慎重派はともかく、犬養を驚かせたのは推進派の代表が真境名教授だったことだ。

番組では間に司会を置かず、両者を対話させるままにする構成を取っていた。こうすれば緩衝材もなく対談はどんどん苛烈《かれつ》になっていくと期待したのだろうか。

真境名の相手は社会学者としても知られる僧侶《そうりょ》だったが、真境名と同年輩であるにも拘わらず老成して見えた。

『つまり日本人の死生観からすれば臓器移植というのはどうにも馴染《なじ》めないものなんです。アメリカ・ヨーロッパでは人体をパーツとして考える土壌があるので脳死がヒトの死であることに異論は生まれない。しかし、この国では死した後も亡骸《なきがら》を供養するという風習から、ヒトの死が総合的なものであるという認識が根強い。心臓が止まり、身体がどんどん冷たくなっていくのを哀しく見守ることで死を受容する、というのが日本人古来の経験智であり文化である……これは梅原猛《うめはらたけし》氏も言及されている通りです。脳は死んでいるが、血流はあるし肌も温かい。この状態が死であるとはなかなか思えない訳です。ジャックの告白というのは実は日本人古来の認識の上に立っている。もちろん、その所業が許されるものでは到底ないが』

『しかし、それは因習と呼ぶべきものではないですかな。感情論と言ってもいい。しかもその理屈はあなたが僧侶だからこそ口にできる言葉です。提供できる臓器があり、移植できる医師と設備も揃っている。それなのに手術をしないのならば医学の意味がなくなってしまう。諸外国では移植手術は既に常識となっている医療行為です。それなのに日本では脳死が死と認められないから移植手術が受けられない。だから渡航してまで手術を受ける患者が出てくるが、そんな恵まれた人間はわずかだ。すると結果的に移植手術を受けられるのは富裕層だけという事態に陥る。医療行為は遍《あまね》く平等でなければなりません。そのためにも日本での移植手術、脳死がヒトの死であるという基本概念が必要なのです』

『技術も設備もあるから手術させろというのは本末転倒でしょう。武器も兵力もあるから自衛隊に戦争をさせろという理屈と同じではありませんか。それにお言葉を返すようですが、日本で移植手術が常態になれば医療行為の平等を図れるというのも疑問です。現状、移植手術はドナー患者の比率が圧倒的に小さい。しかも臓器の適合性という問題もある。すると移植手術を受けられるのも運次第ということになる』

一瞬、真境名は言い澱《よど》む。ドナー患者の数が圧倒的に少ないのは事実だから、これは反論のしようがない。

『何故、今頃になってジャックが脳死云々《うんぬん》を持ち出し、再度論議されるかと言えば、臓器移植法を制定する際にその結論を出さないまま見切り発車したからです。まず既成事実を作ってから批判を押さえ込もうなどと、まるで政治家のやり口ですよ。しかも二〇

○九年の改正法では本人の臓器提供の意思が不明の場合には家族の承諾があれば良しとなり、おまけに十五歳未満からの臓器提供が可能とされた。当初、推進派が依拠した自己決定権の原則を自ら踏みにじるとんでもない条項です。これは臓器移植法が施行されても尚《なお》、ドナーの数が一向に増えないことに業を煮やした推進派の議員たちが改正に動いたからだが、ここでも脳死論議は棚上げされ、あまりに拙速な印象がある。真境名さんは医師として移植には積極的な立場を取っておられるが、あなたにそういう印象はありませんか』

『脳死状態にある患者さんというのは元々多くありません。脳死者のほとんどは脳出血が原因の高齢者ですが、この場合は虚血性心臓病を併発していて移植には使えません。実際に臓器提供に耐え得るのは四十歳以下の若年層で、その場合の死因も大部分は交通事故死です。ところが臓器を必要としているレシピエント患者さんの数はその十倍以上です。その不均衡を是正するためにも法改正は必要不可欠でした』

『それもいささか本末転倒と言わざるを得ない。第一、脳死というのは自然の中では発生し得ない、医療行為の過程で生まれるものではありませんか。それを必要充分な数に足りないと主張されるのは自己撞着《どうちゃく》でしかない』

僧侶の口調は淡々としていながら、相対する真境名を刺し貫くような鋭さがあった。

『太平洋戦争の際、南方の最前線では生きるために戦友の死体を食するという出来事があった。生きるためには致し方ないことだが、その行為は畜生の如きものです。自分が生き長らえるために他人の臓器を欲することと人肉を喰らってまで生きることにどれだけの違いがあるのか。ジャックが浅ましいと表現したのはまさにそのことですよ』

『今のご発言は撤回してください。全国のレシピエント患者に対して、あまりに失礼ではありませんか』

『申し訳ないが失礼だとは思いません。他人の臓器で生きていくのであれば、己が既に罪深い存在であることを認識していなければならないからです』

『その仰《おっしゃ》り方は既に移植を終えた患者さんやこれから手術を受けようとする患者さんには、あまりに過酷な要求とは思いませんか』

『精神的な要求には個人差があります。つまり倫理観と宗教観の個人的相違です。しかし移植手術を終えた後も患者さんたちには肉体的な苦痛がついて回る。長期間に亘《わた》る免疫抑制剤の副作用を、まさか現役医師が否定はされますまい。薬剤のもたらす疲労感と多くの感染症に怯える恐怖を、もし手術前のインフォームド・コンセントで告げていれば術例数に差が生じたのではないですかな。どうも移植推進派の主張には患者よりも医師側の都合を優先したようなニュアンスが感じられる。脳死臨調の調査でも、医師の賛成八十パーセントに対し法律家のそれは五十パーセントに留《とど》まった。わたしたち宗教家が参加していればもっと少なかったでしょう。いったい、そこまで移植手術を急がなければならない理由がどこにあるのですか』

『移植手術を願っている患者さんに時間的な余裕はない。多少は拙速であったとしても救える生命を救うためにはやむを得ないでしょう』

『しかし往々にして災いというものは後になってから祟《たた》る。今回の平成ジャックの事件はまさにその好例ではありませんか。第一、脳死がヒトの死か否かという議論を別にしても、未だ脳死基準について疑問点は多い。真境名さんならラザロ徴候についてはご専門でしょう』

その耳慣れない単語が出ると、真境名は明らかに不快な表情を見せた。

『テレビをご覧になっている方のために説明すると、ラザロ徴候とは脳死判定されたドナーが人工呼吸器を外したり無呼吸テストをしている最中に、両腕を広げたり手を合わせるような動作を取ることです。キリストによって復活したラザロに因《ちな》んで、そう名付けられました。これはまだ脳幹の一部が生きていて延髄が機能しているからだと考える医師もいると聞き及んでいます』

『確かに医療現場でそういう事象に立ち会ったことはあります。しかしそれは単なる脊《せき》髄《ずい》反射で、カエルの死体に電気を流すと筋肉が反応するのと同様の現象でしかない』

『だが、そのラザロ徴候の最中に血圧が上昇したり脈拍が多くなった事例もあると聞いています。これこそは脳幹が機能していた証拠ではありませんか』

『脳死状態でも心肺が動いていれば脊髄反応と相俟《あいま》って血圧が変化する可能性もあります』

『さよう。ドナー本人の証言がない以上、それは可能性としか言えない。しかしそれは、真境名さんの言われる脊髄反射だという主張にも同様のことが言える。ある臨床医からは脳の視床下部でホルモンの一種が産生していた事実が報告されている。いずれにしても可能性でしかありません。ただ実際に、脳死判定が為《な》され移植に供される死体に対し麻酔を実施している現状を考えれば、執刀医もラザロ徴候延《ひ》いては脳死者が痛みを感知することを承知している証左にはなりませんかな』

『それは誤解です。麻酔を打つのはあくまでも術式をスムーズに進行させるためのものであって……』

『それでも、その様子を目の当たりにすれば自分の親族をドナーにすることにかなりの抵抗が生まれるのは事実でしょう』

『あなたは移植というものに偏見を抱いています。現代医学はもっと論理的でなければなりません』

『論理より倫理ですよ。これだけ医療技術が発達すれば、いずれ神の領域に立ち入らざるを得なくなる』

『それは同感です。人の生死を左右するという時点で我々は既に神の領域を侵しているのかも知れません。しかし、それは特に医学だけの問題ではなく学問・芸術・思想全てに言及されることです』

『それこそ詭弁《きべん》というものでしょう。人の生き死にを左右するからこそ医学には倫理が求められます。いや、宗教家の立場から申し上げれば、たかだか人間の分際で生命をピンセットで弄《もてあそ》ぶような所業自体が愚かしい行為です』

ここでカメラは僧侶《そうりょ》の顔をアップで映した。

『もちろん医学によって我々の生活が疾病から護《まも》られていることは百も承知しております。呪術や経を詠むよりは注射一本打つ方が遥かに効果的でしょう。しかしそれも程度問題であり、臓器移植や延命措置に及べば話が違ってくる。本来、人の寿命とは天の定めたものです。健康でいられるのも逆に病に臥《ふ》せるのも天命なのです。それが経済的な理由で改変されてしまうことには忸怩《じくじ》たるものを感じます』

『失礼ながら、あなたは医学の進歩までを否定されるつもりですか。お言葉を聞いていると、まるで解体新書以前の話のように思えてならない』

『技術のみの進歩だけでは片肺飛行だと申し上げているのです。倫理が問われない技術なら兵器と同じです。そしてまた、臓器移植は兵器開発と同様の構造を有している』

『兵器開発？』

『脳死臨調から臓器移植法の制定、そして法改正までの流れはまるで軍備拡大の流れと言っても過言ではない。当時、医師会から多額の献金を受けていた与党及び厚生族議員が法の制定に東奔西走したようにわたしは見ています』

『それはひどい。言いがかりも甚だしい』

『そうでしょうか？　だが性急に過ぎる新法制定は常に一部利害関係者の思惑が介入していることが多い。臓器移植法も充分な論議が為されなかった以上、そう疑われても仕方がないということですよ。現に臓器移植は今や立派なビジネスになっているではありませんか。移植手術で勇名を馳《は》せていらっしゃる真境名さんにはお分かりでしょう。高額な手術代を取る移植医、移植コーディネーターという新しい職種の創出、免疫抑制剤のメーカー、アイスボックスのメーカー……それらは臓器移植がビジネスとして成立している証《あかし》であり、そしてビジネスとは言い換えれば利権です。真境名さんの思惑はどうあれ、結果的に臓器移植は利権の対象となっています。ジャックのつけ入る隙は恐らくそこにある。悪意は常に倫理の確立されていない領域に侵入するものですから』

『結局はそういう結論に落ち着く訳ですか』

『寡占化したビジネスが、やがて非合法な形に派生していくのは世の習いです。現に諸外国では臓器売買が一大ビジネスとして成立しているではありませんか。日本だけが清廉でいられるというのはあまりに楽天的です。供給が追いつかない限り、必ず法を破る者が現れます』

『杞憂《きゆう》です』

僧侶の目が不意に憐憫《れんびん》の色を帯びた。

『重ね重ね失礼だが、あなたは視野狭窄《きょうさく》に陥っていらっしゃる』

『我々は誰しもが限られた時間しか与えられていない。そんな中で専門に特化しようとすればするほど視野は狭まる。視野が狭まれば世の常識からの乖離《かいり》が始まる。自分を支えている常識が、もしかしたら世間の非常識かも知れないとは夢にも思わない』

真境名が屈辱に顔を染めるのは見ていて痛々しかった。

移植推進派の代表として真境名を選んだテレビ局の判断は間違っていない。名実ともに移植手術の第一人者であり著作も多数、温厚な人柄で名医の誉れも高い彼ならどんな論客が相手でも怯《ひる》むことはなかっただろう。

しかし、今回だけは相手が悪かった。医学と宗教は本来そりの合わないものであり、歴史の古い分だけ宗教には理論の蓄積がある。画面を見る限り、移植推進派の主張は僧侶の知に遠く及ばない。今の放送は平成ジャックの報道に絡んで、必ずや臓器移植の再論議に影響を与えるだろう。

その波紋が沙耶香の移植手術にまで及ぶのかどうか——犬養の中で父親としての自分が爪を嚙《か》んでいた。

＊

『おかけになった電話番号は、電波の届かない場所にあるか、電源が入っていないため、かかりません』

千春は携帯電話を閉じた。これで八回目の電話だが、問題の人物とはまだ連絡が取れていない。自発的なドナー情報の開示について関係部署の承諾は得られたものの、肝心の母親だけが残っている。こちらの事情はどうあれ、約束期限の明日《あした》を越えれば警察の強制捜査が入るのはまず間違いないが、それだけは避けて欲しいというのが病院長の意向だった。

現状のままであれば遺族の承諾は事後にして照会書に回答するより他はない。千春一人が反対したところで、遺族よりは警察とのトラブルを避けたい病院側は必ず開示請求に応じる。

それにしても、彼女はいったい今どこにいるのか——思いを巡らせながらナースステーションの前を通り過ぎた時だった。

「突然のテレビ出演、ご苦労様」

「ああ、ひどい目に遭った。まさか坊さんの相手をさせられるとは聞いていなかったから往生した」

ナースステーションに隣接する休憩室から声が洩《も》れてきた。声の主は真境名教授と榊原教授だった。

「ずいぶんと劣勢だったじゃないか」

「あれはしょうがない。相手が医学そのものを否定しているんだ。初めから議論が嚙み合わない」

「だが傍目《はため》にはお前の敗色濃厚にしか見えなかった」

「坊さんの方は相手がわたしだと事前に知らされていた。不意打ちにも等しい。とても公平ではないよ」

「ふん。今更マスコミにそんなことを期待する方がどうかしている。ヤツらはジャックの告白に翻弄《ほんろう》される移植医の姿を面白おかしく映したいだけだ」

真境名の口調はひどく砕けている。同僚というだけでなく、大学時代からの友人だからこその気安さだろう。この二人が執刀医としては共に卓越した腕でありながら、こと臓器移植に関しては意見を異にしているのはなかなかに興味深かった。立ち聞きに千春は罪悪感を覚えたが、好奇心の方が強かった。

「しかし俺からすると全く無意味だった訳でもない。あの坊主の言説は色々と示唆に富んでいた。移植について基本的な知識も持っていたから的外れな批判にはなっていない。お前たち移植推進派には耳の痛い話だったんじゃないのか」

真境名は言葉に窮したようだった。

「推進派が脳死についての論議を充分消化しないまま立法化に走ったのも事実だし、その裏に厚生族議員の影がちらついていたのも確かだ」

「君には釈迦《しゃか》に説法だろうが、弱者というのは少数だし、そういう人々を救う法律は多少強引に動かなければ成立など覚束ない」

「お前は別としてもだ。臓器移植を立派なビジネスとしている医療関係者は決して少なくない。ジャックのために移植に恐怖を抱く患者が増えれば、途端に窮状を訴えるヤツが出てくるだろう」

「嬉《うれ》しそうだな」

「逆だ。俺には都合が悪い」

「何故だ」

「分からないか。臓器移植にストップが掛かれば、慎重派の人間に疑いが向けられる。あいつらの中にジャックが潜んでいるんじゃないかとな」

「そんなことをして君たちに何の得がある」

「敵の不利益はこちらの利益という考え方さ」

「馬鹿らしい！」

「そう思うのはお前がやはり専門馬鹿だからだよ。他所《よそ》の病院の話を聞かん訳じゃあるまい。移植で名を馳せた奴らはどこでも幅を利かしている。そして、そいつらの足を引っ張ろうとして権謀術数の限りを尽くしている奴らがいる。医者っていうのは権力が三度の飯より好きだからな」

「わたしは好かん」

「それはお前が権力の使い方を知らんからだ。権力といっても、自分の理想とするものが多数の幸福と合致するのなら行使するのは必ずしも悪じゃない」

「生憎《あいにく》と興味がない」

「興味がなくとも、お前は移植手術の第一人者という事実で権力を握っている。お前の言動はそのまま推進派の意思と見做《みな》される」

これは榊原の言う通りだった。千春の観察する限り真境名は己の発言力に無頓着《むとんちゃく》だが、実際には推進派の中心を担う存在であり影響力は計り知れない。

「いったい何が言いたいんだ」

「ジャックの告白を有効活用しろってことさ」

「有効活用？」

「現状の臓器移植法は正体不明の殺人鬼の反感を買うくらい不合理な法律だ。今度の一件でそれは間違いなくクローズアップされる。推進派にすればピンチだろう。だがピンチは対処の仕方如何《いかん》でチャンスに変えることができる」

「どういう意味だ」

「これを機会に再度法改正を働きかけてみたらどうだ？　もちろん今度こそ脳死論議を尽くし、あの坊さんも納得できるような形まで練り上げる。脳死基準を今よりも厳格にし、慎重派と意見をすり合わせる。そうすれば、こんな対立も少しは緩和されるはずだ」

しばらく会話が途切れる。きっと真境名が考え込んでいるせいだろう。

それにしても榊原の何と老獪《ろうかい》なことか。親友の立場を慮《おもんぱか》っているように聞こえるが、実は推進派の後退を誘導している。対立軸をなくすことは実質的に彼らを慎重派の陣営に取り込むことと同義だ。相対的に推進派の発言力は減衰し、現場での対立が解消すれば一石二鳥にもなる。

だが千春に考えられることが真境名に考えられないはずもなかった。

「相変わらずの策士だな、君は」

ぼそりと吐き出した言葉にはどこかしら安堵《あんど》の響きがあった。

「今更、再度の法改正を目論《もくろ》めば時間が掛かることは分かっているだろう。その間に何か策を弄《ろう》するつもりかね」

「弄するも何もそんな必要はどこにもない。いずれにしても遠からず臓器移植なんてものは過去の遺物になる。京大の山中《やまなか》教授が進めているiPS細胞の研究。あれが実用化されれば臓器は全て自家増殖できる。ドナーを探す手間もなければ拒絶反応に怯《おび》えることもない。免疫抑制剤も不要になる。移植ビジネスで肥え太った連中は顔色をなくすだろうが、元々臓器移植なんてのは医学の歴史の中では徒花《あだばな》みたいなものだ。長続きはしないよ」

榊原の言葉は千春の胸を刺す。移植手術の消滅。それは移植コーディネーターの失職をも意味する。

「iPS細胞の実用化まではあと五年という話だ。臓器移植法が疑問視され、法改正が終わる頃まで五年なんてあっという間だ」

「やれやれ。ドナー患者の確保に汲々《きゅうきゅう》とするわたしはとんだ骨董品《こっとう》という訳か」

「お前じゃなくて、レシピエントに寄生している害虫どもを駆除したいだけだ」

いきなり休憩室のドアが開いた。

正面に立っていた千春は榊原と出会いがしらの形となり、咄嗟《とっさ》に飛び退いた。

二人の間に気まずい沈黙が流れ、やがて榊原は唇に人差し指を立てるとそのまま立ち去って行った。

少し遅れて真境名が顔を出し、千春の姿を見咎《とが》めた。

「まさか、ずっと話を聞いていたのかね？」

「偶然、前を通りかかって……」

「できればそのまま通り過ぎて欲しかった」

「すみません」

「忘れろとは言わんが、あまり気に病む必要はない。彼が言うことは見当外れではないが、今すぐどうこうという話でもない」

そうは言うものの真境名本人が気にしているようなので、千春は掛ける言葉を懸命に探していた。

4

借金やら家庭問題やら、人間というのは追い詰められると顔色がどす黒くなっていく。翌日の捜査会議で鶴崎の見せた顔がちょうどそんな色だったが、それだけで昨日彼が刑事部長から何を言われたのか凡《おおよ》その見当がつく。

「皆も知っての通りジャックから三通目の手紙がきた」

第一声から既に強張《こわば》っている。良くない徴候だ、と犬養は思った。およそ火薬庫の中での喫煙と自制心を失った司令官ほど危険なものはない。

「わたしの呼びかけが功を奏した。ジャックは自ら連続殺人の動機を告白した。三件の事件を繋《つな》ぐキーは臓器移植だ」

鶴崎の物言いに捜査員の何人かは鼻を鳴らした。成る程、功を奏したのはその通りだ。しかし、それと引き換えに新たな犠牲者を出したとなれば全く帳尻《ちょうじり》が合わない。

「異常者の線は依然として捨てがたいが、犯人自身の告白によって新たな犯人像が浮かんだ。即ち臓器移植に異を唱える医療関係者という可能性だ」

この言葉には頷《うなず》かざるを得ない。医療の世界の覇権争いで殺人を犯すなど空想じみた話にも聞こえるが、女性憎さに内臓を掻《か》っ捌《さば》いて回る異常者が存在すると考えるならこちらの可能性も皆無ではない。

「移植ビジネスが利権の一種である限り、当然カネや地位を巡る争いが存在する。臓器移植法に反対の立場を取った医療関係者、そのピックアップを急げ」

直ちに他の班に仕事が割り振られる。捜査本部の増員がないままでの追加捜査なので、自《おの》ずとマンパワーは下がっていく。命じられた捜査員こそいい迷惑だった。

「犯行現場三カ所からの遺留品、もしくは目撃情報など進展はないか」

これに答える捜査員はいない。

「具志堅悟の事件では死亡推定時刻直前に、医療関係者の女が会っていたと報告があった。そっちはどうなんだ」

千春の乗車記録については既に鑑識が確認作業を終えていた。弾《はじ》かれたように担当の捜査員が立ち上がる。

「被害者と会っていた移植コーディネーターの高野千春ですが、所持していたＳｕｉｃａの記録を精査してみたところ、四時五十五分には府中本町駅の改札を通過して自宅最寄の駅に降りています」

目撃証言の時刻は四時四十五分。駐輪場に悟を誘い込み殺害、その後に臓器を全て摘出する時間を考えればとてもではないが十分でやり果せる時間ではない。つまり千春のアリバイは立派に成立している。

「じゃあ、それ以外の目撃証言はないのか」

再び捜査員一同は静まり返る。いや、これは静まり返るというよりは白けきっているといった方が正しいだろう。

鶴崎は忌々しげに唇を噛《か》んだ。

「何故だ。ジャックは人間一人分の臓器を摘出し運び去った。そんな大荷物を抱えた不審者を誰も見ていないなんて有り得るのか」

これには遠慮がちに手が挙がった。

「それには鑑識からの報告がありました。仮に人間一人分の臓器を運ぶとしたら、どれだけの容量となり、どれだけの容《い》れ物を必要とするのか。実際にはスポーツバッグほどの容量があれば事足りるようです。ただし重量はあるようですが」

「スポーツバッグか。じゃあ現場周辺の監視カメラからスポーツバッグ大の手荷物を持った人物を洗い出して篩《ふるい》にかけろ」

犬養は首を捻《ひね》る。スポーツバッグ大の手荷物というのはさほど珍しくない。それこそスポーツバッグをぶら下げたジャージ姿の大学生、大型の楽器ケースを担ぐ若者、デパートのロゴが入った巨大な紙袋を持ち歩く女性——対象となる人物は少し考えただけでも多岐に亘《わた》る。そこまで捜査範囲を拡大することは却《かえ》って混乱を招く結果にならないか。

「おい、そこの！」

いきなり鶴崎の怒声が飛んだ。いったい誰が機嫌を損ねたのか、周囲を見回して犬養は慌てた。鶴崎が睨《にら》んでいるのは自分だ。

「今、怪訝《けげん》そうな顔をしていたな。わたしの捜査方針に何か異議でもあるのか」

どうやら貧乏くじを引いたらしい。いや、くじと言うよりはとばっちりというべきか。不意に当てられた生徒よろしく立ち上がるが、悲しいかなこういう際の対処は心得ている。

「異議などありません。ただ犯人が被害者の臓器を運んだとして、その処理方法が気になったんです」

「処理方法だと」

「被害者一人だけであれば食用に供したという趣味の悪い話も、まあ考えられなくもありません。しかし三人ともなれば犯人の食欲は異常となります。保存するか、それとも破棄するか。保存するのであれば相応の規模の冷蔵設備が必要でしょうし、破棄したのであれば周囲に異臭が気づかれないようにしなくてはなりません。この場合は身近に焼却場もしくは壁や柵《さく》に囲まれた空き地が必要となります」

「それは当然、考慮した」

鶴崎は憤然《ふんぜん》として答えたが、捜査会議ではついぞ俎上《そじょう》に載せられなかった疑問点だ。こんなことにさえ虚勢を張らなくてはならない状況には、少なからず同情さえ覚えた。

「首都圏内で焼却場や特定条件の揃った空き地を選別する予定だ」

「失礼しました」

そう言って手早く会話を畳んだ。ずるずる話を引き延ばせば、その方面の捜査を押し付けられかねない。

ふと鶴崎から視線を移すと、端に座った麻生が自分を睨んでいる。経験不足の上司と生意気な部下に挟まれた中間管理職の顔だが、付き合いが長いので言いたいことはすぐに分かる。つまり藪《やぶ》の中に棒を突っ込むなということだ。

会議が終わると、麻生は早速犬養を手招きした。やれやれ、やはり見逃してはくれないらしい。渋々、近づいていくと後ろを古手川がついてくる。こういう場面で付き合おうとする相棒はかなり貴重だと思えた。

「おい、さっきは何を考えてた」

「特には何も。ぼうっとしてたのを誤魔化してただけですよ」

「正直に答えんなら、さっき管理官の言い出した仕事をやってもらうぞ」

付き合いが長いと弱点も知られる。

「……ジャックは巧妙なヤツです。被害者の臓器を運び去る際も目立つ格好はしていないはずです」

犬養が自分の推論を述べると、麻生は苦い顔をして鶴崎の去った方向を見る。その程度のことは麻生も考えていたということだ。

「しかし処理方法云々《うんぬん》の話は苦し紛れでもないだろう」

「相応の冷蔵設備か焼却炉、人目につかない空き地の所有者という項目はプロファイリングに追加しておくべきだと思いますね」

「えらく奥歯にモノの挟まった言い方だな」

「正直なところ、ジャックにプロファイリングが有効だとはとても思えないもので」

ふう、と麻生は溜息《ためいき》を吐く。それも織り込み済みという様子だが、それにしても普段に似合わぬ深刻さにぴんときた。

「何か横槍《よこやり》でも入りましたか」

麻生は片方の眉《まゆ》だけ上げて反応した。

「そういう嫌なことにはえらく勘が働くな」

「何せ嫌われ者ですので」

「槍どころか大鉈《おおなた》だ。内閣官房から警視総監宛てに事件の早期解決を図るよう発破が掛かった」

「内閣官房？」

「お医者様の団体が与党に苦情を申し立てたらしい。あそこの幹部連中は挙《こぞ》って移植推進派。党にとっちゃあ大事な大事な支持基盤だからな」

嫌な予想ほど的中する。テレビでの僧侶《そうりょ》と真境名の対談が医療の世界に一石を投じるであろうことは予想していたが、一番鬱陶《うっとう》しい形でこちらに波及してきたらしい。隣で話を聞いていた古手川も露骨に顔を顰《しか》めた。

「移植手術というのは高額医療だ。高額医療だから、当然医者の懐に入るカネもでかい。免疫抑制剤のメーカーと縁の深い医者なら尚更《なおさら》だろう。医者と薬品メーカーの癒着なんて今に始まったことでもないからな。つまり現時点で臓器を核としたビジネスの輪が広がっている。ジャックの告白はその輪の存在を白日の下に晒《さら》しただけじゃなく、移植推進派の頭に冷や水をぶっかけた。慎重派改めiPS細胞推進派は陰ながら快哉《かいさい》を叫ぶという図だ。移植ビジネスに関わる一派が政府を突き上げるのも無理からぬ話さ」

「医は算術、ですか」

「カネの集まるところには人も権力も集まる。ただでさえプライドの高い連中なら反目も激しくなる」

そこに古手川が口を挟んだ。

「損得だけならいざ知らず、プライドが掛かると人間はどうしたって感情的になりますからね」

齢《とし》に似合わぬ物言いだったが、不思議に納得できる理屈だった。

「それに狼狽《うろた》えているのは医者連中ばかりじゃない。総監宛てにクレーム入れた内閣官房、つまり政府与党内部も結構ぐらついているぞ」

麻生はわずかに冷笑を浮かべる。

「脳死臨調から臓器移植法制定までの流れで動いたのは超党派の議員たちだが、それでもやっぱり与党が多数だ。今までは移植例の増加に流されてきた感があるが、ジャックの事件で反対派が立ち上がった。果たして臓器移植法は正しかったのか。脳死をヒトの死と断定していいのか。今朝も新聞が、移植法制定の裏でキナ臭い議員や団体が動き回っていた事実を記事にしていた。臓器移植法は時期尚早だったんじゃないかという声も上がり始めた。これは移植ビジネスを巡る利権じゃないかと野党も騒ぎ始めた。与党は火消しに大わらわさ」

その朝刊は犬養も読んでいた。改正臓器移植法見直しが必要との社説に各界の著名人がコメントを寄せる構成だったのだが、新聞社が募ったのは哲学者、法学者、社会学者、そして臓器移植には慎重な立場を取る現役医師など現行の法律に否定的な論客たちだった。

慎重派にしてみれば根幹の論議が棚上げされたまま制度だけが先行したとの思いが強

かったせいだろうか、その舌鋒《ぜっぽう》は鋭く、そして辛辣《しんらつ》だった。

「昨日の坊さんと現役医師の対談、見たか」

「ええ」

「現役の医師に宗教家をぶつけてきたのはテレビ局の慧眼《けいがん》だった。日本人は理屈より感情が先に立つからな。脳の機能的な停止を死と捉《とら》えたがる医師たちよりは坊さんの説法の方がしっくりくる」

「まさか」と、古手川が思いついたように言う。「これがジャックの狙いなんですかね」

麻生と犬養は黙り込んだ。この脳死論議の蒸し返しがジャックの目的なのか、それとも副産物なのか、今はどちらとも言えない。しかし連続殺人という装置を用いて世論を動かそうと意図したのならば、見事に成功したというより他にない。

麻生は邪念を払うように頭を振った。

「いずれにしろ非公開のドナー情報やレシピエント情報を握っているのは執刀医師とそのチーム、移植コーディネーター、そして家族。ジャックは必ずこの中にいるはずだ。絞り込む用意はできているのか」

今度は犬養と古手川が黙り込む番だった。千春と交わした約束は今日中が期限だったのだが、未《いま》だに彼女から連絡はない。もちろん刑事としてはそんな口約束など無視してさっさと強制的な手続きに則《のっと》った捜査に着手すべきなのだろうが、千春の思い詰めたような顔を思い出すと二の足を踏まざるを得ない。何より、自分の娘が千春の仲介によって移植手術に与《あず》かれるという引け目が犬養を消極的にしていた。

自分はこんなにも公私を混同させてしまう人間だったのだろうか——犬養は麻生と古手川を前に忸怩《じくじ》たる思いを抱く。今まで検挙実績を盾に半ば唯我独尊で振る舞っていたが、こと自分の家族が絡むと途端に臆病《おくびょう》になる。これではただのエゴイストだ。

ここはひと言詫《わ》びを入れるのが礼儀だろう。

そう思った時、葛城が駆け寄って来た。

「犬養さんに面会です。ほら、例の高野千春」

その名を聞くなり、犬養と古手川は脱兎《だつと》の如く駆け出した。

昨日からの千春の行動は尾行を担当した捜査員から既に報告を受けている。彼女は病院に戻ってから他に外出することはなかったが、懸命に誰かと連絡を取ろうとしていたらしい。

千春は一階ロビーで昨日と同様に畏《かしこ》まっていた。手にはバッグを抱えている。

「遅れてすみません……」

語尾は消え入りそうだった。その口調ですっかり白状してくれるものと期待したが、次の言葉ですぐに落胆させられた。

「まだドナーの遺族と連絡が取れずじまいで……」

「まだ、そんなこと言ってるんですか」

最初に古手川が突っ込む。どうやら女性相手には自分が先陣を切った方がいいと判断したようだ。

「あんたが庇《かば》っているのはドナー側なのか、それともレシピエント側なのか」

「あの、それは」

「時間稼ぎを考えているのならもう駄目だよ」

「臓器提供の情報は本当にセンシティブな問題なんです。臓器提供の制度はドナーもレシピエントも善良な方たちという前提に立っていますが、善意がすれ違うケースもままあります。いくら捜査資料とはいえ、もし両者が相手方のプロフィールを知るようになったら……」

「天晴《あっぱ》れな職業倫理と言いたいところだけれど、俺たちにしてみれば人命軽視も甚だしい。あんたがそのご立派な大義名分をひけらかしている間にも、ジャックは次の獲物を求めて夜を闊歩《かっぽ》している。あんたは患者のプライバシーを守っているつもりでも、本当は生命を危険に晒しているだけだ。いや、あんたの言う善意がすれ違った時に起きるトラブルに対して、責任を負うのが嫌なのかな」

「そんなことは」

「いずれにしても、もう待てない。こうなったら強制的にでも」

「四人目のレシピエントについてはお教えします！」

千春はバッグの中からA４大の書類を取り出した。

「三田村敬介《みたむらけいすけ》という患者さんで、心臓を移植されました」

犬養と古手川は差し出された書類に目を走らせる。

三田村敬介（十八）住所　東京都世田谷区北沢三丁目――。自宅電話番号〇三―三八九三―××××。

「こちらにはジャックのことは警告しているんですね？」

犬養の問いかけに千春はただ頷《うなず》く。

「すぐ身辺警護に当たらせよう。ああ、それと高野さん。ドナー情報はともかく、ドナーから臓器を摘出した医師の名前くらいは明らかにしてくれませんか」

「……それをお教えするのはドナー情報を明かすことになります」

犬養は心中で舌打ちする。この強情さが職業倫理に根ざすものか自身の利益を守るためのものかは判断がつかないが、捜査の障害になっているのは明らかだ。

「レシピエント患者に移植手術を行った医師については？」

千春は更に四枚の書類を追加した。見れば四人の医師たちの勤務病院が明記されている。

六郷由美香――肝臓収受、恵帝大附属病院、執刀医師筑波稔《みのる》。

半崎桐子――肺収受、黎名病院、執刀医師鮎川達志。

具志堅悟――腎臓《じんぞう》収受、京葉医療センター、執刀医師結城丈二《じょうじ》。

三田村敬介――心臓収受、羽生谷《はにゅうだに》総合病院、執刀医師城仁田健譲《しろにたけんじょう》。

「これで一人のドナーから提供された病院は全てなんですね」

「そうです」

千春は深く頷いた。この証言を信じるならば、ジャックが狙っているると推測できるのはあと一人ということになる。

「それにしても、まだドナーの遺族と連絡が取れないってのは納得いかないな」

尚《なお》も古手川は追撃の手を緩めない。千春に対して腰の引ける犬養にとって、古手川はこれ以上ないほどの相方だった。女の嘘を見抜けない自分が、女性不信の傾向がある古手川と巡り合えたのはきっと何かの思《おぼ》し召しかも知れない。

「まさかずっとケータイの電源が切れている訳じゃないでしょう?」

「それが……切れているんです。ドナーが亡くなられてからは全然連絡もしなかったんですけど、まさかこんな風になっているなんて思いませんでした」

「それでも、まだ遺族のプライバシーが大事なんですか」

「わたし自身の事情もあります」

「あんた自身の?」

「医療に携わる者は患者とその家族に必要以上に関わるなと教えられました。あまり感情移入してしまうと治療する側の冷静さが損なわれ、結果的に治療の障害になってしまうからです」

千春の言葉が胸の奥底を突く。犯人を憎むのは構わないが、被害者に過大な肩入れをするな――大昔、教育係の先輩に教えられた言葉が重なった。人の命や罪を扱う仕事には共通する教訓なのかも知れない。古手川も同様の経験があるのか、この時ばかりは意表を衝《つ》かれたように固まっていた。

「ただ、それでも医者は医者である前に単なる人間です。戒めに逆らって患者さん側に肩入れしてしまう場合があります。わたしの場合はドナーの遺族に対してです。正直、その方の情報をお教えすることにまだ迷いがあります。だから無理にとは言いませんけど、もう一日だけ待ってください」

そう言い放つと千春は踵《きびす》を返して立ち去った。後には呆然《ぼうぜん》と後ろ姿を見送る男二人が残された。

「上手《うま》く逃げられたかな」

犬養が呟《つぶや》くと、古手川が心持ち胸を反らせた。

「とんでもない。追い詰めたんですよ」

この男ならではの発言だったが、今だけは単なる強がりにも聞こえる。

「それならいいんだが……」

「どの道、この三田村敬介の身辺で罠《わな》を張っていればジャックは食いついてきますよ。肝心なのは、それが罠だと知られないようにすることですね」

捜査員なら古手川ならずとも考えることだった。折角得られた情報だ。ただ被害者侯補の対象を警備保護するだけでは能がない。三田村敬介の周囲に網を張る一方で、ドナー患者の遺族もしくはその関係者を探る——ジャックを両面から挟み撃《う》ちにするやり方だ。

「古手川くんよ。一つ、訊《き》いていいかな」

「何ですか」

「君にもその……あったのか。事件の関係者に肩入れし過ぎたようなことが」

途端に古手川は顔を顰《しか》めた。古傷の痛みを思い出したような顔だった。

「ありませんよ、そんなの。俺は犯人にも被害者にも冷たいってのが周りからの評価らしいっスから」

言っているそばから目が泳いでいる。これもきっと虚勢だろう。

本人はそれを恥だと思っている様子だが、犬養は決して悪いことではないと考える。もちろん刑事にとって犯罪被害者やその遺族に過度の思い入れをすることは危険極まりない。千春が指摘する通り冷静な判断を損なう危険性がある。動機を探る鼻が鈍り、容疑者を特定する目が曇る。

だが一度誤れば人は学ぶ。刑事も同じだ。そうした過ちを経て危険領域と自分との距離感を体得していく。そして被害者たちの無念を自身の記憶に刻みながら冷徹に犯人を追うことができるようになる。おそらく自分は、古手川和也《かずや》という若い刑事が老練になっていくその過程を見ているのだろう。

「じゃあ本部に戻るか。まだ充分じゃないがこれでジャックの核心に近づける」

「捜査員は増員されないってのに調べることが増えた」

走り出した足に愚痴が被《かぶ》さるが、これはお約束のようなものだろう。

まだ君に負けるつもりはない。

犬養は古手川に引き離されまいと歩調を速めた。

＊

自宅に戻ってみると、高野千春からの留守番電話が十七本登録されていた。どうせレシピエント患者に接触するなという警告に決まっている。涼子は再生することもなく録音内容を全消去した。

テーブルの上に置きっ放しになっていた携帯電話の電源を入れると、着信ありのメロディが流れた。どうせこちらも相手は彼女だろう。自分に近しい人間なら固定電話にしか掛けてこないはずだ。

元々、涼子は携帯電話という機械があまり好きではなかった。歩道や地下鉄の構内を歩く時、携帯電話を耳につけたまま歩く者たちを見ていると、どうしても嫌悪感が先に立った。彼らは一日中、誰かと話していないと不安なのだろうか？　歩行中に注意力が散漫になる危険性と引き換えにしてまで話すことがそんなに嬉《うれ》しいのだろうか？　ある記事で、高齢者が携帯電話の購入に二の足を踏むのは新しいテクノロジーに触れるのに躊躇《ちゅうちょ》するからではなく、そのテクノロジーが自分に必要なものだと認識していないからだとあった。同感だった。少なくとも涼子には、絶えず連絡先を身に着けておかなければならないような緊急性など無縁のものだったし、何よりあんなちっぽけな箱に始終監視されているような感じが嫌でならなかった。

その涼子が宗旨替えして携帯電話を購入したのも志郎が入院したからだった。在宅中かパートに出ている時、志郎の病状はこちらの都合を考慮してはくれない。何かあれば携帯電話が鳴る。当時の涼子は、まるで小型爆弾を抱えるような気持ちで携帯電話を身に着けていた。ポケットが振動する度に心臓が破裂する思いだった。

だが、そんな切迫した日々も終わった。志郎の口から人工呼吸器が外されたのと同時に、携帯電話はその存在理由を失い部屋の小物と化した。

こうして呪縛から逃れてみると、改めて携帯電話の鬱陶《うっとう》しさを実感する。電話に出るまいと思っていても、やはり着信音が鳴れば反応してしまう。それならいっそ持ち歩かなければいい。それに今、志郎に再会しようと動き回っている涼子にしてみれば、千春の警告など邪魔な足枷《あしかせ》でしかない。

それにしても、あの具志堅悟という青年には腹が立った。志郎の腎臓をもらっておきながら毎日遊び呆《ほう》けていたなんて！　志郎は頑健な肉体をしていたから、きっとその腎臓も頑健だったに違いない。そんな立派な腎臓が賭《か》け事のスリルで消費されていたかと思うと、はらわたが煮え繰り返る思いだった。

しかし、それは良しとしよう。まだ志郎の心臓が四人目の身体の中で脈を打っているのだから。

涼子は早速手帳を開いて次の休日を確認し始めた。

四　妄執

1

「行ってきます」

三田村敬介が玄関を出ようとすると、すぐに日菜子《ひなこ》がぱたぱたと駆けてきた。

「夕飯六時だから、それまでに帰んなきゃダメよー」

小学校に入ってからますます母親の口調に似てきたな——敬介は苦笑しながら「分かったよ」と答えて玄関ドアを開けた。

住宅街外れの幼稚園。日中は園児たちとスピーカーから流れる先生の声で喧《かまびす》しいが、午後四時の閉園時間を過ぎると途端に辺りは閑静になる。

敬介は右手にケースを提げて幼稚園脇の赤道《あかみち》をすり抜ける。急な傾斜を上がると小高い場所に公園が広がっている。

そこが敬介の練習場所だった。幼稚園からの喧噪《けんそう》が途切れてから住民たちが帰宅するまでの二時間は、トランペットを鳴らしても苦情がこない。幸い高校が徒歩圏内にあるので、部活動のない日はここに直帰してたっぷり練習するのが敬介の日課だった。

敬介は大きく息を吸い込んだ。太陽と夏草の匂いが鼻腔《びこう》をくすぐる。ここ三日ほどは千春からの警告で外出を控えていたので、久しぶりにこの匂いを嗅《か》いだような気になる。

それにしても自分が切り裂きジャックに狙われているなんて。最初に聞いた時には何の冗談かと思ったものだが、移植の際に世話になった千春の言葉では無視もできない。狐につままれたような気分で三日を過ごすと、今度は警察がやって来たので両親ともども驚いた。どうやら千春の警告は本当だったらしい。

いつものようにJ. B. Arbanの教本から始める。今日はこれでロングトーンとタンギングを口慣らししてから〈マイ・ウェイ〉に入る。

もうロングトーンが途切れることはない。心臓を移植する以前、特発性拡張型心筋症に侵された時には途中で息が続かないこともあったが、今は大丈夫だ。

ハイトーンを高らかに鳴らすと、自分の魂までが天空に駆け上がるような気分になった。

心臓を移植したからと言って人並み以上に頑健になる訳ではない。定期的に免疫抑制剤を打たなければならないし、激しい運動も禁じられている。だが敬介はそれで満足だった。好きなトランペットを思いきり吹ける。それだけで移植手術を受けた甲斐《かい》がある。

中学の吹奏楽部に入った時、体格の良さを理由にトランペットを渡された。最初は擦《かす》れた音しか出ず、むきになって吹き続けていたらやっとまともな音になった。あの時の歓《よろこ》びが癖になって練習曲をこなしているうち、音楽家を夢見るようになった。コンクールに入賞してからは目指す進路となった。

それだけに心臓病と病院生活を告げられた時には暗澹《あんたん》たる気持ちになった。特発性拡張型心筋症は心筋細胞が薄くなり、心臓のポンプ機能が著しく低下する病気だ。病状が進行すると心不全や不整脈を起こすようになり、とてもステージの上で一曲吹き鳴らすことはできなくなった。

もう思いきりトランペットが吹けないのかと思うと、世界の全てを呪いたくなった。絶望という感情の深さと暗さを知り、自分に心の闇があることを思い知ったのもこの頃だった。

そんな時、心臓の移植手術を持ちかけられた。百パーセント成功する訳ではない——主治医の城仁田医師からはそう説明されたが、一縷《いちる》の望みに賭けようと思った。手術しなければ一生マウスピースを口にすることもない。失敗してもそれは同じだと思ったら踏ん切りがついた。麻酔から覚め、手術の成功を告げられた時には世界中の神に手を合わせたものだ。

敬介は何気なく周囲を見回す。

今この瞬間、自分の周囲を最低四人の警察官が警護しているはずなのだが、視界にはその影すら見えない。警察官から尾行された経験はないが、成る程これだけ気配を消してしまえるのであれば犯人を追跡したり逮捕するのも容易《たやす》いと思える。最初、身辺警護の話を持ち出された時は正直疎ましかった。警護されている期間はまた家の中に縛りつけられると思ったからだ。

だが葛城と名乗る刑事は意外なことを申し出た。

「外に出ていただいて構いません。いえ、本音を言えばそうしてもらった方が有難いですね」

更に敬介が練習場所としている公園の地形を説明すると、「ああ、それは是非お願いしたいくらいです」と答えた。小高い場所にあって四方から監視できる公園なら、願ってもない条件だというのだ。

「こんな言い方は大変に申し訳ないのですが、敬介さんにはおとりになって欲しいんです」

葛城は敬介と両親にそう告げると、深々と頭を下げた。

「今、首都圏を切り裂きジャックという兇悪《きようあく》犯が闊歩《かつぽ》しています。既に犠牲者は三人に上っています。捜査本部は亡くなった三人の無念を晴らすことはもちろん、これ以上被害を増やす訳にはいきません。本来、警察がこのようなことを一般市民の方にお願いすることはありません。不安に思われるのは当然ですが、わたしたちを信じてください。必ず犯人を逮捕してみせます」

誠実そうだが、内容は自身をおとりとして差し出せというのだから敬介と両親はその場で拒否したが、結局は申し出を受け入れてしまった。この葛城という男はおよそ刑事らしくなく強制も恫喝《どうかつ》もしなかったのだが、セールスマンのような愛想の良さと馬鹿がつくほどの正直さで押し切られた感がある。

先に殺された三人の無念を晴らしたい、という言葉にも惹《ひ》かれるものがあった。何しろ被害者は全て自分と同じ立場の人間だった。言い換えれば敬介本人が先に殺されていても不思議ではなかったことになる。そう考えると、三人の被害者が急に近しい存在に思えてきた。

そして葛城は打ち明けようとせず敬介も語らなかったが、三人と自分との間には立場以外にも目に見えない絆《きずな》があるように思える。ドナーとレシピエントの情報は非公開とされているが、敬介は事件が解決したら一度千春に臓器の来歴を訊《たず》ねてみようと思った。

ようやくマウスピースが唇に馴染《なじ》んできた。

敬介は〈マイ・ウェイ〉を高らかに奏で始める。

＊

「捜査への協力は惜しみませんが、正直気が進みませんね。第一ジャックを名乗る犯人は移植に反対している者ではないんですか」

筑波稔は不服そうに唇の端を歪《ゆが》めた。神経質そうな面立ちには似合いの仕草だったので、犬養は特に気にならなかった。

「いや、これは関係者の方全員に確認していることですから。七月二日の夜十時から十二時まで、八日の十時から十二時まで、そして十三日の六時から八時まで先生はどちらにいらっしゃいましたか」

「アリバイ、ですか。当直でもない限り、その時間なら病院から出ていますが、どこで何をしていたかまでは憶《おぼ》えてませんね。大体、二週間も前の行動をいちいち憶えているとしたら、そっちの方が珍しい。そう思いませんか」

犬養は頷《うなず》きそうになるのを堪《こら》える。筑波の言うことはもっともであり、仕事中でもないのに二週間前のアリバイを諳《そら》んじることができれば却《かえ》って怪しい。

「気ままな独身者ですからね、その時間一緒にいてくれる彼女もなし。これで三人の被害者に対する動機があったら、たちどころに容疑者にされてしまう。臓器移植を推進してきたことがこんなことで有利に働くなんて想像もしなかった」

「筑波先生も犯人は移植慎重派の人間だとお考えですか」

「ジャックの告白を聞く限り、そうとしか思えないじゃないですか。あいつはわたしたちのような移植医を何らかの理由で憎んでいる。恐らく移植手術が必要だったにも拘《かか》わらず、執刀されなかった患者かその遺族じゃないかな」

「医療関係者だとは思いませんか。犯人はメスの扱いや解剖の手順に熟練しているようですが」

「医療関係者となると、動機は怨恨《えんこん》というよりは覇権争いという解釈になる。それはあまりに現実味がないですよ」

筑波は片手をひらひらと振った。

「医療の主導権争いのために人を殺して回るなんて与太もいいところだ」

「しかし、その与太が与太に聞こえないほど移植ビジネスは市場が広範と聞きます」

「それは……確かに手術費用が高く、関係する医療業者も多くなれば市場は成立するでしょう。現に海の向こうでは臓器の闇取引なんてことも行われている。しかし、だからといってこんな大騒ぎを起こして世論を喚起しようなどとまともなヤツが考えることじゃない」

「お言葉ですが先生。人の腹を掻《か》っ捌《さば》いて内臓を取り出していく殺人犯なんて、充分まともではありませんよ」

筑波は犬養の反論に眉《まゆ》を顰《ひそ》めるが、それ以上の言葉は重ねなかった。

「ではわたしにどんな用が？　医者仲間に聞いてもらえれば分かるが、わたしは移植推進派の中でも先鋒《せんぽう》と噂される人間でジャックとは立場が逆だ。むしろ今度のことでは被害者の側といっていい」

「被害者、ですか？」

「ああ。担当している患者で移植を拒む者が出てきた。明らかにジャック事件の影響だよ。移植手術を受けたらジャックに狙われるんじゃないかと怯《おび》えてるんだ。移植するしか方法がないというのに……」

　不意に沙耶香の顔が浮かんだ。二分法で考えれば犬養も筑波と同じ立場になる訳で、わずかながら躊躇《ちゅうちょ》を覚える。

「六郷由美香さんについてですが、彼女の周囲で移植に反対していた人物はいませんでしたか」

「いませんね。両親も本人もドナーが現れるのを心待ちにしていたぐらいだから……クソッ」

　いきなり筑波は悪態を吐いた。

「ずっと主治医だったから彼女とご両親がどれだけ苦しんできたかを知っている。劇症肝炎は治癒率十パーセントだ。何度も意識障害を起こす彼女を見て、ご両親がどれだけ絶望に泣き崩れたことか。本来、死ぬべき運命だっただと？　ふざけるな。それなら医者は何のために存在するというんだ」

　その悪態は芝居と思えなかった。

「他人の臓器を奪って生き長らえただと？　ふん、神様でもない者が何を高所から喋《しゃべ》っていやがる。患者は生きるために必死なんだ。もう使われなくなった臓器をもらい受けることのどこが罪だ。担当する患者の命を救うことの何が偽善だ」

「先日は真境名教授と僧侶《そうりょ》の対談がありましたね。宗教的な倫理観では移植を否定する向きもあります」

「それは、その本人が死ぬような苦しみを味わったことがないからですよ」

筑波は半ば嗤《わら》うように犬養を見た。

「人間は弱い生き物です。皆が皆、あんな坊さんみたいに達観できるはずもない。宗教が患者を助けられるのは今際《いまわ》の際一瞬だけです。それまで患者は生きよう生きようと努力し足掻《あが》き続けるんです。それを知らずして苦悩する患者の倫理観を問うなど、むしろそちらが恥知らずというべきでしょう」


次に犬養と古手川は黎名病院の鮎川達志医師を訪ねた。年齢は七十近いだろうか、埼玉県医師会常任理事の肩書そのままに、好々爺《こうこうや》然とした中にも風格が見え隠れする。

「その三日間の行動ですか？　恐らく家におったでしょうな。この月は医師会ほか外出する用事は何もなかった。用事がなければ、わしは必ず自宅におりますから」

念のためナースステーションにスケジュールを確認すると、果たして鮎川の言った通りで該当する日は全て午後六時に病院を出ていた。

「まあ家族の証言では信憑性《しんぴょうせい》に欠けるでしょうが、少なくとも三番目の事件ではわしの犯行は不可能ということになりますな」

「いや、元より鮎川先生を疑っている訳ではありません。関係者全員に訊《き》いているのですから」

「ふむ。しかし、一連の報道を見聞きしておるとジャックなる者はメスの扱いに長《た》けておるというではないですか。つまり医療関係者、別《わ》けても移植手術で名を成した医師たちに目を向けるのも当然でしょうな」

鮎川はこちらの思惑を見透かすように言う。確かに三人の執刀医から事情を訊こうとした理由の一つはそれだが、当の本人から指摘されると返す言葉に困る。

「しかし、手術の腕というのなら帝都大附属病院の真境名先生と榊原先生のツートップ。あの二人の右に出る者はいませんよ」

意外な人物から意外な名前が出たので、少し面食らった。

「その二人の名前はご存じですかな」

「ええ、まあ」

「この世界には研修医制度というのがありましてね。医師免許取得後に臨床研修の名目の下、上級医の指導を受けながら経験を積むというものだが、榊原と真境名両先生は研修医時代から手術の手際の良さが抜きん出ておった。同窓生ということもあってライバル意識も強かったのだろう。互いに切磋琢磨《せっさたくま》し、ただでさえ筋が良かったところを更に向上した。今や二人とも神の手と称されている。片やこちらが恐縮するくらいの生真面目、片や歯に衣《きぬ》着せぬ毒舌家なものだから、医者仲間ではSMコンビと呼んで面白がっておりましたな」

してみると真境名がMで榊原はSという訳か。犬養も病院内で榊原の噂を聞いたことがある。腕は確かだが大層気難し屋で、吐き出す言葉の七割は皮肉だという。

「またその二人が移植推進派、慎重派それぞれの雄であり、未《いま》だ同じ病院で角を突き合わせているというのも面白い。いや、面白がってばかりではいかんか」

「榊原先生は手術の腕は立つのに慎重派ですか」

「おっと、それで言質を取られては敵《かな》わんな。言っておくが、その二つの条件だけで榊原先生を容疑者リストに加えるのはいささか早計の誹《そし》りを免れない。何故、彼が慎重派かといえば、彼が由緒正しい仏寺の生まれだからです」

「ほう。お寺の息子さんが外科医というのはまた……」

「口さがない連中は利益共同体だと囃《はや》しておるがね。しかし三つ子の魂百までというのは強《あなが》ち間違ってはいない。榊原先生が移植手術に懐疑的なのはやはり子供の頃からの宗教観に根ざしたものでしょう。そんな人間が自らの主張を貫くために無益な殺生をするなど、それこそナンセンスというものです」

　確かにそれは頷ける理屈だった。犬養も両手に余るほどの殺人犯を見てきたが、彼らのほとんどは幼少期に倫理観を歪曲《わいきょく》されている。

「一方の真境名先生は徹底した合理的精神の持主で、片方に臓器を必要とする患者がいて片方に必要としなくなった者がいれば、何の躊躇もなく患者の身体にメスを入れるだろう。同じ文脈でiPS細胞が実用化されれば、あっさり移植推進派の旗を降ろすに違いない。何となれば、より多くの患者により高度の医療を施すことこそが己に与えられた使命と心得ているからだ。だから彼はジャックの主張とは相いれない。そして二人に共通する点が一つ」

「何でしょうか」

「二人とも生命を蔑《ないがし》ろにするような馬鹿者ではないということです」

静かな口調の中にふつふつとした怒りが聞き取れた。

「世間では医療界の覇権争いなどというたわけたことを言う向きもあるが、救命を志し医師免許を取得した者が無辜《むこ》の命を狩りに跋扈《ばっこ》するなど有り得ない。少なくともジャックなる殺人鬼は医療関係者ではない」

「しかし、切開の手順はとても素人の手によるものではないという検視報告もあります」

「現状、外科医の絶対数は不足しておりましてね、こんな老いぼれでも年に二百はメスを握らされる。それでも患者一人一人を忘れることはない。殺された半崎桐子さんのこともしっかり憶《おぼ》えている。始終胸痛を訴え、ぜいぜいと苦しそうに喘《あえ》いでいた顔は未だに忘れられん。わしの娘のような齢《とし》なのに既に人生を悲観していた」

老いた医師の言葉は語尾がわずかに震えていた。鮎川は診察室の椅子に腰を落として虚空の一点を睨《にら》む。

「それだけに移植が成功し、第二の生を授けられた彼女の表情は光り輝いていた。あの輝きを見るために外科医は日夜刻苦勉励している。それをあのジャックというヤツは台無しにしおった。一人のドナーと無数の医療従事者の献身を全て灰燼《かいじん》に帰させた。到底許されるべきものではない」

鮎川は犬養と古手川に向き直った。その真剣な眼差《まなざ》しに二人とも射すくめられた。

「医師会にはわしの方からも警察に全面協力するよう申し伝える。だからお願いする。必ずジャックなる者を捕縛して欲しい。わしたち移植医が世間の非難を浴びることは一向に構わん。しかし、絶望の淵《ふち》に佇《たたず》んでいる患者たちから希望を奪うような真似だけは決してあってはならない」

犬養と古手川は身体を硬くして背筋を伸ばした。容疑者かどうかは別にして、この老医師の真摯《しんし》な願いを聞き流せるような余裕はどこにもなかった。


二人は最後に京葉医療センターの結城丈二医師の許《もと》に向かった。結城の第一印象はとにかく冷静沈着な男で、犬養や古手川とのやり取りでもほとんど感情らしいものを見せることがなかった。

「その三日間でしたら、わたしはずっと病院にいましたね」

結城はスマートフォンでスケジュールを確認しながら言う。

「常駐医が限られていましてね、ほぼ二日置きの当直になっています。お尋ねの日は全て当直勤務ですよ」

「失礼ですが、それを証明する方法はありますか」

「方法、ですか。患者への処置を定期的に見ていますから、看護師がその都度記録しています。その連絡は院内の内線を使用するのが普通なので、遠方からケータイで指示するなんて真似はできませんね」

病院内は精密な医療機器に溢《あふ》れている。その誤作動を防ぐために、多くの医療機関では携帯電話の使用を制限している。

「よろしければその診療記録、文書にして提出しましょうか？」

「それは後ほどわたしたちが看護師さんに確認するので結構です」

「やはり警察は医療に従事している人間を犯人だと考えているのですか」

「いえ、特に限定している訳ではありません」

「しかしわたしのところに事情聴取に来られたのは、わたしが具志堅悟くんの執刀医だったからでしょう？　つまりわたしには限定される理由があるという訳ですね」

「関係者全員にお話を伺っていますので」

「警察でなくとも、悟くんの行状を知れば医療関係者に疑いを持つ者が出ても不思議じゃない。実際、彼のギャンブル狂いが写真週刊誌に報道されてからというもの、病院にまで非難の電話やらＦＡＸが殺到しましたからね。スタッフの中にも遣《や》る方ない真情を吐露する者がいました」

「先生ご自身はどうでした」

「医者は全能の神ではないと心得ていますから。医者が治せるのは病気だけです。精神や信条まで保証できるものではない。何といっても彼の人生ですからね。だから彼が退院後にどんな生活を送ろうとも特に意見はありませんでした」

　抑揚のない口調。殊更に感情を押し殺した物言い——それが不意に跳ね上がった。

「しかし、だからと言って殺すことはなかった」

　おや、と犬養は結城を見た。さっきまでこちらを向いていた顔があらぬ方向に移っている。顔色を悟られたくないのだ。

「誰かと出逢《であ》い、何かと触れ合い、人生は変わっていく。悟くんにだってその可能性はあった。新たに得られた命をもっと有意義に使ってくれる可能性があった。あのジャックとかいう異常者はそれを台無しにしてくれた」

　ああ、この男にも患者を殺された怒りと哀しみがあるのだ——そう思うと、少し親近感が湧いた。

「定期的に具志堅さんと会っていたんですね」

「免疫抑制剤を投与しなければなりませんからね。生活態度のことはわたしも耳にしていましたが、説教めいたことは口にしませんでした」

「たとえば具志堅さんの身辺に怪しい人物が接近したという話はありませんでしたか。ジャックは被害者の住所を把握しています。犯行前には何らかの形で下調べをしているはずなのですが」

「いや……彼から特にそういうことは聞いていませんね。仮に不審者が周囲をうろついていれば彼も外出を控えたでしょうしね」

ここでも手掛かりなしか。ちらと古手川を見ると小刻みに膝《ひざ》を揺らしている。苛々《いらいら》しているのが丸分かりだ。

「それにしても移植する先生の側ではドナー情報は分からないものなんですか」

「ああ、ドナー情報がまだ公開されていないんですね。警察はドナーの遺族も容疑者の範疇《はんちゅう》に入れているんですか」

「関係者全員を把握しなければ、とてもジャックに近づくことはできません」

「それも道理ですね。しかし残念ながらわたしたちにさえドナー情報は明らかにされないのです。ブロックセンターから連絡を受け、手術の用意をして待機。希望していた臓器が到着したらすぐ手術に着手する。搬送されてきた臓器に名前などありません。あるのは臓器評価の数値だけです」

「記号、ですか」

「人情味のない話と思われるでしょうが、臓器一つ一つに感情移入していては身が保《も》ちませんから……。ああ、しかし悟くんの件であればわたしもドナーの顔だけは見ましたよ」

「何ですって！」

犬養と古手川は同時に叫んだ。

「ドクターヘリに乗りたがらない高齢の医師がいたりして今では一部形骸《けいがい》化してしまいましたが、本来移植チームは提供施設まで赴いて臓器を摘出するんです。だから当然わたしもドナーの顔は見ている訳です」

「患者の名前とかは」

「名前は分かりません。あくまでも顔をちらっと拝見しただけです。というのも……うーん、ちょっと恥ずかしい話ですが」

結城はわずかに苦笑する。

「これも本来は移植チームであるわたしたちが心臓を摘出する流れだったのですが、提供施設の執刀医が当代きっての名医でしてね。わたしなどより、その人のメスの方がよほど信頼できる。その名医が次々に臓器を摘出していくのを、わたしたちは呆然《ぼうぜん》と見守るだけでした。とにかくメスの動きが正確で、そして途轍《とてつ》もなく速い。一分一秒を争う摘出作業では彼の腕に頼るのが最適な判断でした。ドナーはまだ若い男性でしたね」

「提供施設と、その執刀医は」

「提供施設は帝都大附属病院。執刀医は真境名孝彦教授です」

2

「燈台《とうだい》下暗しも二度続けば単なる間抜けだ」

犬養が病院に向かう車中でこぼすと、ハンドルを握る古手川は快活に笑い飛ばした。

「何言ってんスか。これでドナー情報もその遺族のことも判明する。ひょっとしたらジャック本人にぶち当たる可能性だってある。間抜けどころかビンゴですよ」

「それならいいんだが」

「あの……よければ真境名教授には俺が当たりましょうか？」

娘の主治医が相手では矛先が鈍ると思われたのか。

この男らしい不器用な思いやりだが、今は却《かえ》って身に痛い。第一、それでは犬養が最も忌み嫌う公私混同の誹《そし》りも免れない。

「申し入れは有難いが却下だ。それに最初から真境名先生には当たらない」

そう答えると、古手川は「ああ」と合点するように頷《うなず》いた。

病院に到着した二人はまず詰所に直行する。

果たしてその人物はそこにいた。

「ドナーはここの入院患者だったんですね」

犬養が詰め寄ると、千春は下唇を噛《か》んだ。その仕草が口惜《くちお》しさなのか後悔なのか犬養には判然としない。

「しかも執刀医は真境名先生だった。あなたはドナーの遺族と先生のどちらを庇《かば》っていたんですか」

「庇うだなんて……ご遺族とは未《いま》だ連絡が取れていません。でも、今日中にわたしの方からお話しするつもりでした」

「では、全てをお話しください。もう情報の小出しはご勘弁願いたいですからね」

落ち着いた場所で話したいというので、二人は千春の誘導で地下の臓器保管室に移動した。室温は摂氏五度程度に保たれ、青白い蛍光灯の下、解剖や手術で切除されたらしい臓器がホルマリン漬けになってずらりと陳列されている。決して居心地のいい部屋ではなく、成る程こんな場所なら当分人の出入りはない。

「最初に申し上げておきたいのは、ドナー情報を出し渋っていたのはドナーの遺族よりもわたし自身を護《まも》りたかったからなんです」

「あなた自身を？」

「わたしはコーディネーター理念を破ってしまったんです。それが明るみに出るのが怖くて……」

「高野さん。あなたはまさかドナーとレシピエントの情報を相互に伝えたんじゃ……」

「ドナーの名前は鬼子母志郎さん。遺族は母親で涼子という方です。わ、わたしはつい私情に走ってしまいました」

少し長い話になりそうだ。犬養と古手川は近くにあった椅子を引き寄せて千春にも勧めた。

千春は訥々《とつとつ》と話し始めた。

「息子さんはドナーカードを携帯していたので、その意思に従って臓器を提供していただきます」

そう告げると涼子は一瞬ぽかんと口を開けた後、猛然と抗議した。

鬼子母志郎は十九歳になる体操選手だった。父親は数年前に他界していたがやはりオリンピックにも出場した体操選手で、志郎は父親の背中をずっと追い続けてきた。

志郎を女手一つで育ててきた涼子にとって一粒種の息子が夫の後を継ぐことは自分の生き甲斐《がい》なのだと、千春は聞かされていた。その志郎が体育大に入学して二年目、国内大会で上位入賞を続けてオリンピック強化選手に選ばれた矢先に事故が起きた。練習の帰り道、志郎がダンプに撥《は》ねられたのだ。

後頭部を強打し病院に緊急搬送された志郎は、意識不明のまま脳死判定された。志郎がドナーカードを携帯していたことをその場で知らされた涼子が驚き怒るのも無理はなかった。

「志郎の身体はわたしが引き取ります。わたしが育て上げた、主人からのたった一つの財産なんです！」

最初のうち涼子はひどく頑《かたく》なだった。だが臓器提供の需要に対して供給が追いついていないのは当時から常態であり、志郎本人が臓器提供の意思を明記したドナーカードを携帯していた以上、涼子の抵抗は無意味でしかない。

「でもそれでは息子さんの意思を蔑《ないがし》ろにすることになります。そして、本当に志郎さんを殺してしまうことになります」

千春は心を鬼にして言った。ここで情に流されるようでは移植コーディネーターの意味がない。

「確かに志郎さんの脳は機能を停止しました。でも、他の身体はまだ生きているんです。いいですか、お母さん。ドナーになるということは他人の身体の中で生き続けるということなんです」

喋《しゃべ》りながら千春はどうしようもない自己嫌悪に陥る。もう何度同じ台詞《せりふ》を繰り返してきたことだろう。どんなに真摯《しんし》な言葉でも毎日続けていればマニュアルトークになる。人によってドナーカードを持つ意味合いは千差万別だ。カードに署名する手間しかいらないので献血よりもお手軽になっている。それなのにカードの存在を盾に分かりもしない本人の気持ちを勝手に代弁し、自分たちの都合のいい方向に持っていこうとしているではないか。

諳《そら》んじるように喋り続けていると、不意に涼子の肩が下がった。

しめた、と思った。これは説得に落ちた時の徴《しるし》だ。後は追い打ちをかけるように移植の成功例を挙げていけば、どんな遺族も承諾するはずだった。

ところが涼子は意外なことを口にした。

「あなたにはお子さんがいらっしゃるんですか？」

虚を衝《つ》かれ、千春は一瞬言葉を失った。

娘の美登里《みどり》を二年前に喪《うしな》っていた。志郎と同じく交通事故でだった。自分と一緒に散歩をしていて、ほんの少し目を離した隙に公道に飛び出して轢《ひ》かれた。まだ四つだった。

美登里が死んだ責任で争っているうちに夫との距離が離れていった。マンションに帰っても誰も待つ者がいない毎日。その空隙《くうげき》を埋めるために仕事に没頭した。ドナー遺族への説得術が俄《にわか》に向上したのもその頃からだ。

「あなたのお子さんがカードを持っていたというそのことだけで、あなたはお子さんがばらばらになって他人様《ひとさま》の一部になるのを心の底から喜べますか？」

いつの間にか立場が逆転していた。遺族の心の脆弱《ぜいじゃく》な部分を突くはずが、逆に自分の瘡蓋《かさぶた》を引き剝《は》がされている。露出した傷口はまだ生々しく、外気に触れた途端に鈍い痛みを覚える。千春は悲鳴を上げそうになる。

「ねえ、教えてください、高野さん！」

千春の中で、母親としての自分と移植コーディネーターとしての自分がせめぎ合う。あの、笑うと線になってしまう目は幸せの象徴だった。ぷにぷにとした小さな指もさらさらした髪もみんなみんな宝物だった。その一部でも他人に渡すなど想像すらできない。だから涼子の気持ちは痛いほど分かる。

だがその時、千春は至極単純な事実を思い出した。

自分は、医者だ。

医者は患者の命を救うのが仕事だ。それ以外には何もない。目の前に臓器を必要とする患者と持ち主のいない臓器があるのなら、そしてそれを許す法律があるのなら移植手術を行うべきだ。現に今、何人ものレシピエントが絶望と希望の狭間《はざま》で彼の臓器を待っている。そのレシピエントたちを救えるのなら、自分は母親としての感情を捨て去るべきだ。

千春は覚悟を決めてこう告げた。

「わたしなら、自分の娘が希望するのであればドナーになることを承知します」

「……本当に？」

「子供の希望を叶《かな》えてやるのが親の務めだと思いますよ」

そのひと言が胸の深奥に届いたのだろうか、涼子はびくりと身体を震わせるとしばらく千春を見つめていた。

唇から吐き出される言葉は承諾か、それとも拒否か。

移植学会と病院側からは、くれぐれも移植手術を強行したという印象を回避して欲しいと厳命されている。まだまだ臓器移植の実施例が少ない段階で、患者から否定的な声を上げられたら移植の推進に水を差すことにもなりかねない。

無理強いはせずに承諾させる。医者というよりは外交官に要求される技術だが、それもまた移植コーディネーターの真骨頂だ——いや、そうとでも思わなければやっていられない。

涼子はまだ押し黙っている。千春の真意を推し量るかのようにこちらの目を覗《のぞ》き込んでいる。

空気がひどく重い。

やがて涼子は目を伏せて言った。

「分かりました。志郎の臓器を使ってやってください」

やった——千春がほっと胸を撫《な》で下ろした時だった。

「ただし条件があります」

「条件？」

「志郎の臓器が移植される人たちの素姓を教えてください」

「な、何を仰《おつしや》るんですか」

いきなり足元を掬《すく》われた。

「それは駄目です。臓器移植のシステムでは、志郎さんの情報が他所《よそ》に漏洩《ろうえい》しないのと同様に、レシピエント患者さんの情報も絶対に非公開とされています」

「どうしてですか」

「どうしてって、それは……ドナー側とレシピエント側に金品の授受や感情の縺《もつ》れが発生するのを防ぐためです」

「わたし、金品なんて要求するつもり全然ありません」

「臓器というのは命の一部です。その命を提供した側とされた側が連絡を取り合っていれば、いつか必ず関係がこじれてしまいます。紛争の火種にもなりかねません」

「それはお互いに顔を合わせたり話をするからでしょう？　わたしはその人たちに接触するつもりもありません」

「じゃあ、どうして」

「見守りたいんです。志郎の命の行く末を」

涼子は訴えるように詰め寄った。

「あの子の分け与えた命がちゃんと息づいているのを遠くからでも見ていたいんです」

両手を握られた。苦労したことが分かる皺《しわ》だらけの、しかし温かい掌《て》だった。

「もう、わたしの生き甲斐はそれしか残っていないんです」

千春の手を握り締めたまま、涼子はその場に腰を落とす。

「お願いします。お願いします。お願いします」

痛切な言葉が千春の胸を刺す。同じ母親の立場で泣かれるのは見ていて辛《つら》い。口汚く抗議してくれた方がよほど楽だ。

涼子はまだ手を放してくれない。

「鬼子母さん、それだけは勘弁してください」

「お願いします……」

じりじりと焦燥感が込み上げてくる。こうしている間にも臓器はどんどん新鮮さを失っていく。涼子の承諾を得ないまま移植手術に踏み切れば後に禍根を残す。しかし涼子の申し入れを受ければ、自分が規約違反に問われる可能性がある。

「あなたも母親ならわたしの気持ち、分かってくださるでしょ？」

搾り出すような声にぐらりと揺らいだ。

母親としての自分が耳元で囁《ささや》く。さっきは職業意識を優先させて涼子を説得しようとした。その相手が今は折れて、たった一つの条件を呑《の》んで欲しいと懇願している。それなら今度は母親の感情を汲《く》んでやるべきではないのか。

医師高野千春からの警告が鳴り響く中、口をついて出た言葉は自分でも意外なものだった。

「……本当に、レシピエント患者さんとは接触しないんですね？」

「それで鬼子母さんに全員のプロフィールを教えてしまったんです。その、住所と氏名を」

千春は申し訳なさそうに頭を垂れた。

「情報開示を遅れさせたのは規約違反の発覚が怖かったということでしたが……どうやらそれだけではなさそうですね。鬼子母涼子さんの連絡先を教えてください」

千春はポケットから携帯電話を取り出し、テンキーを押してから液晶画面を差し出す。

『鬼子母涼子――自宅〇三―三八四〇―××××。携帯〇八〇―××××―××××。東京都足立《あだち》区梅島《うめじま》三丁目×―××ハイツ梅島二〇三号』

犬養はその内容を急いで手帳に書き込む。麻生に伝えた上ですぐ別働隊を向かわせるつもりだった。

「鬼子母さんには何度も連絡しようとしたんですが、結局駄目でした」

「高野さん。あなたはひょっとして彼女が切り裂きジャックだと疑っていたんじゃないですか？」

千春は俯《うつむ》いたまま答えようとしないが、多分図星だろう。

「何にせよ、あなたの判断は間違っていました。あなたが鬼子母さんの情報を隠さずにいたら、もう少し被害者は減ったかも知れない」

犬養は捜査本部の麻生を呼び出し、事の次第と鬼子母涼子の連絡先を告げる。

『ドナー患者の遺族か……確かに住所氏名が分かっていたら下調べをするのは簡単だな』

「至急、鬼子母涼子の前職、並びに過去の経歴を洗ってください。特に医療関係の職に就いていたかどうか」

『言われるまでもない。それよりお前たちは鬼子母宅には向かわないのか』

「まだ、ドナーを執刀した真境名教授への聴取が残っています」

『分かった。あちらには他の人間を行かせよう』

携帯電話を閉じると、千春が非難めいた視線を向けていた。

「今、鬼子母さんのことを話したのに、まだ足らないんですか。どうしてわざわざ真境名先生を」

「考えられる可能性は全部潰《つぶ》していく。それが警察の仕事なので」

「でも沙耶香さんの主治医なんですよ」

「公私混同は碌《ろく》な結果を生まない。それはあなたが一番痛感していることじゃないのかな」

千春は唇を嚙《か》んだ。

ナースステーションで確認すると、真境名は現在手術中とのことだった。犬養と古手川は教えられた手術室に直行する。今から張っていれば必ず捕まえられる。

患者の家族なのだろう。手術室前の長椅子には表情を不安一色に染めた者たちが一ヵ所に集まっていた。二人は少し離れた場所の長椅子に腰を下ろす。

そちらを見まいとしても、つい目がいってしまう。顔ぶれから察するに手術室に運び込まれているのは母親だろう。祈るように手を合わせている娘を見ていると胸が痛んだ。それほど遠くない将来、自分が彼らと同じ場所に立つのだと思うと、とても他人事《ひとごと》と傍観することはできなかった。

「犬養さん」

不意に古手川が声を掛けてきた。有難い。気を紛らせられるのなら、どんなくだらない話でも大歓迎だ。

「何だい」

「さっき高野千春にはああ訊《き》いてましたけど、犬養さんは鬼子母涼子がジャックだと思いますか」

「可能性は高いだろう。殺された三人の居場所を知っていたし、共通の利害関係者だ。未《いま》だに高野千春と連絡が取れていないというのも気になる」

「仮に犯人だったとして、その動機は？」

「敢《あ》えて言うのなら妄執だよ」

「妄執？」

「死んだ息子会いたさのため、いったんは提供したはずの臓器を回収して回っている」

「それで、自宅に臓器を並べてるんですか？　被害者三人分の臓器も混じってんですよ。まさかどの臓器が息子のモノだなんて印や名前がついてるはずもないし」

もっともな疑問だと思った。千春の証言によれば涼子は一人暮らし。独居の空虚な一室に三人分の臓器がずらりと並んでいる図など狂気以外の何物でもない。

「もちろん本人が精神を病んでいることも考えられる。下手をすれば刑法第三十九条絡みになるかも知れん」

すると古手川はしばらく天井を睨《にら》んでから言った。

「犬養さん。すいませんけど、俺、その線にはちょっと頷《うなず》けません」

「あまりにも常軌を逸しているというのかい」

「いえ。俺だってそのテのサイコな犯人には憶《おぼ》えがありますけどね。だからこそ余計にジャックの残酷さと母親の妄執ってのがシンクロしないんですよ」

「……聞こうか」

「死んだ子供の臓器を回収して回るって、つまりそれだけ子供のことを愛していた。死んでも、その愛情は変わらないってことでしょ」

「ああ」

「もう、それが俺にはピンとこないんです」

古手川は腕を組んで頭を振る。これは揺るぎない何かがあっての発言だ。

「いくら親だからといっても、それで見知らぬ他人の腹を掻《か》っ捌《さば》いて回るなんてどうにも現実味がなくて。第一、肝心の子供は死んでるんですよ。死んだら親も子もないじゃないですか」

これもまたもっともな意見と思えた。さらりと聞けば至極常識的な反論だ。

だが一方で、その乾いた口調に微《かす》かな違和感を覚える。それは今まで接してきた古手川和也という人間に対しての違和感でもある。

「結婚、はしてなさそうだな」

「ええ。お蔭《かげ》様で」

「俺もそれほど偉そうなことは言えんが、どうやら父親と母親では愛情の質が違うみたいだな。何といっても十ヵ月は自分の腹の中にいたんだ。感覚としては自分の一部みたいなものかも知れん。執着心も含めて結びつき方が生物的なんだな。父親風情がどう頑張っても勝てるような代物じゃない」

「何か最初から負けを認めてるみたいに聞こえますが」

「実際、負けているからな。特に父親と娘なんてのは最悪だ。十を過ぎると、もはや何を考えているのか皆目見当もつかない」

「それでも言い換えたら十歳までは見当がつく訳でしょ」

「それもどうだかな。分かっていると勘違いしているだけかも知れん」

喋《しゃべ》りながら犬養は沙耶香を想う。この世でたった一人だけ自分の血を受け継ぐ娘。しかし、その距離はひどく遠い。近くにいてもまるで異星人のように心が読めず、手を伸ばしても触れられる気配さえない。

自分の愚かさに起因するものであるのは百も承知している。新しい女ができて沙耶香の母親と離縁する時、自分に向けられた目は失望と嫌悪に彩られていた。父親として、そして男性として軽蔑《けいべつ》の対象にされた瞬間だった。

軽蔑を覆すのは容易なことではない。肉親相手なら尚更《なおさら》だ。離婚した後も誕生日は忘れなかった。なるべく若い婦警に相談してプレゼントを選んだ。返信を期待していなかったと言えば嘘になる。プレゼントを贈ってから数日間は携帯電話の着信音に敏感になった。

沙耶香が入院し、週に一度見舞いをするようになってからも事情は変わらなかった。病室を訪れるとたまに母親の成美と一緒にいる時に出くわすが、この時ほど気まずいものはなかった。母子で団欒《だんらん》を楽しんでいる中、急に異物が侵入したような抵抗を自分で感じる。この二人の間には到底入り込めないという確信が心を苛《さいな》む。

「勘違いでもそうやって考えられるだけマシっスよ」

古手川は笑ったが、犬養にはどこか虚《うつ》ろに見える笑顔だった。

それで気がついた。

古手川に家族はいないのだ。

思っていることが顔に出たのか、古手川は小さく頷く。

「俺はですね、親子の情ってのを信用してない。ってか信用できないんです」

「……理由を訊かれたくないか」

「別にいいっスよ。まあ、ありがちっちゃありがちですけど碌な家庭じゃなかったんです。リストラ受けた途端に親父は人間のクズになり果てました。家にも碌に戻らず借金だけ増やしてました。母親も同じく碌でなしで男作ってまともに家にいなかった。学校から帰ってもずうっと俺一人だけでした。そんな家が長続きする訳がない。俺が高校卒業するのと同時に三人ともばらばらになりました。親にしてみれば高校まで面倒見たんだから後は勝手にしろってことだったんでしょ」

聞きながら身につまされた。

異変が起こらない限り気づくことはないが、日常生活は危うい均衡の上に成立していることが多い。家族の収入、感情の行き場所、接する形と時間。何か一つ狂っただけで裡《うち》に抱えていたマグマが噴き出し、家族のありようを変えてしまう。

「だから他人を殺してまで息子の臓器を取り戻そうとする母親なんて、どうにも実感できなくって。理屈ではそういうのもアリかと思うんですが、それがジャックの正体だと言われても正直首を捻《ひね》ります。失礼ですけど、それって犬養さんの願望が入ってませんか」

「願望？」

「ええ。家族はこうあって欲しいっていう願望」

しかし、その程度の認識は一般的なはずだ。現に自分の報告を受けた麻生は涼子に同様の心証を持ったではないか——そう説明しようとしたが言葉は喉《のど》の奥に留《とど》まった。

古手川の言い分が世迷言《よまいごと》だと断言できるほど自分は家族というものを知っているのか。いや、知りはしない。知っているふりをしていただけだ。でなければ身の処し方を誤った自分を説明できない。

そこまで考えて、ぞっとした。

今の自分はまるで家を顧みなかった古手川の父親そのものだ。そして古手川は成長した沙耶香そのものだ。家族の姿を見誤り、誤差を修正しようとしなかったツケがここにある。

いや、違うところもある。

自分は失った絆《きずな》を取り戻そうと悪足掻《わるあが》きをしている。それがどんなに情けなく、どんなにみっともなくても、その行為が正しいと信じている。

「確かに願望と言われればそれまでだ」

「でしょ？」

「だが、鬼子母涼子も同じことを思っているとしたらどうだ」

「え」

「心の隙間を埋めたい。もう一度息子に会って家族を復活させたい。そういう気持ちが高じたとしたら周りが見えなくなるんじゃないのか。サイコな犯人を知っているのなら、正気と狂気の境界線がそれほど確固としたものでないことも知っているはずだ」

古手川は憮然《ぶぜん》とした表情になる。

「君だって他人を自分以上に大切に思ったことがあるだろう。人間ってのは厄介だよな。そういう気持ちがオセロみたいに引っ繰り返った途端、狂気に変わる。普通の人間にとって人を殺すというのは結構な仕事だからな。深い愛情が根底になけりゃ到底無理だ」

「……よく分かりませんね」

「俺だってよく分からんさ。分かっているのはジャックが尋常ならざる情熱で動いていることぐらいだ」

「情熱、ですか」

「ああ。少なくとも三人の行動パターンを下調べし、罠《わな》に誘い込み、首を絞め、何の躊《ちゅう》躇《ちょ》もなく腹を裂いて臓器を持ち去る。そんな重労働をこなせるくらいの情熱だ。ジャックは決して冷血なだけではないよ」

その時、手術室のランプが消えドアが開いた。現れたのは手術着の真境名夫妻だ。

3

「鬼子母志郎……ああ、憶《おぼ》えていますよ。ダンプに轢《ひ》かれて救急搬送されてきた患者でした。脳挫傷《のうざしょう》を起こしていて、何度か蘇生《そせい》を試みたが結局一度も意識は戻らなかった。ドナーカードを持っていたので、脳死判定の後にわたしが臓器を摘出しました」

「よくご記憶されていますね」

「頭で、というよりは指先が憶えているのでしょう。成功したにせよ失敗したにせよ」

「失敗することもあるのですか」

「いや、これは……移植手術を控える患者の保護者に言うべきことではありませんでしたな。しかし、こんなことで虚偽申告をしても余計に信用を失うだけなので申し上げましょう。失敗する手術もあります」

「先生、何もそんなことをわざわざ」

横にいた陽子夫人が口を差し挟もうとしたが真境名は、「お前は黙っていなさい」と一喝する。

陽子は慌てて口を噤《つぐ》む。

だが、そのひと言で犬養は逆に真境名を信用する気になった。

「移植の際、母親の反応はどうだったんですか」

「母親、ですか。ふむ、ごく普通の印象しかありませんね。普通といっても、おろおろし泣くことも忘れた態《てい》だったが、それが遺族の一般的な姿なので。移植手術が終わると臓器提供の礼を兼ねて挨拶《あいさつ》するのですが、その時も萎《しお》れたままで特段変わったところはなかった」

その時、既に涼子は千春からレシピエントたちの情報を得た後だった。改めて訊《き》くこともなく、取り乱す必要もなかった訳だ。

犬養と古手川が目配せしたのを真境名は見逃さなかった。

「まさか、鬼子母涼子さんを容疑者にお考えなのですか」

「あくまでも参考人の一人ですよ。先生と同様に」

答えたのは古手川だった。どうやらしづらい質問を買って出るつもりらしい。気遣いは無用と言ったものの、やはり娘の主治医を前にすると唇が強張《こわば》った。

古手川は極めて事務的な口調で殺人の起きた三日間についてアリバイを問い質《ただ》した。

それに対する真境名の反応は予想通り明快なものではなかった。

「さて、これは困った。私の就業時間は急患のない限り夜七時までとなっているのだが、それから直接家に帰る訳ではありません。先月からは自宅近くに借りた事務所でひと仕事してからの帰宅なので、大抵は午前様ですな」

「自宅近くに事務所を？　どうしてまた」

「自宅の書斎が研究書で溢《あふ》れ返って手狭になりましてね。論文の執筆などにはそっちを使っておるのですよ」

「執筆、ならお一人ですよね」

「そうですな。夕食も病院の帰りがけに摂ることが多いので、途中で妻と別れてからは誰もわたしに会うことはない。三番目に訊かれた十三日についても夫婦ともに非番だったので、わたしは朝からまる一日事務所詰めでした」

つまり真境名にもアリバイがないことになるが、はや捜査本部の目は涼子に向けられている。四人の医師のアリバイはいずれも証明されないままだが、それを重要視する雰囲気はない。

ふと犬養は、捜査員と父親両方の立場から浮かんだ疑問をぶつけてみたくなった。

「ジャックについて何か思われることはありませんか。その、犯人像であるとか動機とか」

「それを何故わたしに質問されますか？」

「移植手術に関わる第一人者として、ジャックの狙いにお気づきではないかと思いまして」

「あの異常者に狙いがあると仰《おつしや》るのか」

「確かに犯行は異常そのものです。しかし、その実行には並々ならぬ計画性と執念が必要です。とても一時の思いつきや勢いでできることではありません」

「わたしは警察ではないので犯人像など想像もしなかった。ただ思うところがあるとすればひと言、〈迷惑〉ですな」

真境名は不快感も露《あらわ》に言う。

「彼奴《きゃつ》の事件のお蔭《かげ》で、折角定着しつつあった日本の移植手術が暗礁に乗り上げかけている。医学とは別の分野から倫理を持ち出す輩《やから》の助勢で慎重派が復興した。走り出した列車を力ずくで止めるようなものだ。そんなことを強行すれば列車は転覆してしまう。iPS細胞の実用化が何年後になるかはともかく、それまでの間はどうしても移植手術を継続しなければならないのに」

真境名の言説を聞きながら奇妙な既視感に襲われる。つらつらと理由を辿《たど》って正体が分かった。

原子力発電所――その存廃論議と構造が酷似しているのだ。

「何か具体的な動きでもあるのですか」

「今、まさにこの病院内で」

真境名が皮肉に笑う横で陽子夫人は目を伏せる。

「もうご存じでしょうが、この病院の中にさえ推進派と慎重派が混在している。ジャックの事件で世間から移植慎重化の声が上がれば、当然病院長も態度を変えざるを得ない。まだ明確な通達はないものの、今までのようにすんなりと移植手術に許可が下りなくなっているのは確かです」

犬養の胸中が大きく揺らぐ。

それでは沙耶香の手術はどうなるというのか。

「ご安心なさい、犬養さん。沙耶香さんの手術は必ずわたしが執刀する。最悪、この病院で許可が下りなければ他に実施施設を移せば良い」

一瞬返事に窮したが、ここは刑事である前に父親として頭を下げるべきだろう。

「……よろしくお願いします」

「それにしても参考人だとしても鬼子母さんに目を向けるというのは……」

「疑問がおありのようですね」

「犯行の手際から推測してジャックは医療関係者ではないかと言われているようですが、彼女がそうとは思えない」

「何故、そう考えられますか」

「彼女からは消毒液の臭いがしないのですよ」

犬養と古手川が不審な顔をすると、真境名は慌てて首を横に振った。

「いや、今のはあくまでも比喩《ひゆ》ですよ。何と言えばいいか、医療関係者には独特の臭いというものがあって、同業者にはそれと分かるものなのです。それが彼女からは一切感じられなかった」

犬養には理解できる感覚だった。刑事という職業にも似たところがある。長年、この仕事を続けているとどうしても刑事臭ともいうものが身体に沁《し》みつく。洗っても別の臭いを被《かぶ》せてもなかなか消し去ることのできない執拗《しつよう》な臭いだ。

真境名の鼻を信じれば涼子は医療とは遠い場所に存在しており、ジャックの犯人像とはズレが生じてくる。現在、涼子の経歴について別働隊が調査中なので、結論はその結果待ちになるだろう。

犬養は予《かね》てから温めていた考えを口にする。

「真境名先生。一つお願いがあります」

「何でしょう」

「録画でも構いませんので移植手術の一切合財を拝見させてください」

「犬養さん。何だってあんな要求したんですか」

病院に設《しつら》えられたモニタールームに入るなり、古手川はそうこぼした。

「簡単な話さ。今度の事件は移植手術に端を発している。だったら移植手術の実際を知らなけりゃ話にもならん」

言いながら犬養は自分の心を覗《のぞ》き見る。沙耶香が移植手術を控えている中、父親としての意識が働いていないか――冷静に客観視しようとしたが、その判断はなかなかつかない。

さすがに実見できる移植手術はなく、過去に学術資料として録画された真境名の術式を再生してもらうことになった。

「失礼ですが、一般の方にはかなりショッキングな映像が続きますよ」

再生機器を用意してくれた若い医師は気遣わしげに声を掛けてくれた。

仕事がら刺殺に殴殺、事故でも轢断《れきだん》や圧殺で大抵の死体は見慣れている。何を今更と気にも留めなかったが——甘かった。

以前にも異常犯罪を担当したと申告したくらいなので、古手川もビデオ映像程度では微動だにしない自信があったのだろう。しかしそれもまた甘かった。

まずドナー患者の脳死判定が為《な》され、その身体に陽子夫人が麻酔を施す場面で抵抗感があった。麻酔の針を立てた瞬間、その部位がびくりと震える。移植に供されるのは部位的には生者であるという当たり前の事実が、改めて身に迫ってくる。

続いて開腹と臓器摘出。カメラの焦点は常にメスの切っ先に当てられるため、画面では絶えず血が噴出する。完全な死体を切り刻んでいる訳ではないのでこれも当然といえば当然なのだが、新たな噴出がある度にひやりとする。

自分は凄惨《せいさん》な場面には免疫があるはずだと思っていたが、途中から胸が押し潰《つぶ》されそうな感覚に襲われて驚き慌てた。もしやと思い、隣の古手川はと見ると、やはり同様に不快さを堪《こら》えているようだ。

しばらく考えて合点がいった。

普段自分たちが接しているのは、既に動かなくなった完全な死体だ。凄惨で気味が悪くとも煎《せん》じ詰めれば静物に過ぎない。ところが今、解体に供されているのは部分的とはいえ活動している生体だ。つまり生きながらにして解剖されているのと同義であり、所謂《いわゆる》スナッフ・フィルムを見せられているようなものなのだ。

命のリレーという言葉は偽善だ。

ジャックが声明の中で語っていた内容が不意に説得力を伴って甦《よみがえ》る。確かにこのビデオを見せられた後では、そんな言葉は綺麗《きれい》事にしか思えなくなる。理屈の上ではどうあれ、移植とは他人の生命で己が生き長らえることなのだ。

今まで沙耶香を思うあまりに敢《あ》えて目を背けてきたが、移植手術の危うさがざわざわと肌に粟《あわ》を生じさせる。

真境名の主張が真っ当であることは理解できる。現段階で移植手術は多くの患者の福音であるのは間違いなく、代替案は他にない。しかし、それでも生理的な不信感が払拭《ふっしょく》しきれない。そしてまた、論議を充分尽くさないまま制度だけを先行させてしまった疵《きず》が禍根となった感もある。

父親であれば世界の全てを敵に回してでも娘の命を救おうとするのが当たり前だろう。しかし、犬養の心は揺らぎが治まらない。長らく人の心の昏《くら》さを見続けてきた犬養だからこそ迷う。父親としての感情と人倫は別物だ。法の下での行為とは言え、他人の臓器を沙耶香に与えることに抵抗を覚える。人食いにも似た浅ましい行為、とジャックは言った。それに真っ向から反論できない自分が情けなかった。

そしてその逡巡《しゅんじゅん》こそが自分を父親失格にしている要件であることにも気づく。情実に流されない理性と言えば聞こえはいいが、そんな夫そんな父親など家族にすれば願い下げに決まっている。

「大丈夫っスか、犬養さん」

「何が」

「今にも吐きそうな顔してますよ」

「こういうモノを見て食欲増進するようなヤツと友達になりたいと思うか」

「友達じゃないですけど……そーいう法医学教室の先生とは知り合いなんだよなあ」

ああ、あの光崎という老教授のことか。

付き合いの輪を含め、つくづく因果な商売だと思っていると、胸の携帯電話が着信を告げた。すると、この部屋は電波安全保護装置のエリア外らしい。表示を見て少し驚いた。掛けてきたのは成美だった。

『……あなた、今どこ？』

「帝都大病院だ」

『ああ！ ちょうどよかった。今から沙耶香の病室まで来れない？』

「どうした」

『移植手術が嫌だって言い始めた』

まさかと思った。

真境名の診断では移植手術以外に沙耶香が助かる道はない。手術を拒否するということは自殺にも等しい行為だった。

反射的に古手川を見た。成美の声が洩《も》れたのだろう、古手川は早く行けというように指を向けた。いったんは固辞しようとしたが既に腰が浮いていた。

沙耶香の許《もと》に急ぐと病室の前で成美が待っていた。両手を組んでおろおろと歩き回っている。久しぶりに見る心細げな姿に、眠っていた切なさが微《かす》かに胸を刺した。

「手術を嫌がってるって？　いったいどうして」

「原因は切り裂きジャックよ」

「ジャック？」

「あなたのせいでもあるのよ。あなたがジャックを捕まえないから」

成美の険しい目が容赦なく犬養を責める。矛先をこちらに向けられるのは理不尽な話だったが、これもまた懐かしい困惑に変わる。一緒に暮らしている時も、成美はよくこんな風に犬養を責めた。亭主の責任にすることで日頃の鬱憤《うっぷん》を晴らしているようなところがあり、結局はそれが高じて犬養の心が離れる原因の一つになった。

「話が見えん」

「テレビや新聞で移植手術にネガティブなことを言う人が増えたでしょ。それを耳にして」

病気の治癒を願い手術の成功を祈る者ならば世論など馬耳東風になるのが普通だが、それは世慣れた大人の感覚であり、まだ中学生になったばかりの沙耶香には割り切れぬ選択肢だったのだろう。そこにジャックの事件と移植手術への異議申し立てだ。本人が移植手術に否定的になる気持ちは充分理解できる。

それを犬養の責任と決めつけられるのはいささか不合理だったが、沙耶香の問題をこちらに投げてくれたことは嬉《うれ》しかった。

「あなたが早くジャックを捕まえてくれさえしたら沙耶香だって」

尚《なお》も嚙《か》みつこうとする成美を手で制し、犬養は病室のドアに向かう。

「俺だ。入るぞ」

犬養が部屋に入った途端、沙耶香は反対側に顔を背けた。この程度の反応には慣れているので、構わず近くの椅子に腰を据える。

「移植手術、嫌か」

返事はない。

「移植について懐疑的な意見が出ているのは知っている。だが、それとお前に何の関係がある？　誰でも他人の思惑で生きる訳じゃない」

先刻のビデオを見て、犬養自身も移植手術の是非については判断が鈍っている。しかし、それを沙耶香の前で明らかにすることはできない。父親だからこそ話してはいけないことがある。父親だからこそ強弁しなければならないことがある。

「生きている限り、生き延びようと足搔《あが》くのは自然なことだ。だから世界中の病人が痛みと闘っている。世界中の医師が困難と闘っている。最初から闘いを放棄しようとする者はいない」

「……他の人を巻き込んででも？」

拗《す》ねた声が返ってきた。

「他の人を犠牲にしてまで生き延びようとする資格なんて、誰にあるのよ」

「刑法には緊急避難という考え方がある」

十三歳の子供にどこまで理解できるかは不明だが、説明しない訳にはいかない。

「自分一人の重さしか支えられない筏《いかだ》。そこにもう一人がしがみつこうとしている。二人がしがみついたら筏は間違いなく沈む。その時、一人が別のもう一人を排除しようとしても罪には問われない。生き延びようとすることは人間の当然の権利だからだ。それに嫌な言い方だが、移植の場合は臓器を提供する側に拒絶の意識がない」

「意識がなくたって、その人にも生きる権利はあるはずでしょ。そんな人から臓器を盗《と》るなんて、そんなの……」

「意識がある時、ドナーになる意思を示している。本人も納得していることだ」

「誰も自分がそんな立場になるなんて真剣に考えない。あんなの大抵のひとが軽い気持ちで名前書いてるだけじゃないの。じゃあ、もしあたしがカード持っていて意識がなくなったらドナー患者にする気？」

「仮定の話には答えられんな」

「そんなの、逃げてるだけじゃない」

「逃げているのはお前の方じゃないのか」

沙耶香自身を責めることになるが、他に言いようがなかった。

「他人の臓器をもらうからには生きることに責任が生まれてくる。怠けたり道を踏み外すことは金輪際許されないからな。生きていくことに足枷《あしかせ》がつく。周りからも監視される。お前はそれが怖いだけだ」

沙耶香の言葉が途切れた。図星をさされると、いったん黙り込むのは相変わらずだ。

「生き延びようとするのは当然の権利だ。その権利を放棄しようとするのは単なる臆病《おくびょう》者だ」

「知ったようなこと言わないでよ!」

反抗するが、まだ顔は向こうを向いている。

「今更お父さん面して!」

「戸籍上どうなろうと血が繋《つな》がっていることは否定できんぞ。昔も今も俺はお前の父親だ。それに喋《しゃべ》ったことは父親としての説得じゃない。人生から逃げてきたヤツらを嫌というほど見てきた刑事からの忠告だ」

「今度は犯罪者扱いするつもりなの」

「その予備軍だ。いいか、人間は真っ当に暮らしていても目の前に障壁の立ちはだかる時がある。打ち破るか乗り越えるかして人はその向こう側に行こうとする。だが障壁から逃げようとするヤツは別の道を探す。大抵は楽な道だ。だけどな、楽な道というのは力のない者の専用道路だ。そうやって楽な方、楽な道を選び続けていくとまともに闘う力を失くしていく。そして楽だからという理由で嘘を覚える。人を陥れることを覚える」

再び沙耶香が黙り込む。やがて聞こえてきたのは押し殺したような嗚咽《おえつ》だった。

「どうして……どうしてそんなことまで言われなきゃいけないのよ」

「そんなことを言うのは俺以外に誰もいないからだ」

ああ、またこれで嫌われると思ったがやめるつもりはなかった。慰めや同情は成美でもできるだろう。だが叱咤《しった》することは多分自分にしかできない。

「それにな、お前は自分の命が自分だけのものだと思っているようだが違うぞ。お前を産んだのは母さんだが、命の半分は俺が与えた。だから俺の許可なく生き延びるのを諦《あきら》めることなんか許さん。命の無駄遣いなんか許さん」

また沙耶香は黙り込む。

頭からタオルケットを被《かぶ》る。

嗚咽は次第に低くなっていった。

しばらくしてから、犬養は返事のない理由に思い当たった。

「まだ、何か他にあるのか」

また返事がない。

つまり図星ということだ。

「言ってみろよ。言うのはタダだし、吐き出すことで案外楽になれる」

「……ジャック」

「何？」

「怖い……」

犬養は思わず腰を浮かせた。

「ジャックは、移植した患者を襲って、中身を全部取っていってしまうんでしょ。だから、あたしも移植手術を受けたら、そんな風にされて……」

そういうことか。

犬養は立ち上がるとそのままベッドに近づき、タオルケットに隠れた頭へ手を置いた。言ってしまったが最後、これは約束になる。そして守れなかったら、この先ずっと娘から嘘吐き呼ばわりされることになる。

それでも父親である限り、言わなければならない。

「だったら安心しろ」

タオルケットの下の身体がわずかに震えた。

「ジャックは必ず俺が捕まえてやる」

やはり返事はない。

しかし反発もない。

今はそれで充分だった。

病室を出ると、早速成美が食らいついてきた。

「あの子、どうだったの」

「どうってことはない。ただ不安がっているだけだ。もちろん移植は受けさせる」

「何を言ったの」

成美の視線は猜疑心《さいぎしん》に染まりきっている。無理もないと思う。関係が破綻《はたん》するまでの数ヵ月、自分がこの女に与えたのは不安と欺瞞《ぎまん》だけだった。

「もしも口先だけの約束なら、やめてよね。後で始末させられるのはわたしなんだから」

「確かに約束はしたが、ぬか喜びさせるつもりはない」

「あなたっていっつもそう！」

成美はいきなり声を張り上げた。

「都合が悪くなるとその場限りの言い逃れ。それでわたしや沙耶香がどれだけ騙《だま》されてきたか」

犬養に抗弁の言葉はない。事実だからだ。

「沙耶香がこんなことになって、罪滅ぼしのつもりかどうか知らないけど見舞いには来るようになった。でも、前と一緒よね。当たり障りのないことだけ喋って、父親らしく振る舞って、それでお役御免だと思っている」

犬養は醒《さ》めた目で成美を見る。もうこの女の中では自分の前夫としての評価は定まっているのだろう。それを覆すのは容易ではないし、第一覆すつもりもない。

成美に向けた顔はもはや前夫のそれではない。

「父親として俺ができることはもうないのかも知れない。だが刑事としてなら、まだできることがあるんだ」

犬養はまだ何か言いたげな成美を放置して病棟を抜ける。棟と棟の狭間《はざま》は通話エリアだが、そこに古手川が待っていた。

「鬼子母涼子を追う」

その言葉を予想していたのか、古手川は合点した様子で軽く頷《うなず》く。

すぐに携帯電話で上司を呼び出した。

『麻生だ。どうした』

「班長。鬼子母涼子宅には誰が行ってますか」

『高千穂《たかちほ》たちが向かったが……駄目だ。もぬけの殻だったらしい』

「じゃあ、既に三田村の家に？」

『いや。葛城たちからの報告ではまだ現れていない』

「自宅に駐車場は？　鬼子母涼子はクルマで移動しているんですか」

『敷地内に駐車場はない。隣宅からの訊《き》き込みでは涼子はクルマを持っていない』

もしや逃げられたか。

「なあ、聞けよ」

電話の向こう側から麻生の焦燥が聞き取れる。状況はほぼ固まっているとはいえ、現時点で鬼子母涼子はまだ参考人の一人に過ぎない。捜査令状が発行されていないので家宅捜索もできず、本人が移動しているのに広域捜査もかけられない。できるのは本人宅と三田村宅の二ヵ所を張ることぐらいだ。

「班長。俺たちも今から鬼子母涼子を追います」

『追うって、当てでもあるのか』

「移動手段は恐らく電車でしょう。彼女の顔写真送ってください。最寄駅から三田村宅まで潰《つぶ》していきます」

『分かった』

携帯電話を閉じて玄関に急ぐ。向こうから歩いてくる患者や看護師が何事かと驚いているが、構ってはいられない。

「犬養さん。三田村宅の最寄駅は東北沢《ひがしきたざわ》駅ですけれど、それでも一キロ以上離れてますよ。その区間をたった二人でローラー作戦ですか」

「広域捜査になっていない分だけ、向こうにこっちの動きは知られていない。その隙につけ込む」

二人で覆面パトカーに乗り込む。ステアリングを握る古手川はちらとだけ犬養を覗《のぞ》き見た。

「どうかしたかい」

「いや……急に馬力かかったなと」

「どうせ理由には見当がついているんだろ」

「娘さん、ですよね。パパ頑張れ、とか激励されました?」

思わず苦笑した。

「違うよ。ジャックを怖がって移植手術を受けようとしない。自分もジャックに狙われたらどうしようかと思っている。だから啖呵《たんか》切ってやったんだ。ジャックは必ず俺が捕まえるからって」

「何だ、やっぱりパパ頑張れじゃないですか」

「娘は俺のことを憎んでいる」

「離婚は夫婦間の問題でしょ」

「反動、だろうな」

「反動?」

「ああなる前は結構好かれていた。尊敬もされていた。だから裏切られた分、ショックが大きかったんだと思う。聞きたいか?」

「犬養さんが喋《しゃべ》って愉《たの》しい話じゃなければいいっスよ」

古手川は興味なさそうな顔で運転に集中している風だが、犬養の見る限りこの男が相棒である男の過去に興味のないはずがない。それでも無関心を装っているのは、この男なりの礼節なのだろう。

相手が礼節を見せているのなら、こちらも沈黙をもって応《こた》えるべきだ。犬養は腕組みをして正面に視線を固定する。

最初の家庭が崩壊したのは今から三年前、沙耶香がやっと十歳になった頃だった。

当時、追っていた事件で女と知り合った。女は重要参考人の妻で家庭内暴力を受けていた。陰はあるが清楚《せいそ》な印象の女で、犬養は彼女に深く同情していた。

その後、重要参考人である夫が逮捕されると、犬養と女の仲は急接近した。寄せていた同情は別の感情に変わり、そしてある時に一線を越えた。

魔が差した、とは考えなかった。いったんその女と肌を合わせると相性の良さを実感した。成美との交わりでは得られない充足感があった。自分は本来、この女と結ばれる運命だったと思った。

女との密会が続く。会う度に狂おしいほど交合する。女の肉体が自分の一部のように思えてくる。

刑事の仕事に定時もクソもないと、事件に追われていることを隠れ蓑に外泊を続けた。しかし、それが二カ月も続くとさすがに成美も怪しく思い始め、やがて二人の関係が露見した。

もうその頃になると犬養の方では成美からすっかり気持ちが離れていたので、逆に踏ん切りがついた。協議の結果、成美とは離婚が成立した。

離婚したことに後悔はなかったが、沙耶香に未練があった。夫婦は別れてしまえば他人だが、親子の関係は生涯続く。しかし、そう思っていたのは犬養だけで、沙耶香は父親を徹底して裏切り者と罵倒《ばとう》した。手を触れると不潔だと言って嫌悪を露《あらわ》にした。

離婚の条件に沙耶香と面会しないという条項はない。だが沙耶香自身に会う気がなければ同じことだ。以来、沙耶香の入院まで犬養がその顔を見ることはなかった。

これで二度目の結婚が上手《うま》くいけば犠牲を払った甲斐《かい》もあったのだが、折角始めた第二の結婚生活はわずか一年で破綻したのだから世話はない。結局、犬養に女を見る目がなかっただけの話だ。

別れた女たちにはそれぞれ負い目がある。しかしそれも沙耶香に対する負い目の比ではない。豊崎姓となった今は義父と円満にやっているのか、中学校ではイジメられていないのか、成績や進路はどうなのか、与えられる情報が少ないので余計に気にかかる。

「君は他人を殺してまで息子の臓器に執着する母親には実感が湧かないと言ったな」

「ええ」

「君は否定するかも知れんが、血の繋《つな》がりというのは厄介で、そして深い。殺傷事件の八割が身内の犯行というデータがそれを裏づけている」

「愛憎は表裏一体ってヤツですか」

「鬼子母志郎は亡き夫の遺志を受け継いだ一人息子だった。母親の涼子にすれば二人分の愛情を注いだことになる。その二人分の愛情が反転して別の感情に転化してしまったらどうなると思う？」

「でも、息子の志郎はもう死んでるんですよ」

「それでも親子なんだ」
犬養は自分に言い聞かせるようにそう告げた。

4

東北沢駅を降りると、涼子は人混みに押されるようにして改札を出た。西新井《にしあらい》駅で乗車した時には空いていたのだが、千代田線に乗り継いだ途端すし詰め状態になった。ちょうど帰宅ラッシュに重なってしまったのだ。

むわっとする人いきれから解放されても、まだ不快さが肌に纏《まと》わりついている。駅前に漂う空気は湿気を帯び、首筋から垂れる汗は一向に止まる気配がない。

表示板の地図で目指す場所を確認する。

北沢三丁目。目算で駅から一キロ程度の距離だろう。幸いまだ辺りは明るいので歩いて行ける。三田村宅の正確な所在地までは分からないが、近くまで行けば何とかなるだろう。今までもそうやってきたのだ。

ただし近所の住人に所在を聞き回るような真似は厳禁だ。目立ってはいけない。相手に自分を探している人間がいると察知されてはいけない。番地と表札で住処《すみか》を確認したら、それらしき相手が出て来るまで待つ。手間暇はかかるが、時間なら無尽蔵にあるので焦る必要もない。

歩き出してしばらくすると、涼子は空腹に気がついた。そう言えばそろそろ夕食の時間だ。一人暮らしなのだから食事の時間など別段気にしなくともいいのに、志郎の栄養バランスに注意していた頃からの習性が抜けていない。

ああ、そうだ。

今も昔も自分の生活は志郎を中心に回っている。早朝のランニングに合わせて自分も起床し、三度の食事は正確なカロリー計算の上で献立を組んだ。志郎がオリンピック強化選手に指定されるとカロリーコントロールは栄養士の仕事となったが、最低睡眠時間の確保と健康状態の把握は依然として自分の務めだった。パート仕事との両立は決して楽なものではなかったが、志郎が夫と同じ舞台で活躍することを思えば苦労とも思わなかった。

駅前のベーカリー・ショップを覗くとショーウインドゥに美味《おい》しそうなパンが並んでいる。夕方の買い物客で店内は賑《にぎ》わっているが行列ができるほどではない。

中に入ると可愛らしいピザパンが目に入った。一個百二十円。良心的な価格ではないか。涼子はアイスコーヒーと一緒に買い、テラス席に持って行った。

窓の向こうに北沢の街並みと家路に急ぐ人の群れが見える。同じ駅前でも自分の住む界隈《かいわい》とはずいぶん趣きが違う。高級住宅地が控えているせいだろうかどの店舗も瀟洒《しょうしゃ》な佇まいで、外を歩く女たちはみんな小綺麗《こぎれい》に装っている。

街はそこに住む者たちの顔を反映する。きっと住民の多くは富裕層だろう。いや、子供に移植手術をさせる余裕があるのだから、少なくとも三田村家はその層に属しているはずだ。

涼子はそれを嬉《うれ》しく思った。志郎の心臓がこの街で脈動し、この駅前の舗道を闊歩《かっぽ》しているかと思うと何やら誇らしい気分になる。

空腹を満たすと店を出た。店内の冷房に冷やされて、肌に纏わりついていた汗はずいぶん引いていた。

涼子はまるで街の感覚を味わうかのようにゆっくりと歩く。この道を志郎の心臓も通ったのかと思うと感慨深いものがある。

あそこのラーメン屋の暖簾《のれん》を潜ったのだろうか。

そこのドラッグ・ストアで何か買ったのだろうか。

志郎の心臓を譲り受けたレシピエント患者は音楽家志望と聞いている。それなら、目の前にあるCDショップにも通っているのだろうか。

想像を膨らませる度に心が軽くなる。志郎は死んだなどといったい誰の言い草だったのだろう。馬鹿も休み休み言うものだ。志郎はこの通り強烈な存在感を放っているではないか。

電柱の表示で現在地が北沢二丁目であることを知る。目指す三田村宅まではもう少しだ。

つば広帽子を更に目深に被《かぶ》る。夕刻でもこの陽射しだ。道往く者も紫外線対策だと思うだろう。とにかく自分がこの近辺を訪れたことは誰にも知られたくない。

次第に目的地が近づいてくる。あの三叉路《さんさろ》を左に折れて真直ぐ進めば、やがて小学校が見えてくる。小学校の前を通り過ぎ、しばらく歩けば三田村宅はもう目と鼻の先だ。

学校の敷地を横切る際、児童たちの声が往来まで届いてきたので涼子はふと足を止める。もう放課後の時刻だから、きっとクラブ活動の声だろう。

子供の声はいいものだ。

たとえそれが多少乱暴であったとしても希望を呼び起こす。志郎の声がまさにそうだった。どんなに疲れても、どんなに寂しくとも、あの声を聞くだけで活力が湧いた。

志郎の声を聞かなくなってもう数ヵ月が経過したが、声は記憶の深層部にしっかりと刻み込まれている。この後、志郎の心臓に会うことができれば、その声はより一層鮮明に聞こえるに違いない。

涼子は通り過ぎた掲示板で、いよいよ三田村宅のすぐ傍まで来たことを知る。あとは各戸の郵便受けに記された番地を確認しながら間合いを詰めていけばいい。もちろん番地を確認する際も視線はちらと流すだけだ。決して誰かの家を探しているような素振りを見せてはいけない。

そして目指す場所にあと十番地まで迫った時だった。

「失礼ですが……」

その声に振り向くと目の前に二人組の男たちが立っていた。一人は端整な顔立ちの三十代、もう一人はまだ利かん気を残した二十代らしき男だ。

「鬼子母涼子さんですか」

いきなり名前を呼ばれたので仰天した。

この男たちはどうして自分の名前を知っているのだろう？

「警視庁刑事部捜査一課の犬養と言います。お手数ですが署までご同行願います」

＊

鬼子母涼子確保の報《しら》せが捜査本部にもたらされると、鶴崎をはじめとした上層部はほっと胸を撫《な》で下ろしたらしい。名目こそ参考人だったが、置かれた背景から彼女が切り裂きジャックであると断定する者は少なくなかった。捜査陣を右往左往させた難事件もこれにて一件落着、後はゆっくり自白を引き出すだけだ――まだ調書もできていないというのに、捜査陣の中には早くも休暇を願い出る粗忽《そこつ》者がいた。

もっとも、その気持ちも分からない訳ではない。最初の事件が発覚した七月三日からこっち、捜査本部の人間はジャックのみならず、刑事部はおろか内閣官房にも自由を奪われた。世論と医学界からは能力不足を叩《たた》かれ、積み重ねられていく死体を前に焦燥感だけを募らせていた。その鬱積《うっせき》が今日で晴れるかと思えば、解放的な気分になるのも無理からぬことだった。

だが、取調室で涼子と対峙《たいじ》する二人は解放感とは無縁の場所にいた。いや、解放感どころか閉塞《へいそく》感すら感じる。

最初の躓《つまず》きは涼子を確保した際、所持品を確認した時点から始まった。涼子の携えていたバッグの中に収められていた物といえば化粧品のセットとハンド・タオル。財布とメモ帳、免許証に保険証、それに預金通帳と塩キャラメル、緑茶のペットボトル。

だが獲物を絞め殺すための縄《なわ》も腹を裂くためのナイフもなかった。刃物と名のつくのは爪切りすらなかった。第一、ハンドバッグでは摘出した臓器の半分も収めることはできない。

そして現在二人が躓いているのは、涼子をいくら訊問《じんもん》してもジャックの片鱗《へんりん》さえ窺《うかが》えないからだった。

「わたしはあの子に会いに行っただけです」

先刻から繰り返している言葉を、涼子はもう一度口にした。

「六郷由美香さん、半崎桐子さん、具志堅悟さん、そして三田村敬介さん。この四人に会いに行ったんですね」

「そうです」

「その四人のうち三人を殺した」

「いいえ」

涼子はあっさりと否定する。

「殺すなんて。それどころかわたしはその中の誰一人とも会えませんでした」

「会えなかった？」

犬養は思わず鸚鵡《おうむ》返《がえ》しに訊《き》いた。古手川も眉《まゆ》を顰《ひそ》めて涼子の正面に立つ。

「七月二日、あなたは六郷由美香さんをケータイで呼び出し、午後十時から十二時の間に木場公園で彼女を殺害した。違いますか」

「わたしはその日、アパートにいました。六郷さんに会うつもりでしたけど、その日は外出しませんでした」

「どうして会おうとしたんですか」

「さっき言ったじゃありませんか。六郷さんは志郎の肝臓を移植されていました。わたしは六郷さんの体内で、その肝臓がちゃんと働いていることを、今でも志郎の一部が生きていることをこの目で確認したかったんです」

犬養は相手の顔色を窺うが、涼子はひどくあっけらかんとしており切実に抗弁している様子はない。何を当たり前なことを聞いているのだという風だ。

「六郷さんのことは翌日の朝刊を読んでびっくりしました。ちょうど会おうとしていた矢先だったんです」

「二日のその時刻、あなたはどこにいましたか」

「一人でアパートにいました」

「それを証明できる人は」

「わたしは一人暮らしですから……」

「質問を変えます。あなたは以前、どんなお仕事に就いていましたか」

「最初はスポーツ用品の会社に勤めて……それが夫と知り合うきっかけになりました。志郎を出産してしばらくは専業主婦でしたけど、小学校に入学した時から今のパートを始めました。それが今でも続いています」

「パートの内容は？」

「スーパーのお客様係です。あの、レシートを領収書に書き換えたり、ラッピングしたりする」

もちろん後で裏を取るつもりだが、この段階で涼子の職歴に医療関係との接点は見当たらない。古手川はと見れば、腕組みをしたまま苛々《いらいら》と指を動かしている。これは当りと思って引いたくじがハズレだと知った時の仕草だ。

しかし、まさかそんな。

「由美香さんが殺され、しかも全ての臓器を摘出されていた。それを知ってあなたは何も不審に思わなかったのですか」

「突然のことでお気の毒だと思いました。志郎の肝臓まで持ち去られていたようなので犯人のことがとても憎らしくなりました。でもそれだけです。通り魔に遭った、くらいの印象でした。それから、せめて志郎の臓器だけは返して欲しいと思いました」

「話を二人目に移します。七月八日の同じく午後十時から十二時までの間、あなたは同様に半崎桐子さんを誘い、川越市宮元町の工事現場で彼女を殺害した」

「いいえ」

「でも、会いに行った」

「半崎さんの住まいは知っていましたから、そこに行ったのは確かです。でもわたしが行ったのは九日でした。半崎さんのアパートに行くと、部屋の前には警察の人たちがいて近づくこともできませんでした」

「その前夜、八日の十時から十二時までの間はどこに？」

「その日も自宅のアパートにいました。あのう、この齢《とし》で一人暮らしをしてますと外出する機会なんてなかなかないんですよ」

「移植コーディネーターの高野さんから何度か連絡が入っていたはずです。どうして返事をしなかったんですか。あなたの対応が不審だったせいで、高野さんから我々に情報提供されるのが遅れたくらいです」

「そんなつもりは……志郎に会いに行くことを高野先生に知らせたら、どうせ反対されるのは分かってましたから返事をするのが面倒だったんです。それにわたし、ケータイってあまり好きじゃないんですよ。何か脅迫されてるみたいで」

「脅迫って？」

「ご飯食べてる時も人と話している時もお構いなしに着信音が鳴るじゃないですか。今すぐ出ろ、みたいに。嫌なんですよ。そういうの。だから大抵は家のテーブルに置きっ放しだし、持って出る時には電源を切ってます」

それでは携帯電話ではなく不携帯電話ではないか。いささか時代錯誤めいた話だったが、犬養の知人にも似たことを言う老人がいるのを思い出した。世の中、全ての人間が同じ規範で動く訳ではない。それを見誤ってはいけない。

「高野さんから聞いた話では、レシピエント患者の姿を遠くから見守るだけでいいということでしたね。それが、どうしてアパートを訪ねることになるんです。矛盾してはいませんか」

「部屋に上がったり、直接お話しする気は毛頭ありません。ただ、あの人たちがちゃんと元気にしているかどうかを知りたかっただけです。アパートに行ったのも、半崎さんが帰って来る姿を見たいがためでした」

涼子はのらりくらりと追及を躱《かわ》してくる。しかし不自然な印象はない。市井の平凡な主婦が世間話をしているようにしか見えない。

「七月十三日午後六時から八時までの間、あなたは東京競馬場で具志堅悟さんを見つけると、駐輪場の裏で……」

「それも違います。わたしは具志堅さんの自宅は知っていますけど、悟さんが競馬場にいたことは知りませんでした」

「自宅には行ったんですか」

「ちょうどその日、十三日のことです。お昼から夕方近くまで公園と具志堅さんの家の間を行ったり来たりしながら、悟さんが現れるのを待っていました。でも暗くなっても一向に姿が見えなかったので諦《あきら》めて帰ったんです」

「自宅と公園の往復。どこか喫茶店に入るとか、誰かと言葉を交わしたとかしませんでしたか」

「いいえ。わたしが患者さんたちに近づいたことが知れると高野さんに迷惑がかかるので、なるべく顔を見られたりしないよう注意してましたから」

つまり涼子は三番目の事件についても確たるアリバイがないことになる。結局、涼子がジャックでないことは証明できないが、ではそれで涼子に対する嫌疑が固まったかといえばむしろ逆だ。涼子が医療関係の仕事に就いていないという証言も気になるが、それ以前に刑事としての経験が涼子の犯人説を否定している。

元より女性不信の傾向が垣間《かいま》見える古手川を見る。リトマス試験紙ではないが、この男は考えていることが面白いように顔に出る。その顔色から判断する限り、古手川も涼子をホンボシと判断するのを躊躇《ためら》っているようだ。

「何故、死んだ息子の臓器なんかに会いたいと思ったんですか」

今度は古手川が質問をぶつけた。急《せ》かすような口調から察するに、今まで訊きたくてうずうずしていた様子だった。

「会えたからといって向こうから笑いかける訳じゃない。喋《しゃべ》ったからといって息子の声が聞こえる訳じゃない。臓器が機能しているからといって、それはもうレシピエント患者の一部だ。喩えはまずいかも知れないけれど、廃車のエンジン部分を移し替えたようなもんだ。ボディも内装も何もかも全くの別物で、それでもかつての愛車だって言えるのか」

するとすると涼子は不思議そうに古手川を見た。

「志郎はクルマじゃなくて人間ですよ？　それに母親が離れたところにいる息子に会いたいと思うのは当然じゃないですか」

「あんたの言っていることには道理が通ってない。いいですか、あんたの息子はもう死んでいるんだ。レシピエントたちに提供された臓器はただのパーツだ。人格も感情もない、単なる器官に過ぎない」

「志郎は生きていますよ」

落ち着き払った涼子に古手川は目を剝《む》いた。

「死んでいる！　あんただって、それを病院で確認しているだろう」

「でも、六郷さんや半崎さん、具志堅さんの中で生きていました。今はもう三田村さんしか残っていませんけど」

「脳は、思考と記憶と感情を司《つかさど》る脳は死んでいた。それがヒトの死だ。だからこそ移植に供された」

「そんなこと、いったい誰が決めたんですか」

涼子の言葉は凜《りん》としていた。

「あなたはどんな理由で、脳が死んだからといってその人自身が死んだと言えるんですか。どんな段階で人の死を宣告できるんですか。それを決めるのは人間じゃありませんよ」

古手川は二の句が継げずに黙り込む。

「あの子はまだ生きています。生きて、三田村さんと一心同体になったんです」

五　恩讐《おんしゅう》

1

進行中の凶悪事件について一般人の抱く思いは大きく二つに分かれる。

早期解決か、もしくはより過激に展開して欲しいかのどちらかだ。

従って一部マスコミの流した〈平成ジャック事件、容疑者逮捕！〉の速報はマスコミのみならず移植推進派や事件関係者に一時福音をもたらしたものの、翌日になってそれが誤報であることが判明すると、反動も相俟《あいま》って捜査本部への非難は熾烈《しれつ》を極めた。ぬか喜びさせれば、恐怖に伴って怒りが増幅されるのは理の当然だった。

まず捜査本部の責任者である鶴崎が真っ先に吊《つる》し上げを食らった。犯人でもない者を重要参考人にするなど、捜査方針が迷走している証拠だというのだ。最初にすっぱ抜いたのも最初に批判したのも同じ媒体というのは笑える話だったが、鶴崎に笑う資格はない。新聞各社は警察の無能力をこきおろし、捜査責任者の不手際を糾弾した。テレビキャスターたちは口を揃えて日本でも安全がタダではなくなったと慨嘆し、職員四万六千人が束になってもジャック一人捕まえられないのかと警視庁に矛先を向けた。

こうなってみるとジャックを名指しで攻撃した鶴崎は潔くさえ見えた。所詮《しょせん》マスコミの非難など非難しても反撃されそうにない相手に限定されている。ただし解決が長引けば長引くほど鶴崎の管理官としての在任期間は短くなる。

一方、内閣官房を介した医師団体からの圧力も激しかった。これ以上捜査の進展が見込めないのなら、責任者ごと捜査本部を一新しろとまで注文をつけてきたのだ。内閣官房としても医師団体からの陳情を警視庁に伝えただけで明確な意思は示さなかったので、刑事部長は鶴崎に詰め腹を切らせるつもりらしく未《いま》だに更迭の話を出していない。鶴崎にしてみれば毎日が針の筵《むしろ》のようなものだろう。

そして世情はやはり騒然としたままだった。臓器移植を巡る論議は事件の経過と共に慎重派の声が優勢になった。予《かね》てより研究が進んでいたiPS細胞に実用化の目処《めど》が立ってきたことも手伝い、脳死がヒトの死であるとの論調は日ましに弱くなり、自《おの》ずと臓器移植の必要性を唱える声も劣勢を強いられるようになった。

移植医が憤慨し、レシピエント患者たちの眠れぬ夜が続く。それでも捜査本部は鬼子母涼子以外の容疑者を見出《みいだ》せず、暗中模索を繰り返していた。

「じゃあ、お前の心証はシロだって言うのか」

麻生の詰問口調は今に始まったことではないが、今日のそれはいつにもまして厳しい。犬養は弁解じみた物言いになるのを覚悟して口を開く。

「シロとは言いません。多少、偏執めいた傾向はあります。事件当時のアリバイはありませんし、三人を殺す動機もあります」

「それなら」

「職歴のウラを取りましたが、鬼子母涼子に医療関係に従事した経歴は確認できませんでした。鑑識の報告と照合しましたが、三ヵ所の事件現場に彼女の毛髪あるいは他の遺留品は存在しません」

それだけではない。本人の許可を得て鬼子母涼子の自宅アパートにも足を運んだが、部屋からはパソコンもプリンターも発見できなかった。少なくともジャック名義の手紙はここで作成されたものではなく、涼子の勤務先のパソコンを調べる必要も出てきたが、これにはまだ令状が発行されていない。

「物的証拠は何もなし。しかしジャックが医療関係者だというのは絶対条件ではない。現場に遺留品がなかったのも鬼子母涼子の慎重さという解釈もできる。お前がシロだと思う根拠は他にあるんじゃないのか」

「正直言えばあの鬼子母涼子という容疑者を読み切れないんですよ」

「読み切れない？」

「殺人に必要なものは三つあります。動機、情熱、そして捕まらないための計算。彼女には最後の計算が抜けている。わたしたちが確保した時、彼女はあまりにも無防備に過ぎました。それがどうにもジャックの犯人像と合致しません」

ふむ、と麻生は考え込む。犬養の説明に反論しないのはその主張を首肯する以前に、物的証拠が皆無であるからだ。現状のまま涼子を逮捕、調書を取って送検したとしても公判を維持するのは困難だ。仮に状況証拠だけ掻《か》き集めたにしても、まともな弁護士なら簡単に無罪判決を勝ち取れる事案になる。そうなれば憲法第三十九条一事不再理の原則により、同じ罪状で鬼子母涼子を裁くことは不可能になる。

「まだ証拠固めが必要だな。鬼子母涼子には引き続き尾行をつけた。お前の言う殺人の情熱とかが潰《つい》えていなけりゃ、彼女は再度三田村敬介に接触を図るはずだからな」

麻生は気を取り直すように言う。きっと自分に向けての言葉だろうと犬養は思う。

事情聴取の結果、嫌疑が希薄であることから涼子が解放されると、それまで浮かれムードだった捜査本部にはまた元の沈鬱《ちんうつ》さが戻った。一部には涼子から何としてでも自白を引き出すべきとの声も上がったが、現状の乏しい材料ではどうすることもできない。

「鬼子母涼子の職歴以前、学生時代に何を専攻したのか、本人ではなく医療関係者に親しい友人はいなかったか、もう一度洗ってみよう」

そう言い残して麻生は部屋を出て行った。証拠が皆無であるとはいえ涼子の嫌疑が晴れた訳ではなく、それどころか捜査本部の心証は真っ黒だ。動機が母親の妄執とする見解はそれなりの説得力を持って捜査本部に浸透していた。

だが一人古手川だけはまだ納得していない様子で、麻生から再捜査を告げられた今も不満げな表情を隠さない。

「まだ母親の妄執が信じられないか。本人と直接話した感触でその執念は感じられたんじゃないのか」

よほど自身の常識と相容《あいい》れなかったのだろう。本人と言葉を交わした直後、古手川は母親に叩《たた》かれた子供のように仏頂面をしていた。

「いや犬養さん。俺だってあの母親の執念は成る程と思いましたよ。狂気というんじゃないけど子供への愛情が転化するとああなるってのは何となく理解できます。ただ……」

「ただ？」

「それが三件の凶行にはどうしても結びつかない。俺が言っても説得力ありませんけど、あの母親からは血の臭いがしないんです」

血の臭い、という言葉に犬養は反応した。

多くの兇悪《きょうあく》犯を相手にしてきた刑事たちが持つ独特の嗅覚《きゅうかく》。勘でもなければ経験則でもない。被害者の返り血を浴びた者だけが放つ異臭を嗅《か》ぎ分ける能力。それを古手川も会得しているというのか。

「犬養さんには臭いましたか」

「分からん」

犬養は正直に答えた。麻生や他の同僚に言えないことでも、この男になら腹蔵なく話せる気がした。

「元々、女を見る目がない上に心情が理解できなかったばかりに離婚した身だからな。理屈では鬼子母涼子がジャックである可能性は依然捨てていないが、彼女が闇に紛れて三人を解体している姿はちょっと想像できん。それから奪った臓器をどう処理したかにも問題が残る。駐車スペース一つ確保できないアパート暮らしで、どうやって臓器を処分した？　埋めるような地所はなし、埋めたり焼却すれば人目につく。部屋は普通の2LDKで特別な倉庫もない。冷蔵庫だって標準サイズだった。とてもじゃないが三人分の臓器を保管できるような代物じゃない」

「じゃあ、その辺は俺と一緒ですね」

「それともう一つ気になることがある……左手だ」

「左手？　誰の」

「いつか君が言った手品師の左手のことさ」

ああ、と古手川は思い出したように頷《うなず》く。

「高野千春の証言によって明らかになった鬼子母涼子の存在。その涼子は俺たちにあっさりと確保された。しかし、あまりにも事が上手《うま》く運び過ぎるような気がしないか？」

「作為的だって言うんですか」

「ジャックから送られてきた三通の手紙。あれを読む限りジャックはもっと狡猾《こうかつ》なヤツだ。あれが下見だったと仮定しても、獲物の所在を確かめるのにあれだけ無警戒に近づくなんて有り得ない。その意味で言うなら鬼子母涼子は手品師の右手のような気がする」

「俺たちがあの母親を追っている間に、手品師は左手でネタを仕込んでいる……」

「あくまでも、そんな気がするってだけだぞ」

「そんな気ってヤツに俺も一票入れますよ」

古手川は人差し指を立てた。

「鬼子母涼子はシロです」

「断言していいのか。予断は禁物って今の上司は言わなかったのか」

「だからですよ。予断は禁物。よって右手は信じない。信じるのは刑事の長年の勘」

「おいおい、勘を信じるってか」

「勘を非科学的と思っているのなら、それこそ勘違いってもので。犯罪捜査をする者の五感には膨大なデータが蓄積されている。死体の損傷具合、現場の状況、真犯人だったヤツの表情と口調。それは本人が意識するしないに拘《かか》わらず、網膜、鼓膜、鼻腔《びこう》、舌先、指先が記憶し、細分化し判断の材料になる。勘というのはその膨大なデータベースから弾《はじ》き出された推論であって決して非科学的なものじゃない」

「……誰かの受け売りか？」

「まあ、それはそれとして。そうとでも思わなきゃ、俺だってさっき言った血の臭いってのを信用できなくなりますからね。それともう一つ」

「何だ」

「鬼子母涼子の息子に対する愛情がどれだけのものかは分かりました。ただ、あの愛情が殺意に反転するとはどうも想像できなくって……これは俺の経験不足かも知れませんけどね」

自分の経験不足を口にできるのか――犬養はまた、この男の美点を見つけた。この齢《とし》の男は大抵背伸びをして実際以上に自分を見せたがる。こんな風に自身の欠点を素直に認められる人間は少ない。そして欠点を認められる人間はそれだけ補正するのが早くなる。

古手川自身の資質なのか、それとも時折話題に上る上司の鍛え方がいいのか。今の状態を継続していけば、この男は間違いなく優秀な刑事になる。

犬養はもうしばらくこの男とコンビを組んでいたくなった。

「よし、意見が一致したところで考えようじゃないか。まず、俺たちはいつから手品師の右手に注目させられていたか。言い換えればいつの時点から鬼子母涼子をマークしていたか」

「高野千春ですよ。ドナー情報だけ出し渋って出し渋って、その挙げ句に鬼子母涼子にレシピエント情報を洩《も》らしたことを俺たちに告げた。レシピエント全員の情報を知り、提供された臓器に未練があり、そしてなかなか連絡が取れない。俺たちはそれで彼女に飛びついた。三田村敬介の家の近くで発見した時には決定的だと思い込んだ」

「そうだ。だったらあの時点まで引き返そう。つまりレシピエント全員の情報を知り、提供された臓器に並々ならぬ興味を抱いていた人物。その条件に当て嵌《は》まる、鬼子母涼子以外の人物は誰と誰だったのか」

「高野千春？」

「それから提供施設となった帝都大病院の関係者が何人か。今から行くぞ」

＊

ジャックの最有力容疑者が家の近くで捕まえられてから二日後、敬介はいつものように練習場所の公園に向かっていた。

空を見上げると東の方から分厚い雲が迫っている。あと数時間後には雨が降ってくるかも知れない。敬介は少し歩を速めた。

それにしてもあの葛城という刑事から話を聞いた時には驚いた。容疑者として捕まったのは四十過ぎの中年女性だったという。切り裂きジャックという名前から、もっと若い男を想像していたので意外だった。

もちろん容疑者が逮捕されたことには安心した。自分と同じドナー患者から臓器を提供された者が次々に殺されていると知らされた時には、いきなりのことで驚き、追い詰められたような恐怖を覚えたので安堵感《あんどかん》も一入《ひとしお》だった。

だが反面、物足りなさも残った。葛城たちは容疑者が逮捕されたと言うだけで、中年女性の名前までは教えてくれなかった。今までの経緯からドナー患者の親族であることは察しがついたものの、その身上までは決して打ち明けようとしなかった。分かっているのはドナー患者の血液型が自分と同じB型ということだけだ。

自分に心臓を分け与えてくれたのはいったいどんな人物だったのだろうか。

男だったのか、女だったのか。

どんな仕事をしていたのか。

齢はいくつくらいだったのか。

背は高かったのか、低かったのか。

脳死ということだが、事故だったのか病気だったのか。

優しかったのか、そうではなかったのか。

そして自分と同じように音楽を愛していたのか、そうではなかったのか。

まだ見ぬ文通相手に想像を膨らませるようなものだが、想いはずっと強い。他人よりも血を分けた親族よりも深い。

体内で脈打つ心臓は自分の物だが他人の物でもある。ルームシェアではないが、一つの臓器を二人で共有している感覚だ。言わば自分とドナー患者とは肉親以上の絆《きずな》で繋《つな》がっている。鼓動が速くなる時にはドナー患者の喘《あえ》ぎを感じる。遅い時には平穏を感じる。

今も自分のすぐ隣で同じ呼吸をしているのが分かる。そのドナー患者のことを少しでも知りたいと思うのは当然だった。

何とか勾留《こうりゅう》されている女性に会って話が聞けないものだろうか——そんなことを考えながら幼稚園の脇を過ぎた時、携帯電話が鳴った。

表示を見ると発信者は公衆電話から掛けていた。

「もしもし？」

『三田村敬介さん、ですか』

聞き覚えのない男の声だった。

「そうですけど」

『理由があって名乗れないが、わたしは君の移植手術に携わった者だ』

「お医者さんですか？」

『そのようなものだ』

「どうしてこのケータイの番号を？」

『それは別にいい。重要なのはここからだ。君はその心臓の持ち主がどんな人物であったかを知っているか』

どくん、と心臓が大きく震えた。

『知っているか？　その人物の名前。どこで何をし、どうやって脳死状態に至ったかを』

「いえ……」

『知りたいか？』

正体不明で自分の連絡先を知っている男。

まるで自分の不安を見透かしたような誘惑。

こんな話が穏便に済むはずがない。これはとびきり危険な誘いだ。

断れ。

耳を貸すな。

頭の中で警報が鳴り響く。

だが誘蛾灯に惹《ひ》かれる羽虫のように、敬介の耳は男の言葉に引き寄せられる。

「知りたい、です」

『では教えてあげよう。しかし電話では教えられないことが多過ぎる。君も移植手術を受けた人間なら、ドナー情報やレシピエント情報がおいそれと流していいものではないことを説明されているはずだ』

「は、はい」

『録音して構わない話ではない。だから直接会う必要がある。今日の夜……そうだ、夜の十時に時間は取れるかね』

夜十時。何も予定はない。いや、あったとしてもこちらの用件が優先する。

「取れます」

『よろしい。ではその時刻に会うことにしよう。二人きりで話ができる場所はどこかにないかね』

敬介は咄嗟《とっさ》に辺りを見渡した。

「ウチの近所に東北沢第二幼稚園ていうのがあって、その横が公園になってます。その時間には誰もいません」

『了解した。それではその時間に待っていてくれ』

「あ、あの」

『何だね』

「あなたは誰なんですか？」

『名前を告げたところで君には関わりのないことだ。君の知りたいことを教えにいく者。それだけでいいだろう』

そして通話は一方的に切れた。

やがてざわざわと背筋が寒くなったのは、雨雲の接近で空気が冷えてきたからか。

トランペットを吹く気が急速に萎《な》えていく。

敬介は聞いたばかりの声を反芻《はんすう》する。

あいつがジャック？

いや、ジャックは逮捕された中年女性ではなかったのか。

警戒心と好奇心がせめぎ合う。

それでも敬介は教えられたことを忘れる愚か者ではなかった。

誰か不審な人物から接触があったら必ず報《しら》せて欲しい――。

敬介は登録してあった〈警視庁葛城公彦〉の番号を呼び出した。

＊

「ジャックが三田村敬介に接触しただと！」

葛城から報告を聞くなり、犬養は椅子を蹴《け》って立ち上がった。

「いつだ」

「つい今しがたです。正確には午後五時四十三分」

「班長には」

「報告済みです」

「三田村敬介のケータイに受信記録が残っているはずだ。それで発信者の身元は分かるだろう？」

「鑑識の人間を遣《や》らせましたが、表示は〈公衆電話〉になっていたようです」

「発信者は男か、女か」

「声の感じでは年配の男だったようです」

犬養は古手川を伴って麻生の許《もと》に急ぐ。葛城の一報を受けて、各捜査員から麻生に報告が上がっているはずだった。

「ジャックは男、なんですかね」

本部に向かう途中で古手川が訊《き》いてきた。

「そうなると鬼子母涼子と高野千春の線は消えますね」

「とは限らん。最近はボイス・チェンジャーなんぞ秋葉原《あきはばら》の店頭で売っている。声の調子だけで男と決めつけるのは早計だ」

「しかし、これではっきりしましたね。ジャックはレシピエント患者の心の隙を突いてきた。ドナー情報を教えると誘われたら好奇心に勝てる訳がない。重要な話だから直接会ってという前提ももっともらしく聞こえる」

ああ、その通りだと犬養は心中で答える。レシピエント患者を娘に持つ立場なら、その誘い文句が効果覿面《てきめん》であることが痛いほど分かる。

親といっても援助できるのは金銭面と精神面でしかない。一番肝心な臓器を提供できるのはドナーなのだ。

移植される臓器には履歴がある。元の持ち主と時間を共にした歴史。喜怒哀楽の感情、苦痛と快楽、疲労と回復の全てを共有した記憶だ。その臓器を途中でもらい受ける。自分の体内に異なる歴史を刻んだ物を収め、そしてこれから一緒に歩んでいく――その臓器の出自が気にならないはずがないではないか。

ジャックの正体は不明だが、一つだけはっきりしていることがある。医療関係者であるかどうかはともかく、奴はレシピエント患者たちが何を怖れ、何を欲しているのかを正確に把握している人物だ。

本部室に到着すると、案の定麻生は各捜査員に指示を出しているところだった。麻生はやって来た二人を見てひと言、「遅いぞ」と洩《も》らす。

「発信は五時四十三分でしたね。同時刻の鬼子母涼子と高野千春は」

「二人ともその時刻に電話をした様子はない。三田村敬介に掛けてきたのは別人だ」

「声紋照合は」

「駄目だ。録音はされていない」

「ボイス・チェンジャーは」

「不自然な声質ではなかったそうだ。本人は耳がいいのが自慢で、それを疑っていない」

麻生は左の手の平に右の拳《こぶし》をぶつける。

「何にせよ、あと四時間でそいつの顔が拝める。声は取調室でゆっくり聞いてやる」

「夜の十時。夜行性のジャックにとっては格好の活動時間という訳か」

「東北沢駅から三田村家までの一キロ間、びっちりと警官で埋め尽くしてやる」

「班長、それは……」

「冗談だ」

麻生は大して面白くなさそうな口ぶりで言う。それでもこういう冗談が出るのは、麻生もいくぶん昂揚《こうよう》している証拠だ。

「折角、罠《わな》を張らせてもらうんだ。わざわざ見破られるようなヘマはせんさ。ジャックには安心して網の中に入ってもらう。それにだ」

麻生はちらと天井を一瞥《いちべつ》する。そう言えば階上には鶴崎の部屋があるはずだった。

「この捕り物を外した日にゃ、俺は明日《あした》から交番勤務だ」

もちろん、そんな気は毛頭あるまい。麻生は肩を一度大きく揺らすと、机上に広げられた住宅地図に屈《かが》み込んだ。見れば東北沢駅を中心とした拡大地図で、どうやら捜査員の配置場所を検討している様子だ。

「俺たちも行きますよ」

犬養が言うと、麻生は視線を地図に固定したまま「当たり前だ。使えるヤツが何人いると思ってる」と答えた。

では、と足を前に出した時、古手川が袖《そで》を引っ張った。

「どうかしたのか」

「犬養さん。これって罠じゃないスか」

地図を睨《にら》み続けている麻生の前で言う台詞《せりふ》ではないが、囁《ささや》きかける程度には周りに配慮しているようだ。

「ジャックの仕掛けた罠だと言うのか」

「何か簡単過ぎる気がしません？　犬養さんもヤツは狡猾《こうかつ》だと言ってたじゃないです

か」

　古手川が言わんとすることは理解できた。確かに第一から第三の事件までの手際を思い出すと、今回ジャックの出方は迂闊《うかつ》にも見える。

「罠ってことは、ジャックの狙いが三田村敬介以外に存在するという意味か」

「俺たちの目を敬介に向けさせておいて別の獲物を狙う。陽動作戦ですよ」

「しかし鬼子母志郎から臓器を提供されたレシピエント患者は敬介が最後のはずだぞ」

「それはそうなんですが……じゃあ犬養さんはどう見るんですか」

　獲物の誘い方自体に変更はない。三人の被害者は誘いの電話をジャックと結びつけられなかったが、敬介は事前に予防線を張ることができた。この差は大きい。捜査本部がジャックを出し抜いたと信じる所以《ゆえん》であり、麻生が今回の逮捕に一点集中しているのもそういった事情が前提にあるからだ。

　だが一方、古手川の疑問も至極もっともに思える。犬養たちにはジャックがどんな動きをしても全て手品師の右手に見えてしまう。自縄自縛と言ってしまえばそれまでだが、そう思わせるほどジャックは神出鬼没だった。

「正直言って胡散《うさん》臭いと思ってる。こんなに簡単にジャックが挙げられるんなら、警視庁の案件に迷宮入りなんかなくなっちまう」

「まあ、そうでしょうね」

「仮に君の言う通り、これがジャックの陽動作戦だったとしたらどんな予防線を張る？

三田村敬介以外の誰をマークする？」

「俺だったら電話を掛けてきたのが野郎であっても鬼子母涼子と高野千春の尾行は外しませんね」

「いい線だ。班長に進言してみよう。で、俺たちはどっちを張る？」

「そりゃあもちろん、本筋の方でしょ。そっちの方がずっと面白そうだし」

つまり高千穂たちには従前通り高野千春と鬼子母涼子を張ってもらわなければならない。たとえ麻生からの指示であっても、早晩誰かの入れ知恵であることを察するだろう。

まあ、それも仕方ない。世の中には外れくじというのは確実に存在する。

2

上弦の月の下、降り注ぐ光は朧《おぼろ》だった。

この時間に来たことはなかったが、街灯一つきりの公園はいかにも寂しく、そして不気味だった。裏手が鬱蒼《うっそう》とした林になっているので、その暗闇の中に魑魅魍魎《ちみもうりょう》が息を潜めているような気さえしてくる。

敬介は息を詰めてその時刻を待つ。約束の午後十時まではあと三分だが、まだ誰も現れない。どうやら切り裂きジャックは時間に正確な男らしい。

今回も刑事四人が公園の四方に身を隠しているはずだった。これがプロというものなのだろうか、どこにいるのか気配すら摑《つか》めない。

今になってきりきりと胃が痛んできた。周囲をびっしり警護で固められているとはいえ、三人も殺してきた兇悪《きようあく》犯と相まみえるのだ。冷静でいられる訳もない。それでもおとり役を引き受けたのは、屠《ほふ》られた三人が自分とドナーを同じくする兄弟たちだという思いが強かったからだ。

何としても一矢報いてやらなければ気が済まない。

若さゆえの一途《いちず》さかも知れないが純粋にそう思った。だから両親が困惑顔を見せても警察の協力要請を断らなかった。

覚悟はできている。しかし刻一刻と迫りくる恐怖の大きさは予想以上だった。七月中旬、この時間でも外気は蒸し暑いのに、敬介の腋《わき》から流れているのは別の汗だ。

あと三十秒。

携帯電話の時刻表示が一秒進むごとに心拍が速くなっていくようだ。心臓の早鐘を打つ音が耳まで届きそうになる。心臓も、他の臓器を摘出したジャックに反応しているのだろうか。

あと十秒。

もうすぐだ、と思った瞬間、着信音が鳴り響いたので危うく携帯電話を取り落とすところだった。

表示された相手は〈公衆電話〉。

「もしもし？」

『わたしだ』

聞き間違いではない。

ジャック！

『悪いが君の指定した場所がよく分からない。その幼稚園自体が分からない』

「幼稚園の隣ですよ」

『不案内なものでね。その、駅にいるのでこちらまで来てくれないかね』

東北沢駅。この時間ならまだかなりの乗降客がいる。そんな人混みの中ではジャックも凶行には及ばないはずだ。

「分かりました。駅に向かいます」

携帯電話を畳んでから辺りを見回す。予定が変更になったが、四人の刑事は自分の一挙手一投足に目を光らせている。多少移動しても支障はないだろう。

敬介は公園の外に駆け出した。

＊

『三田村敬介くんが移動しました』

「何だと」

葛城の報《しら》せを聞いた麻生は一瞬腰を浮かした。

「ジャックが到着するんじゃなかったのか」

『どうやらジャックからケータイに指示があったようです。敬介くんは駅に向かっています。我々四人も後を追います』

どういうことだ――麻生は爪を噛《か》む。

確保直前のアクシデントほど危険なものはない。それが犯人側の都合によるものである場合には尚更《なおさら》だ。

まさかジャックに罠がバレたのか？

いや、駅から公園までの道程は張り込みが察知できない最低限の人数に抑えてある。しかも通りからはまず見咎《みとが》められない場所に配置してある。いかに細心な兇悪犯といえども素人に見破られるとは思えない。

つまり会見場所に近づいての変更ではなく計画的なものである可能性が高い。

だったら――、
それこそジャックの罠ではないのか？

相手の罠ならこちらも予防線を張らなければならない。

麻生は千春を張っていた高千穂を呼び出す。

「そちらに動きはあるか」

「ジャックの方に変化があった。最低限の人員だけ残して現場に向かわせろ」

『いえ、ありません』

『了解』

次は鬼子母涼子を張っている班だ。とにかく早急に兵力を東北沢に向けるべきだ。

だが——間に合うのか？

＊

敬介は公園から表通りに出て駅に走る。家路に向かう人の流れと逆行する形だが構ってはいられない。

刑事たちはちゃんとついて来てくれているだろうか。時折ちらちらと振り向いて彼らの所在を確かめてみるが、自分につれて動く影はない。物陰に潜伏している時に気配が感じられないのはともかく、移動時にも動きを悟られないのはさすがだと思った。

いや、本当について来てくれているのか？

ひょっとして自分を途中で見失っていないか。

いや、さっきからずっと表通りを一直線に走っている。見失うはずなんかない。

それに——それに万が一、彼らが自分を見失ったとしてもジャックが待っているのは人の集まる駅だ。

駅前の商店はその多くがシャッターを下ろしているが、まだ人通りは絶えていない。やがて夜の街にぽっかりと浮かびあがる駅のイルミネーションが見えてきた。その煌々《こうこう》とした明かりに大きな安心を覚える。

大丈夫だ。光の中に入りさえすれば自分は安全でいられる。

ほどなくして駅の臨時口に到着した。周囲に人待ちの影は見当たらない。

まだ付近の連続立体交差化と複々線工事の途中で仮設の駅舎になって北口は臨時口となっているが、出口が狭小のために吐き出される人波には隙間もない。

敬介はその人波に目を凝らす。

まさかジャックという名札をつけている訳もないが、階段を下りてくる利用客はどれも普通の顔をしている。

いったい誰がジャックなんだ。こっちの顔が分かっているのなら手を挙げるなりして合図でもしろよ。

しばらく降車客を注視していると人波が途絶えた。

駅舎の中で待っているのか？

敬介は背後を振り返った。相変わらず刑事たちの姿は視界に入ってこない。

もうしばらく待ってみるか——そう思った時に、また着信音が鳴った。

今度の表示は〈未登録〉だ。

「もしもし」

『わたしだ』

ジャック。その声に間違いはない。今度は携帯電話で連絡してきた。

『駅に着いたかね』

「着きました」

『それでは改札まで来てくれ。しばらく電話は切らずにこのままで』

一瞬、迷いが生じたが、改札なら臨時口よりも人目があるのでより安全だと判断した。

敬介は改札への階段を上り始めた。

＊

『敬介くんは駅の改札口に向かいました』

まずいな、と麻生は爪を噛み続ける。

東北沢駅は現在改修中で、改札口周辺には捜査員が身を隠せるような死角はそれほど多くない。ジャックの確保と敬介の保全を考えれば最低四人は絶対に必要だが、その人員をどこにどう配置するのか。また、四人配置するのが無理なら改札から離れた場所にバックアップを置く必要がある。

『ケータイを耳から離していません。どうやら指示を受けながら移動している模様です』

ジャックは北口から現れるのか南口から現れるのか。

それとも改札口の前で待ち伏せをしているのか。

いや、敬介を遠くから誘導している可能性もある。

くそっ、いったいジャックはどこにいる。

『麻生班長。我々も追いますか？』

「先遣隊を二人。後の二人は距離を保ったまま対象から目を離すな。直に駅の周辺を援軍で包囲させる」

『了解』

現状はこのシフトでいいはずだ、と麻生は自分を納得させる。万が一を考えて、敬介には緊急連絡用のレシーバーを持たせてもいる。問題は敬介がジャックに誘導されて行動していることだ。

罠《わな》が動いてどうする。

罠が動けば仕掛けた方の脅威になる。

ジャックが三田村敬介をチェスの駒にしようとしているのは分かる。でなければ意図的に敬介を誘導している理由が見当たらない。そして当然、ジャックが相手をしているのは我々捜査陣だ。

ジャックの狙いは何だ？

ただの攪乱《かくらん》作戦か。

それとも別の標的があるのか。

麻生は過去に解決した事件のファイルを繰り、思考能力の全てをジャックの行動分析に投下するが結論はなかなか出ない。当然だ。ジャックは過去のどの犯罪者ともタイプが異なる上に悪辣《あくらつ》で凶暴だ。過去の平凡なデータから行動パターンを類推できるような相手ではない。正直、自分だけの手には余る。

畜生、こんな時に限って犬養は近くにいない。

あの男は現場が大好きで、こと男が犯人の事件に限っては検挙率が群を抜いている。麻生も重宝がって好きにさせているが、あの洞察力と執拗《しつよう》さは司令官向きでもある。あの記憶力と明晰《めいせき》さがあれば昇進試験も難なく合格するはずだが、肝心の本人にその気がない。部下の育成を担う中間管理職としては、無理にでも昇進させて組織の強靭《きょうじん》化を図るべきなのだろうが、検挙率の高さに甘えて今までなあなあで済ませてきた。そのツケが今回回ってきたのかも知れない。

だが現状、麻生は単独で判断しなければならない。

さあ、次はどうする？

＊

改札口に出ると、今しがた到着した電車から人が吐き出されている最中だった。改札口の向こう側とこちら側双方を見渡したが、自分に注意を払う人間は誰もいない。

ジャックはどこだ。敬介がきょろきょろしていると、また携帯電話から男の声が聞こえてきた。

『わたしだ』

「あなた、どこにいるんですか。俺、ちゃんと改札口まで来ましたよ」

『ホームに新宿行の電車が停車しているだろう』

「はい」

『それに乗ってくれ』

「えっ」

『新たな指示はそれからだ。とにかく乗りたまえ。それともう一つ。君は恐らく警察と連絡するためのツールを持たされているはずだ。それをホームに投げ捨てろ』

知っていたのか——。

「で、でも」

思わず背後を振り返る。葛城をはじめとした捜査員の姿はやはり視界にない。

すぐ不安に駆られた。ここで電車に乗ってしまえば自分は孤立する。もう警察の庇護《ひご》は届かない。

『嫌かね』

「……嫌です」

『時に君の妹さんはとても可愛いね』

「なっ」

後の言葉が続かなかった。

『日菜子ちゃん、だったかな』

「あ、あんた日菜子に何を！」

『わたしが単なる怠惰で遅刻したとでも思っていたのかい。君が最初の約束の場所に来るまでの時間、わたしが何もせずにいたと？　おっと。この電話を切ろうなんて思わないでくれ。この通話を切ったが最後、妹さんがどうなるかわたしは保証しかねる』

家を出たのは約束の十五分前だった。

十五分。それだけあれば日菜子を拉致《らち》するのも可能ではないのか。刑事たちの視線は自分に釘《くぎ》づけになっていたはずだ。家の方は警戒が後回しになっていたのかも知れない。

『三田村くん、考えている暇はないよ。わたしはその電車に乗って欲しいんだ。乗り遅れには当然ペナルティがつく』

脅迫されている。

しかも自分よりも大事なものを人質に取られて。

電話の主に対してむらむらとどす黒い感情が湧き起こったが、それよりも日菜子のことが気懸かりだった。

まず葛城から渡されていたレシーバーを投げ捨てる。

無意識に財布を取り出していた。財布の中にはＰＡＳＭＯの定期が入っている。

駆け出す。

改札口のセンサーに財布を当て、電車に急ぐ。

ドアが閉まりかけていた。

「待ってください！」

声も空しくドアは無情に閉まりつつある。敬介はその間に両手を滑り込ませると、力任せに左右に拡げた。

すると悪足掻《わるあが》きの甲斐《かい》あってドアの隙間がじわじわと開いた。身体一つ分の隙間から敬介は自分を無理に捻《ね》じ込む。右足が抜けるのとドアが完全に閉まるのがほぼ同時だった。

『乗ったかい？』

電話の向こう側からは相変わらず冷静な声がした。

「何とか、乗りました」

『結構。しばらくはケータイの受信は可能だろう。そのまま切らずにおいてくれ』

「俺は何をしていれば……」

『そのままケータイを耳に当てていたまえ。別に会話を続ける必要はない。電車の中でケータイ通話をしたら周りの乗客にも迷惑だろう？』

*

『敬介くんを見失いました！』

「何だとおっ」

麻生は電話の向こう側にいる葛城に怒鳴る。

『ドアが閉まりかけた電車に飛び乗られました。新宿行の普通電車です。恐らくジャックの指示でしょう』

「誰か同乗できたのか」

『すみません。あまりに急な行動だったので……』

「対象の急な行動も考慮するのが張り込みだろうがっ」

つい責過の言葉が口をついて出る。しかも敬介の持つ携帯電話にはＧＰＳ機能がないので、即座に追跡することもできない。だが本当に責任を問われるのは、対象が駅構内に移動した時点で電車のことを考慮しなかった自分だ。

「とにかく次の駅までクルマで追え。同じ電車に乗り込む一方、降りた客の中から対象を探すしかない。ああ、一人は残して三田村宅に戻しておけ」

そう命じて通話を終えたが、それが困難なことは既に承知している。東北沢駅から次の代々木《よよぎ》上原《うえはら》駅までは電車で二分。今からクルマで追跡したとしても到底間に合うものではない。現実的な案としては、二つ目以降の駅全てに所轄の捜査員を動員して待ち伏せすることだ。

麻生はその場で世田谷署と新宿署に連絡を入れ、代々木八幡駅と参宮橋、そして南新宿駅と新宿駅への配備を要請する。これで袋の片方は閉じた。残る問題はもう片方をどうやって閉じるかだ。

ジャックは三田村敬介をどこに誘導するつもりなのか——その判断如何《いかん》でこの後の展開が大きく変わってくる。乗降客の多い新宿駅周辺か、それともそれ以外か。必要とされる捜査員の数も違えば捜査範囲も異なる。

そして目的は何なのか——すぐに思いつくのは敬介を捜査網から隔離した上で殺害するためだ。この数分間の流れを見れば、ジャックが罠を見破り、捜査員の手から敬介をもぎ取ろうとしているのが分かる。そうして人気のない場所に誘い込み、牙《きば》を剝《む》くつもりだろう。

もちろん、それが陽動作戦という可能性も捨て切れない。だからこそ一人は三田村宅に戻したのだ。狙われる立場にある敬介が、何の理由もなくジャックの指示に従う訳がない。恐らくジャックから自分以外の誰かについて脅迫を受けたに違いなかった。

そして今回、ジャックは一つ失敗をした。

移動する敬介を追うには自分も移動しなければならない。敬介への連絡手段が公衆電話から携帯電話に移行したのはそのためだ。初めてジャックからの通話があった後、以後は全て内容を録音しておくよう敬介には伝えてある。従って現在彼の携帯電話にはジャックの通話記録が山ほど残っている。

今まで三件の殺人事件でジャックがついぞ残さなかった自らの足跡。声紋、発信場所、外部環境音。敬介の携帯電話は鑑識課にとってさしずめ宝箱だ。できるものなら今すぐにでも回収したい。仮にジャック本人の確保に失敗したとしても、敬介の携帯電話が残れば追撃できる。

待っていろ、ジャック。

お前の包囲網は着実に狭まっているぞ。

＊

『今、どの辺りだね？』

「もうすぐ代々木上原です」

『よろしい。次で降りてくれ』

車内で通話していると白髪交じりのサラリーマンからじろりと睨《にら》まれた。通話の相手が今、巷《ちまた》で評判の切り裂きジャック本人だと告げたら、この親爺《おやじ》はいったいどんな顔をするだろうか。

ジャックの口調は相変わらず冷静さを保ち続けている。まるで自分の行動をモニターで監視されているような居心地悪さが全身に纏《まと》わりつく。

　敬介は代々木上原駅で下車した。

「降りました」

『南口前の横断歩道を渡って、井《い》ノ頭《かしら》通りを左方向に向かってくれ』

　敬介は藁《わら》にも縋《すが》るような気持ちで周囲を見回したが、やはり警察官らしき人影は認められない。

『二つ目の信号を左折しなさい』

　ジャックの指示は尚《なお》も続く。冷徹な口調にどことなく憐憫《れんびん》の響きが聞き取れるのは、これから屠《ほふ》る獲物への同情か。

『おや。返事がないね』

「怖いからですよ」

『何が怖い？』

「あなたは切り裂きジャックなんでしょ。俺を誘い込んで、他の三人と同じように腹の中を抜き取るつもりなんだ」

『わたしから話を聞きたいと言ったのは君だ。わたしはその約束を守るだけさ。ただ、君の方で一方的に約束を破棄しないように保険は掛けておいたがね』

「俺が行ったら日菜子を解放してくれるんですね」

『君の妹さんには指一本も触れないよ。誓ってもいい』

三人も殺した兇悪《きようあく》犯の誓いなど素直に聞けるものか。

会話を続けながら、敬介は相手の男が中年以上ではないかと見当をつけていた。もしもジャックが単独犯ならば自分にも勝機はある。葛城刑事の話によれば、ジャックは紐《ひも》状の物で相手の首を絞めるのが殺害の手口らしい。刃物を使用するのは解剖の時だけだ。紐を持った中年男。

それなら格闘に持ち込めば何とかなるかも知れない。

だが、それで恐怖心が払拭《ふっしょく》しきれた訳ではない。真夏の夜というのに足元からは冷気が立ち昇っている。寒くもないのに肌の表面は硬く強張《こわば》り、思うように息ができない。

そして心臓は先刻から早鐘を打ち続けている。

『怖いと言ったな。心臓の鼓動は速くなったか？』

まさか心臓の音が聞こえているのかと思い、敬介はぎょっとした。

『だとしたら喜ぶべき徴候だな。それは移植された心臓が正真正銘、君の一部になった徴《しるし》だ』

反射的に胸を押さえる。

やはりジャックはこの心臓を狙っている。

『他人の臓器を得て長らえる気分はどうだ』

「何だって」

『君の脳、君の四肢を動かしている心臓はかつて他人の一部だった。つまり君は他人の命を食らって生きていることになる。その事実について何か思うところはないかね』

「有難いと思ってるよ」

たとえ相手が兇悪犯でも隠すことではない。敬介は思いのままを吐き出した。

「ドナーの人には感謝している。一度は諦《あきら》めていたことにまたチャレンジできる」

心臓に手を当てて言う。この言葉は心臓と、前の持ち主に向ける言葉でもある。

「俺一人の命じゃない。そんなことは分かってる。だから心臓をくれた人の分まで……

二人分一生懸命生きようと思った」

相手は見ず知らずの、しかも犯罪者だ。この期に及んで虚偽も虚飾もない。親にも医者にも言えなかったことが何の衒《てら》いもなく溢《あふ》れ出てくる。

「息切れした時、その人の息遣いを感じる。鼓動が高まった時、その人の興奮を感じる。俺の悦《よろこ》ぶことはその人の悦ぶことだ。その人が怯《おび》えることは俺の怯えることだ。俺たちは二人で一人なんだ」

電話の向こうの声はしばらく黙っていた。そして、やがて聞こえてきたのは微《かす》かな溜《ため》息《いき》だった。

『移植推進派の連中が聞いたら滂沱《ぼうだ》の涙を流さんばかりの話だな。若いということは素晴らしい。物事の光り輝く部分を真正面から捉《とら》えている。しかし光が強ければ強いほどその影は濃い。悲しいかな君の目はそちらには向けられていない。臓器提供の美名の下に圧殺された声がどれほど悲嘆と呪詛《じゅそ》に彩られたものなのか想像したことはあるかね？

突然の事故で家族を失った者が、もう一度家族を殺される憤りを考えたことがあるかね？』

男はやり切れなさと不合理に疲れたような声を出す。

『教えてあげよう。たった一例の輝かしい実績は、九例の禍々《まがまが》しき犠牲の上に成り立っている。移植手術も決してその例外ではない』

やがて敬介は指示された場所に到着する。

「……今、二つ目の信号を左折した」

『よし。そのまま道なりに歩くと保育園が見えてくるはずだ。その保育園前の道を東に進め。交差点の角に小さな空き地がある』

往来にはまだ人通りがあったが、脇道に入るとそれもぱったりと途切れた。最初に敬介が指定した場所と似たような風景だが、土地鑑がないので不安は少しも減じない。

空き地はすぐに分かった。民家とビルの窓から光が洩《も》れる中、そこだけぽっかりと穴が開いたように暗い。以前には建物があったのだろうが今は完全な更地になっている。

日菜子はどこにいる。

ジャックは？

「着いた」

「もう、電話の必要はない」

突然、肉声が闇の奥から聞こえてきた。

「わたしはここにいる」

のそり、と人影が現れる。

「ご苦労だった」

男はゆっくりとした足取りで近づいてきた。

「日菜子はどこだ」

「言っただろう。妹さんには指一本触れるつもりはない」

そのひと言で悟った。

「……騙《だま》したんだな」

「失礼な。妹さんを攫《さら》ったなどとわたしは最初からひと言も言ってない。用があるのは君だけだからな」

男の右手にきらりと光る物があった。

刃物だ。

まさか最初から刃物を使うつもりなのか。

いくらおとりといえど民間人に武器を持たせる訳にはいかない――葛城の説明はもっともだったからそれに従ってカッターナイフ一つ持たなかったのだが、今になって死ぬほど後悔した。

「心臓の鼓動は治まったか。それとも逆に速まったか」

もう一人の持ち主も呼応しているのか、心臓は破裂寸前まで動悸《どうき》している。

じりじりと男が近づいて来る。光る刃物も近づいてくる。

「その心臓は二人で共有していると言ったな。二人で一人だと言ったな。ドナーは既に死んでいる。医学的な死は絶対的な死だ。二人で一人というのなら、君も死んで然《しか》るべきではないのかね」

逃げようとしても足が金縛りに遭ったように動かない。

「約束だから教えてあげよう。その心臓のドナーは鬼子母志郎という名前だ。体操選手で大層頑健な肉体の持主だった」

体操選手の心臓。

道理で頑丈なはずだ。何度ロングトーンを繰り返しても絶対に息切れすることがなかった。

「だが運命の神は冷酷だ。その頑健な肉体を残して脳だけを殺した。肉体だけ残ってもそれは抜け殻に過ぎない」

男は敬介の眼前にまで迫った。

もう身体の全部が見える。

表情も見える。

「君に個人的な恨みはない。あるとすればその心臓だけだ」

刃物を持った右手が敬介の胸を標的と定める。

「その心臓を、もらう」

やめてくれ。

叫びが声にならない。

左手が、迫る。自分の心臓を鷲摑《わしづか》みにして奪おうとしている。

やめてくれ。

懇願しても男の手は一向に止まらない。

恐怖が胸底からせり上がって、腹が冷える。

右手が高く翳《かざ》された。

もう駄目だ。

敬介は反射的に目を閉じた。

その時——。

「動くなあああっ」

突然、横から大きな影が飛んで来た。

刃物を持った男は大きな影に襲われ、堪《たま》らず地面に倒れ伏す。

そして影は一つだけではなかった。もう一つの影が背後に回って男を羽交い締めにする。

「もう、抵抗はやめてください」

「君は……ああ、犬養さんか」

ようやく夜目に慣れてくると、男を捕獲した二人はどうやら刑事たちと知れた。

「よく間に合ったものだ。上手《うま》く君たちの隙を突いたつもりだったんだが」

「こっちも必死でしたよ。あなたが敬介くんに電車に乗るよう指示してから、俺たちは独断で代々木上原に向かった。井ノ頭通りを流していて彼の姿を発見したのは僥倖《ぎょうこう》でした」

若い方の刑事が男の右手から刃物をもぎ取った。街灯に照らされて、それがメスであることが分かった。

「僥倖、か。わたしにしてみれば単なる油断だったのだが」

「あなたが切り裂きジャックだったとは……残念です。真境名先生」

3

真境名が所持していたメスからはルミノール反応が検出された。ただ手術に用いる道具に反応が出るのは当たり前であり、科捜研では血液型並びにDNAの特定に躍起になっているところだった。一方、真境名のポケットからは紐《ひも》が見つかり、こちらからは六郷由美香、半崎桐子、具志堅悟三人分の皮膚片が検出された。絞殺した際に剝離《はくり》したものだろうというのが科捜研の見解だった。

取調室の真境名は始終落ち着いた様子だった。ジャックの正体と知ってしまえばその態度は頷《うなず》けるものだが、しばらく沙耶香の主治医として接してきた犬養にはどうにも据わりが悪い。

「真境名先生。確かにあなたほどの腕なら開腹から臓器摘出までは数分といったところでしょう。刺切創の跡が綺麗《きれい》だったのにも納得がいく」

「それはどうも」

「しかしただ一つ納得できないのが動機です。六郷由美香、半崎桐子、具志堅悟、三田村敬介、いずれも一面識もないレシピエントで個人的な恨みがあったとは思えない。あなたは名実共に移植推進派のリーダーだったはずだ。そのあなたがどうしてその流れに逆らうような真似をしなければならなかったのですか」

「犬養さん。失礼だが、警察の仕事は何年目になりますか」

「もう十四年目になります」

「十四年。ふむ、そこそこのキャリアだが人を見る目はまだまだですな」

真境名は被疑者の立場になっても尚《なお》、犬養を見下したように言う。

「と、言いますと?」

「人の本質が肩書や立場と同じだと決めつけん方がよろしい。私利私欲のためにしか働かない公務員、罰当たりな宗教家、人を救わない弁護士、人心を知らぬ政治家、物理学者を名乗る詐欺師。そんな輩《やから》は無数に存在する。わたしが移植推進の旗を振っているからといって、信念までも同色というのはいささか早計に過ぎる」

「では、先生は移植手術に反対だった。成る程、それはそうとしておきましょう。しかし、その信念のためにレシピエントたちを次々に殺害するなんておよそ理屈に合いません」

「それはあくまでもあなたたちの理屈であって、わたしの理屈ではない。ああ、最初にいっておくがわたしに精神鑑定は不要だ。わたしは完全なる精神状態の下、完全なる責任能力の及ぶ中で一連の犯行に手を染めた。たとえ弁護士が請求してもわたしは拒否しますよ」

「先生、それでは答えになっていません。あなたが四人を殺さなければならない理由はいったい何だったんですか」

「それを調べるのが犬養さん、あなたの仕事だ。わたしたち医師は患者の生活習慣を聞き取り、触診し、症状を確認し、そして病原を発見して治療に当たる。いわば証言と残された証拠で犯人を特定する作業で、あなたたちと同じことをしている訳だ。だが我々は疾病の原因を患者に尋ねるようなことはしない。そんなものは誤診の元にしかならないからね」

真境名は挑発するように犬養を見る。

動機はそちらで探れ――被疑者の態度としては不遜《ふそん》であることこの上ないが、後の法廷闘争を考慮すれば戦略の一つとも言える。動機を解明しない限り、検察側の絶対有利で公判を進めるのは難しい。それこそ真境名の言い分ではないが、弁護士から精神鑑定を請求され、万が一にも刑法第三十九条を適用されでもしたら目も当てられない。しかも真境名は優秀な医師だ。精神科医の用意する質問はとうにお見通しで、心神喪失者の演技など容易《たやす》いのではないかと勘繰ってしまう。

犬養は搦《から》め手からの攻めを試みる。

「今朝方、奥さんから問い合わせの電話をいただきました」

真境名の表情がわずかに硬くなった。

「先生が被疑者として逮捕されたのを、昨夜の報道で知ったようですね。電話を受けたのは偶然にもわたしでしたが……」

「妻が、何か無礼なことを申しませんでしたか」

「先生がジャックだというのはとんでもない話だ。あまりに突拍子もないので驚き呆《あき》れている。すぐにでも優秀な弁護士に委任する。ご心配なく。あれは普通の奥様方の反応です」

「それが世間一般の奥さんたちの反応なのですか」

「ええ。まあ、家の中で殺人犯の顔をしているヤツはあまりいませんよ。皆、家に帰れば良き夫、良き父親というのが大半です。きっとどんな人間でも四六時中同じ顔をしていることはないんでしょうね」

「ふむ。わたしはその点、医師としての顔と夫としての顔は同じだったたな」

「そうですか」

「妻とはあれが学生の頃からの付き合いでね。教師と生徒という立場は結婚してもあまり変わるものではなかった」

言われてみれば納得できるところがあった。陽子の真境名を見る目はいつも崇拝者が支配者に向けるそれのようだった。職場と家庭の絶対君主。それが真境名の立ち位置だった。そう考えれば今朝の電話の、ややヒステリックな声にも合点がいく。

「時に、沙耶香さんの主治医は誰に変更したのかな」

「そういう個人的な問題には……」

「個人的な問題ではない。現行犯逮捕されたから引き継ぎもできなかった。病院におけるわたしの仕事を誰が引き継いだのか、患者の生命を預かる者としては知っておくべき事柄だと思うが」

「榊原先生に代わっていただきました」

「おお。それは良かった」

真境名は医師の顔で笑う。

「ならば執刀も彼が行うことになろう。彼もまた立場と本質を違《たが》える者の一人だ。移植については慎重という立場を取りながら、実際にはその術式に並々ならぬ探究心と技術がある。わたしの担当患者は全て彼に代わって欲しいくらいだ。安心しなさい。彼ならば必ず娘さんの手術を成功させるだろう」

どんな表情をしていいのか迷っていると、早速真境名が目敏《めざと》く指摘した。

「三人もの命を屠《ほふ》った殺人狂が自分の患者の行く末を心配するのは如何《いか》にも不合理だと

いう顔だな。犬養さん、人間とは本来不合理な生き物だよ。何もあなたが悩むようなことではない。ギリシャ・ローマの時代から名立たる哲学者たちが幾度も自問してきた命題だ」

「それはそうですが、現代の法廷が裁くのは哲学ではなく人です。考えではなく行為です。人が不合理であるということは斟酌《しんしゃく》されません」

「考えが斟酌されないというのなら、わたしがどんな動機で三人を殺害したのかも聴取する必要はないはずだ」

勝ち誇った口調だが、これは犬養に対する虚勢のようにも聞き取れる。

自分が犯人である事実よりも動機を隠しておきたいのか。

「四人の情報はどうやって入手したんですか。いくら真境名先生でもレシピエント情報はアンタッチャブルのはずです」

「これは内部告発にもなりかねんので、なるべくなら黙秘したいところですね」

「ここに弁護士がいれば、ご自身の不利になる証言はしなくてもいい、という場面ですな。しかしそれは病院内の話でしょう？　組織ぐるみで犯罪が行われているというのなら我々も動かざるを得ない。できれば今、先生のお口から伺いたいものですね」

「犯罪というほどではないが……まあ、いい。情報管理の不手際というよりはわたしの悪徳の為《な》せるものだからな。見たのですよ、高野さんのパソコンを」

「高野先生の？」

「彼女は移植情報についてハッキング防止の観点から専用のパソコンを使用している。彼女はそれを詰所でチェックするようにしている。悪い癖があってね、画面を開いたまま中座することがよくある。わたしは隙を見てそのパソコンを覗《のぞ》いた。四人の情報はそうやって得た。この事実は髙野さんにフィードバックして今後の情報管理に役立てて欲しい」

「伝えておきましょう」

ここは一つ貸しを作っておくべきだろうと犬養は判断する。真境名のようなタイプはこうした貸借関係については厳格なはずだった。

「三人の犠牲者から取り出した臓器はどうやって処理したんですか」

「それは申し訳ないが答えられない」

「何故ですか。もうあなた自身が犯行を自供しているのに。今更臓器の処理方法を秘匿したところで情状酌量される訳ではありませんよ」

「だからですよ。それを告白したら情状酌量どころか更に重い罪状になりそうだ。もっとも人を三人も殺《あや》めた時点で極刑は免れないだろうが」

「まさか……まさか先生はあの臓器をご自分の嗜好《しこう》を満たすために……」

すると真境名はあからさまに不愉快そうに顔を顰《しか》めてみせた。

「それはあまりに悪趣味な発想ですな。残り少なくなった自分の名誉のために言わせていただくが、わたしには断じてそういう食習慣はない。不遜な言い方になるが、それはあなたたちで調べてください」

　やや厳しい口調で言い捨てた後、真境名はふっと表情を和らげた。

「ところで、敬介くんはその後どうですかな」

「どう、とは？」

「これもあなたに言わせれば矛盾した心理なのだろうが、彼をひどく怯《おび》えさせてしまったからね。移植してまだ間がない心臓に何か悪い影響を及ぼしたのではないかと気になっていた。医者としては彼の主治医に精密検査を勧告したいところだ」

「精密検査、ですか」

「臓器の主な疾病原因は生活習慣によるものだが、精神的なストレスがダメージを与える場合も多々ある。移植された臓器の場合は特に吻合《ふんごう》部にその影響が現れやすく臓器障害をもたらすので、それを主治医に伝言いただければ嬉《うれ》しい」

「それも伝えてはおきましょう」

　取り調べはその後も続けられたが、犬養は結局動機を訊《き》き出すことができなかった。

「往生際の悪いオッサンですね、ありゃあ」

　聴取内容の記録に当たっていた古手川が洩《も》らした。

「往生際が悪いんじゃなくて、とにかく隠したいのさ。それは多分、殺人犯の汚名よりも怖れているものだ」

「殺人犯の汚名よりも不名誉なものなんてあるんですかね」

「あるんだろうな、あれだけの地位と名誉を持つようになれば」

そして地位と名誉を持つ者の汚点となれば、種類はさほど多くない。

「犬養さん、何か目処《めど》がありそうですね」

「目処というほどのものじゃないが……真境名教授が何故あの四人を狙ったのかを考えてみたんだ。真境名教授とレシピエントを繋《つな》ぐものは提供された臓器だけだ。すると因縁は臓器摘出にまで遡《さかのぼ》る」

「つまり摘出手術の際に何かが起きた、と」

犬養は無言で頷《うなず》く。ここまでの推理に大きな間違いはないはずだ。

だが問題が二つある。まず犬養の推理が正しかったとしてもそれを立証する手段が見当たらない。移植に提供された臓器は真境名が何らかの手段で処分してしまった。残されたのは敬介の体内で脈打っている心臓だけだが、これとてまさか胸を切り開いて調べる訳にはいかない。

第二に真境名が被疑者となった段階で、犬養自身の中に困惑が生じている。直接の関係者ではないが、娘の主治医であり救世主であると信じ切っていた反動で、動揺がまだ治まっていない。勝手な思い込みと言ってしまえばそれまでだが、信じていた人間に裏切られた衝撃で刑事としての判断能力に翳《かげ》りが生じている。

自分に対しての裏切りなら今までにも数限りなくあった。今更それで傷つくようなやわな性根ではない。しかし沙耶香のために全幅の信頼を置いていた人間の裏切りには免疫がなかった。

「じゃあ行きましょっか」

犬養の思いを他所《よそ》に古手川がジャケットを摑《つか》む。

「行くってどこに」

「敬介の主治医に伝えてくれって言われたんでしょ。だったら今から行きましょうよ、羽生谷総合病院、城仁田健譲医師の許《もと》へ。胸を開くかどうかはともかく、残された証拠なりデータなりはそこにしか存在しないんスから」

コンビを組んで間がないが、時々この男の明快さに救われる。これも天の配剤というものか。

犬養は苦笑いしながら古手川の後を追った。


城仁田の第一印象は決して好ましいものではなかった。

犬養たちが面会を求めると診察中との理由で小一時間待たされた。やっと会えたと思えば最初から仏頂面で迎えられた。迷惑というよりはまるで親の仇《かたき》にでも会ったような顔だった。

「ニュースで知りました。帝都大の真境名先生を逮捕したんですってね」

「ええ、現行犯でした」

「きっと何かの間違いだと思いますよ。あの方はメスを人殺しに使う人じゃない」

「失礼ですがご面識がありましたか」

「組織移植学会ではいつもご一緒させていただいた。移植手術に関して技術も見識も常に我々の垂範だった。まだまだ移植を必要とする患者が多くいる中、あの方を逮捕勾《こう》留《りゅう》したことが医学界にどれだけの損失を与えたかお分かりですか」

移植推進派の一人である城仁田の苛立《いらだ》ちも分からなくはなかった。昨夜、真境名教授逮捕のニュースが流れると医学界は騒然となった。著名な現役医師が連続殺人犯の容疑者として現行犯逮捕されたのだからそれも当然だったが、特に驚愕《きょうがく》したのがやはり移植推進派の面々だった。

推進派リーダーの看板が泥に塗《まみ》れると移植慎重派の追撃は一層激しくなった。個人の行為と組織団体の善悪が同一視されるなど不合理以外の何物でもなかったが、対立する者の破滅を願う人間にそんな理屈は通用しない。今朝の報道番組では、早速慎重派の論客が推進派の医療行為は拙速に過ぎたなどと非難を繰り返していた。

「今後、的外れな誹謗《ひぼう》中傷を嫌う日和見主義の病院が移植手術を敬遠する動きも出てくるだろう。そうなれば本来助かるはずだった患者たちの何割かは失意のうちに手術を断念することになる。その責任をあなたたちは取ってくれるんですか」

犬養は古手川にちらと目配せする。こういう抗議をいち刑事に向けることこそお門違いというものだが、それに気づかないほど城仁田は憤慨している。これは怒りの激しさゆえのものかそれとも城仁田自身の幼さによるものか。いずれにしてもここは男扱いの上手《うま》い犬養の出番だろう。

「今日伺ったのは、その真境名先生の伝言を託《ことづか》ったからです」

「真境名先生からの伝言？」

「ええ。城仁田先生が執刀された三田村敬介くんの術後についてです」

そして犬養が真境名からの指示を伝えると、城仁田は一瞬怪訝《けげん》そうな顔をした。

「本当に真境名先生がそんなことを？……妙だな」

「どうかしましたか」

「いや、精神的なストレスが臓器にダメージを与えるのはその通りなのですが、それが臓器障害にまで発展するというのは少し過剰反応のきらいがある……」

「大袈裟《おおげさ》という意味ですか」

「たとえば心労で胃に穴が開くという言い方がありますよね。あれも満更比喩《ひゆ》ではないが、ストレスがある程度持続しなければそんな事態には陥りません。たった一度の恐怖体験で臓器障害を引き起こすなんてことはまず有り得ませんよ」

するとそれまで黙っていた古手川が思い出したように口を差し挟んだ。

「城仁田先生、術後の臓器障害の原因には何が考えられますかね」

「基礎疾患に関連がなければ、縫合不全や術時のダメージがそのまま合併症を引き起こす可能性も皆無ではありません」

「それを開腹せずに確認する方法はありませんか」

「病状が進行すればレントゲンで診断することもできますが、縫合痕《こん》となると識別は困難です……ともかく真境名先生の指示なら無視する訳にもいかない。敬介くんには早急に精密検査を実施しましょう」

そう言い残すと城仁田は踵《きびす》を返し、さっさとその場を立ち去って行く。これ以上、犬養たちに付き合う義理はないという明確な態度だった。

「何か引っ掛かったようだな」

探りを入れると古手川は煙《けむ》たいような目をして言った。

「ずっと考えてたんですよ。真境名教授にとって殺人犯の汚名より不名誉なものは何だろうって……今、思いつきました。医療ミスです」

そうか、と犬養は合点する。単なる殺人なら責任は個人に帰するが、医療ミスともなれば執刀医だけの責任には留《とど》まらない。執刀チーム全員、延《ひ》いては帝都大全体にまで非難が及ぶ。

「スジはいい。しかし、それをどうやって立証する？　何らかの医療ミスがあったとしても、それを臓器障害が起きる前に発見するのは困難と聞いたばかりだぞ。まさか敬介の身体に異常が発生するまで待つという訳にもいくまい」

「立証する必要はありません。要は自白させればいいんでしょ？」

「それはそうだが……」

「犬養さんは付き合いがあるから知ってますよね。真境名って人は遺族に対してどんな態度を取る先生ですか」

4

「おや。今度は選手交代かね」

目の前に座った古手川を見て、真境名は挑発するように薄く笑った。古手川もそれくらいは予想していたのか余裕で笑い返す。

「ええ。先生みたいにしぶとい人には二人がかりで立ち向かわないと歯が立ちませんから」

犬養は記録係として二人の攻防を見守っていた。勝算があるのか、古手川は聴取を任せて欲しいと申し出たのだ。真境名に対して気後れを感じる犬養にしてみれば渡りに船の申し出だった。

「取り調べというのは不平等なものだな。当然かも知れないが、調べる方の一方的な主導に終始する」

「それはお互い様でしょう。俺たちだって病気に罹《かか》れば先生の主導で治療が進められる」

「ところで、今日はどんな尋問ですか」

「鬼子母志郎の母親、憶《おぼ》えていますよね」

「ああ、もちろん憶えていますよ」

「名前は鬼子母涼子と言います。我々は先生を逮捕する寸前まで彼女をジャックだと思っていました」

「ほう。それはどんな理由でしたか」

「鬼子母涼子は息子の臓器の提供先を一つ一つ訪ね歩いていたんですよ。高野千春から無理やりレシピエント情報を訊《き》き出し、まるで遠くに住む子供に会いに行くように、仕事が休みの日いそいそと出掛けていたんです。その際、彼女はコーディネーターと約束をしました。レシピエントとは絶対に接触しない。電話もしない。顔も見せない。遠くから姿を見守るだけ……そういう約束です」

真境名は相槌《あいづち》も打たず、ただ黙って古手川の話に耳を傾けている。

「志郎くんは練習の帰り道、ダンプに撥《は》ねられて帝都大病院に緊急搬送されました。その直後に脳死を宣告されましたから、先生は彼のことをあまり知らないでしょう。彼は父親の遺志を継いで体操のオリンピック選手を目指していました。鬼子母涼子は彼を女手一つで育て上げ、さてこれからという時に事故は起こったんです」

古手川の視線が真境名を静かに貫く。

「俺はあまり愛情豊かな家庭で育った人間じゃないんで、正直母親ってものがよく分かってません。だけど、息子がばらばらになっちまった今でも生きていると自分に言い聞かせて、一日かけてレシピエントに会いに行く。鬼子母涼子というのは昔ながらのご婦人で、パソコンも持っていなけりゃスマホも使えない。レシピエントの住所を地図で調べ、電車を乗り継いで家を探すんです。高野千春との約束があるから、おいそれと道を聞くこともできない。生活費との兼ね合いもあるからタクシーなんかもちろん使えない。履き古しのパンプスの中敷きを真っ白に磨《す》り減らし、電柱の番地表示や郵便受けの住所表示を確認しながら自宅を探すんですよ。それも一日で終わる訳じゃない。本人の帰宅時間も分からないから何日もそれを繰り返します」

古手川は無理に感情を殺しているようだった。滔々《とうとう》と喋《しゃべ》ってはいるが、文節をいちいち途切れさせているのは自制している証拠だ。

「……非常に詳しく調べ上げましたたな」

「調べたんじゃない。彼女も容疑者だったから、今あなたが座っている椅子で全部事情を訊いたんです。俺はまだヘマが多くて、犯人でもない人を疑うことも沢山あったけど、今度ばかりは後悔しました。いくら自分の知らない感情の発露だからと言って、あんな人を疑うべきじゃなかった」

語尾がわずかに震えた。

「鬼子母涼子はあなたの手術が完璧《かんぺき》だと信じていました。息子の脳は死んだが、臓器は立派に生き長らえていると信じていました。だから雨が降ろうが風が吹こうが足の裏が痛もうが、レシピエント宅への訪問を繰り返しました。その執念を思うと俺でさえ胸が締めつけられる。真境名先生。あなたは鬼子母志郎の一部である臓器を何故奪ったんですか。その臓器を受け継いだ者たちの健やかな姿を見ることが、母親に残された唯一の生き甲斐《がい》だったのに」

話の途中から真境名の態度には変化が表れていた。冷やかだった視線には熱が戻っている。

「……母親はそれからどうしていますか」

「彼女を確保したのは三田村さんの自宅の近くだったんですが……また息子さんの心臓に会いに行くんだと言ってます」

「そうですか」

真境名は声を落として頷《うなず》く。

「……そうですか」

そして頭がゆっくりと落ちていく。

「何故、わたしが彼らの臓器を盗んだかと訊かれましたな。もう大方想像はついていると思うが、鬼子母志郎さんの臓器摘出手術の際、わたしは致命的なミスを犯した。ピロリ菌の感染だ」

「ピロリ菌？」

「手術道具一式は術式が終われば当然滅菌消毒される。だが、あの日に限っては不手際が生じた。午前中に胃潰瘍《いかいよう》の患者を手術したのだが、その時に使用したメスの一本が消毒が充分でないまま混入してしまった。本来は発生するはずのないミスだ。おそらくわたしの取り扱いに起因するものだったのだろう。胃潰瘍の病巣はピロリ菌塗《まみ》れだ。当然その切除に使用したメスには菌が付着し、他の患者の手術に流用すれば菌が感染する」

鮎川医師の証言によれば志郎の臓器を摘出したのは真境名だった。つまりその臓器全てにピロリ菌が感染した可能性がある。

「ピロリ菌は潰瘍《かいよう》の原因になる。感染した臓器が移植されれば、早晩そのレシピエントの臓器にも潰瘍が発現する。わたしはそうなる前に臓器を回収しなければならなかったのだ」

「三田村敬介の主治医に精密検査を促したのはそのためでしたか」

「菌が感染しているとすればまず吻合部《ふんごう》だ。潰瘍はそこから始まるだろうからね。もっとも潰瘍が発現したとしても、直ちにそれがピロリ菌感染によるものだと看破する医師は少ないだろう」

真境名は俯《うつむ》いたまま言葉を続ける。

「医療過誤の中でも手技ミスは医師にとって致命的だ。裁判になっても抗弁できるものではない。もしレシピエントの誰かが発病してそれが明らかになれば、わたしが今まで築き上げた地位と名声は地に墜《お》ちる。わたしはそれが怖くてならなかった」

「それにしても敬介を襲った時、何故最初からメスをちらつかせたんですか。前は首を絞めてから解体に及んでいるのに」

「あれが四件目だった。慣れている自覚はあった。いちいち首を絞めなくても目的を完遂する自信があったんです」

「六郷さんと半崎さんのケータイは？」

「粉々に破壊した挙げ句、病院の焼却炉に放り捨てました。医療廃棄物であるガラスやプラスチックを完全焼却する炉です。おそらく灰も残っていないでしょう」

「待ってください。ひょっとしたら三人から奪った臓器もその焼却炉で……」

真境名は一度だけ深く頷き、顔を上げないままこう切り出した。

「古手川さん、と言われましたな」

「はい」

「ドナーの母親に是非お伝えしていただきたい。折角息子さんの厚意で提供してもらいながら有効に使うことができなかった。しかもそればかりか、わたしが執刀したせいであたら若い三人の命を奪う羽目になった。全てわたしの傲慢《ごうまん》と保身が招いたことだ。本当に申し訳なかった」


真境名の自白調書が作成されると事案は直ちに検察庁に送検された。証拠物件と自白調書。その二つさえあれば裁判は勝ったも同然だ。担当検事は世間を震撼《しんかん》させた凶悪事件の犯人に対し、断固として極刑を求刑する所存であると刑事部長に伝えたらしい。

もっとも事件が解決して一番安堵《あんど》するはずの鶴崎にとって、送検は終わりの始まりに過ぎなかった。犯人を徒《いたずら》に刺激した結果、被害者を増やしてしまったという内外からの見方はすっかり定着し、異動の時期を待たずして地方への左遷と降格が内示されたらしい。彼を目撃した者は、それこそ鶴が首を折るように項垂《うなだ》れていたと言う。

真境名の身柄は東京拘置所に移送された。洩《も》れ聞こえてくる看守の話によれば、日がな一日瞑想《めいそう》に耽《ふけ》っているらしい。その横顔はさながら哲人のようで、ある時は書きかけの論文を完成させたいからと再三筆記用具を要求した。もっともこの要求は本人が自死する可能性ありとの理由で却下されたのだが。

今、その東京拘置所の面会者専用駐車場に一台のボルボが乗り入れた。中から出て来たのは楚々《そそ》とした中年女性だ。女性は拘置所の建物を見上げるとひと息吸い、面会所入口に向かって歩き出した。

他のクルマの陰に隠れていた犬養と古手川はその女性の前に進み出た。

「お久しぶりです。先生にご面会ですか」

すると真境名陽子は驚いた顔で立ち止まる。

「あなたたちは……もう送検された事件なら関係ないはずでしょう。どうしてここにいるんですか」

「判決が出るまでは無関係ということはありません。途中までご一緒しましょうか。家族とはいえ、面会手続きは決め事が多くて割と煩雑ですよ」

「結構です。昨日も参りましたから手続きは心得ています」

「まあ、そう仰《おつしや》らずに……ああ、古手川くん。奥さんの荷物をお持ちして」

「はいはい、喜んで」

言われるが早いか、古手川は陽子の持っていたバッグを横からさっと奪い取る。

「な、何をするんですか！」

慌てて陽子が奪い返そうとするが、片手を犬養に押さえられて抵抗できない。古手川は陽子の抗議をよそに勝手にバッグの中身を漁《あさ》る。

「やめてください！　あなたたちはいったい何の権利があって……」

「あっと、これは何ですか？」

古手川がバッグの中から取り出したのはアンプルと注射器だった。

陽子の顔色が変わる。

「収監中の被疑者に栄養剤ですか。それにしては注射器というのも変だ。奥さん、もしやこれは毒薬じゃないんですか？　検査室では金属探知機を通り手荷物を検査される。しかしこの二つならポケットに楽々入る。面会室のアクリル板には声を通すための穴が開いているが、この窓部分は微妙にズレた二重構造です。ストローさえ通らない。しかし針なら通る箇所がある。板の向こう側で腕を押し当てればこちら側から薬剤を注射するのも可能だ。昨日、面会室でアクリル板の仕様を確認したあなたと先生はすぐにその方法を思いついたのではありませんか？」

「違います！　そんな」

「調べれば分かることです。それにしても短絡的な。法廷で醜態を晒《さら》すよりは拘置所内で自死した方がいいというんですか」

「醜態だなんて。こんな形で囚《とら》われの身になったことが口惜《くや》しいんです。主人は、真境名は決してジャックではありません」

「わたしもそう思います」

「……え？」

「真境名先生が一連の事件の犯人というのは無理があります。犯行の動機が医療ミス隠しというのであれば全ての殺人は同一人物でなければならない。しかし第一の殺人は絶対に真境名先生では実行不能なんです。何故だか分かりますか？」

　陽子は黙って首を振る。

「アリバイですよ。第一の殺人が起きたのは七月二日。わたしはすんでのところで思い出しました。先生はその翌朝に京都の学会から帰ってきたばかりだった。だから先生に六郷由美香を殺せたはずがないんです。なのに真境名先生はそのことに触れもせず、自身のアリバイを放棄している。そしてまた供述内容にも不審な点がありました。まず一つが被害者から奪った臓器を病院内の焼却炉で処分したという件です。確かに処分は可能ですが、教授の肩書を持つ人物がわざわざ焼却炉に足を運べば嫌でも目立つ。殺害におけるジャックの細心さにはそぐわない行動です。そしてもう一つ、四番目の敬介くんを襲撃した時ですが、真境名先生は最初からメスを取り出していた。供述では手慣れていたからと説明されましたが、そのままメスで殺害すれば当然返り血を浴びる可能性がある。それなのに襲撃時はただのコート姿でした。返り血に染まったコートを着ていて見咎《とが》められないはずがない。あまりにも不自然です。まるで、今まさに自分が襲っているのを見せつけるようじゃありませんか。そこでやっとわたしたちは気がついたんです。先生は真犯人が誰かを知った上で庇《かば》っているんだと」

「じゃあ、あなたは誰がジャックだと」

「メスの扱いに慣れ、三件の殺人事件にアリバイがなく、真境名先生が凶器のメスと紐《ひも》を容易《たやす》く回収できるほど身近にいて、そして先生が我が身を犠牲にしても護《まも》りたいと思う人物……そう、あなたこそがジャックなんですよ。真境名陽子さん」

犬養の視線が柔らかに陽子を射すくめる。陽子は見えない糸に搦《から》め捕られているように身動き一つしない。

「陽子さん。あなたは麻酔医だから執刀はしないがメスの取り扱いには慣れている。真境名先生は病院業務を終えると賃貸の事務所に直行して深夜過ぎまで帰らない。つまりあなたのアリバイもまた証明できない訳です。真境名先生がそれを知ったのはごく最近のことでしょう。あなたの私物の中からメスと紐を見つけたのではないですか？　ジャックの正体があなたであることを知ると、真境名先生はあなたより先に敬介くんに近づいた。あなたの犯罪を防ぐのと同時に自分が罪を被《かぶ》るために。今にして思えば、代々木上原から襲撃場所の空き地までの誘導も不合理に過ぎました。わざわざ迂回《うかい》して人通りの多い井ノ頭通りを歩かせている。まるで我々に発見してくれと言わんばかりですね」

「どうしてわたしがレシピエントたちを殺さなければならないんですか」

「真境名先生が殺人の動機を医療ミス隠しだとしたのは本当です。ただしミスをしたのは先生じゃない。あなたがミスをしたのだ」

「何の証拠があって……」

「帝都大病院が薬剤管理の行き届いた組織で助かりました。非常に厳密な管理で、その日一日でどの薬剤がどれだけ使用されたか一目瞭然《いちもくりょうぜん》で分かるようになっている。ちゃんと鬼子母志郎くんの臓器摘出手術をした日の記録も残っていました」

そう告げると、陽子の目は俄《にわか》に大きく見開かれた。

「この日、麻酔を必要とした手術は四件ありました。あなたが麻酔に用いるのはリドカイン。ところが実際に使用されたリドカインの量は三人分しかなかった。では、麻酔を使われなかった患者にはいったいどんなことが起きていたのか。説明できますか？　麻酔医の真境名陽子先生」

次の瞬間、陽子は膝《ひざ》から崩れ落ちた。

＊

供述調書
本籍　京都府京都市下京《しもぎょう》区梅小路《うめこうじ》石橋町×—×

住居　千葉県市川市市川三丁目×—×
職業　医師　帝都大学附属病院勤務
氏名　真境名陽子（まじきな　ようこ）
　　昭和四十三年三月九日生（四十四歳）

上記のものに対する殺人並びに死体損壊事件について平成二十四年八月二日、警視庁本部において、本職はあらかじめ被疑者に対し、自己の意思に反して供述をする必要がない旨を告げて取り調べたところ、任意次の通り供述した。

一　わたしは本年七月二日から同七月十三日までの間、首都圏内で発生した連続殺人事件及び死体損壊事件、すなわち東京都江東《こうとう》区木場公園での六郷由美香さん、川越市宮元町での半崎桐子さん、府中市東京競馬場での具志堅悟さんの事件について取り調べを受けている者です。本日はその三件の殺害状況等についてお話しします。

二　本年四月二十五日、わたしの勤務する帝都大学附属病院に鬼子母志郎という青年が緊急搬送されて来ました。交通事故で前頭部を著しく損傷し、当直であった夫真境名孝彦と共に蘇生《そせい》に努めましたがその甲斐《かい》なく鬼子母さんは脳死状態となりました。その際、鬼子母さんは臓器提供の意思を明示したドナーカードを所持していたのでご親族の了解の下、その臓器を移植に供することになったのです。本来、提供施設の関係者にレシピエント患者の情報は公開されませんが、わたしは臓器摘出が終了して間もなく、同病院に勤める移植コーディネーター高野千春さんが不注意で開いたままにしてあったパソコンから四人の情報を盗み取りました。

三　七月二日午後十時頃、わたしは携帯電話で六郷由美香さんを木場公園に誘い出しました。最初に電話を受けた時、六郷さんは怪しんだ様子でしたが、ドナーとなった患者さんについて教えたいと告げるとすぐに承諾しました。六郷さんは待ち合わせ場所に指定したイベント池にいました。わたしは闇に紛れて六郷さんの背後に回り込むと持っていた紐で彼女の首を絞め上げました。彼女が息をしなくなったので手術用のエプロンを着てからメスでY字切開し、各臓器を切除した後バッグに詰め込んでその場を去りました。六郷さんの持っていた携帯電話は踏み潰《つぶ》して分解し、破片を広範囲に埋めて処分しました。わたしは警察と帝都テレビに十九世紀の切り裂きジャックを模した文書を送りつけましたが、それは次の犠牲者には女性を選ぶことが決まっていたので、連続殺人の動機を女性憎悪の快楽殺人に見せたかったからです。

四　七月八日午後十時頃、わたしは次に半崎桐子さんを呼び出しました。誘い文句も殺害方法も六郷さんの時と同様で、臓器も全部摘出しました。実際には六郷さんは肝臓、半崎さんは肺、具志堅さんは腎臓《じんぞう》、そして三田村さんは心臓を移植されていてその部位だけ摘出すればよかったのですが、任意の臓器だけを抜くとわたしの目的が露見してしまうので、それを隠蔽《いんぺい》するために全臓器を摘出しなければなりませんでした。

五　七月十三日午後六時頃、わたしは具志堅悟さんを自宅から尾行して東京競馬場にいました。あんな衆人環視の中で殺人なんかできないので機会を窺《うかが》っていると、最終レース終了後に具志堅さんはショップに向かいました。驚いたのはそこに高野さんが現れたことです。幸い二人は長話をすることもなく別れましたが、レシピエント情報を掌握する高野さんが動いていることを知り、わたしは慌てました。もう一刻の猶予もならないと思ったので、一人になった具志堅さんを駐輪場の裏に誘い、生活相談に乗る振りをしながら隙をみて首を絞めました。通院生活が長く、すっかり体力の減退していた具志堅さんは女のわたしでも縊《くび》ることができました。具志堅さんを殺害した後、三度目の手紙を出したのは彼を殺したことでジャックの目的が移植患者全てに対するものと再度攪乱《かくらん》するためでした。上手《うま》い具合に世間は目論見《もくろみ》通り脳死論議にまで遡及《そきゅう》してくれて、わたし本来の目的には気づかずじまいでした。尚《なお》、三人から奪った臓器は病院地下にある臓器保管室の中です。あそこでホルマリン漬けになっている標本の中には年代の経ち過ぎている物もあり定期的に焼却処分するのですが、わたしは古い標本を学生に始末させる一方、新たに仕入れた臓器を次々とホルマリン漬けにして陳列したのです。あの部屋を訪れる者も、誰一人としてそこに新鮮な臓器があるとは思わないでしょう。

六　しかし夫の真境名がわたしの隠し持っていたメスと紐を見つけ、一連の犯行がわたしによるものであることを察しました。わたしにも予想外だったのですが、夫はわたしの犯罪を肩代わりするつもりで凶器を携えると三田村さんを誘い出しました。後の経緯は真境名を逮捕した刑事さんがご存じの通りです。東京拘置所に夫が移送されてから面会に行きました。そこで夫が全て見抜いていたことを知らされ、二人で罪を清算しようと計画したのです。それも寸前で未遂に終わってしまいましたが。

七　最後に何故わたしがレシピエント患者の臓器奪取に思い至ったかをお話しします。鬼子母さんが緊急搬送されて来る直前ですが、わたしは別室で研究テーマである麻酔薬の臓器毒性について検証実験の最中でした。その時に扱っていたのがハロタンという麻酔薬だったのですが、このハロタンの容器と通常の術式に使用するリドカインの容器が酷似していたせいもあり、わたしは取り違えて鬼子母さんの麻酔にハロタンを使用してしまったのです。ハロタンは導入も覚醒《かくせい》も早く以前には多用されていましたが、臓器毒性の強いことが判明してからは麻酔に使われることはなくなりました。ハロタンには肝毒性がありますが他臓器に対しても安全は保証されません。もし移植された臓器に異変が発生し、その結果レシピエントが死亡したりすれば早晩解剖によって臓器障害が明らかになりわたしのミスが発覚します。もちろん臓器に異常が出ない可能性もあるので様子を見ることも考えましたが、露見してしまう恐怖の方がはるかに大きかったのです。怖れたのはわたしへの糾弾ではありません。わたしのミスが原因で患者を死なせたとなれば夫にも責任追及の声が上がるのは必至でした。わたしは夫の名声の失墜と、そして何よりも夫からの叱責《しっせき》が怖かったのです。わたしが学生の頃から夫は自分にも他人にも厳格な人間でしたから、こんな失敗を許してくれるとは到底思えません。夫の叱責はひどく論理的で、医師の失敗は患者の生命に直結するからと決して看過したりはしません。そんな時の夫はまるで虫けらを見るような目で見下ろすのですが時には手も上がります。家にいても病院にいても夫の監視下に置かれているという被害者意識が絶えずあり、わたしは唯々《ただただ》夫から罵声《ばせい》を浴びせられることに恐怖していたのです。もしかすると、その恐怖がわたしをこんな風に狂わせてしまったのかも知れません。だから、わたしには夫がわたしの罪を肩代わりしてくれようとしたことも二人で責任を取ろうと言い出してくれたことも望外の喜びでした。あの時まで、わたしは夫から擁護されるものとは思っていなかったからです。夫は知らず知らずのうちにわたしを追い詰めたことを詫《わ》びてくれました。自分の傲慢《ごうまん》さが結局は身近な人間を不幸に陥れたのだと後悔してくれました。でも、その時既にわたしは三人もの命を奪っていました。夫はその罪を贖《あがな》うために敢《あ》えて汚名を着るつもりでした。そしてその上でわたしを連れて心中しようと言ってくれたのです。何年かぶりに聞く夫の真情にわたしは頷《うなず》くしかありませんでした。

真境名陽子（署名）拇印《ぼいん》

以上の通り録取し閲覧させたところ誤りのないことを申し立て署名指印した。

警視庁

司法警察員

警部補　犬養隼人　押印

エピローグ

八月十五日、敬介はいつもの公園でトランペットを吹いていた。日中のうだるような暑さも夕刻六時を過ぎれば風がわずかに心地好《よ》い。

事件が無事に解決して周囲の警護もなくなったので、敬介は思う存分伸びやかなハイトーンを歌う。金管楽器特有の勇壮でどこか哀切な響きが天上に届くように歌う。三人の屠《ほふ》られた魂が安息を得るようにと祈りながら歌う。折しも今日は盆だ。報われなかった命、届かなかった思いは敬介のすぐ隣に彷徨《さまよ》っている。今はただ、その無数の怨嗟《えんさ》と後悔に向けて鎮魂歌を奏でるだけだ。

改めてトランペットを構えた敬介の視線の隅に彼女が映った。

公園の端、石段の上でこちらに背を向けている中年女性。敬介がトランペットを吹く間、その背中は微塵《みじん》も動かなかった。

他人に構うなという声よりも好奇心の方が大きかった。演奏を中断したまま、その女性に近づいてみる。

「誰かを待ってるんですか？」

問いかけに振り向いた顔は驚いている風だった。近所では見かけない女性だ。

「いいえ、誰も待ってませんよ。ただ近くを歩いていたらトランペットの綺麗《きれい》な音が聞こえてきたので寄ってみたんです。演奏、お上手なんですね」

彼女が笑った。その笑顔を見ていると何故だか胸が温かくなる。

「俺なんてまだまだですよ。テクニックも未熟だし、肺活量も元に戻ってません」

「元に戻ってないって？」

「肺は自前なんですけど、それを動かしている心臓は他の人から移植してもらった物なんですよ。その心臓との連絡がもう一つスムーズにいかなくって」

「身体の中で喧嘩《けんか》してるのかしら」

「喧嘩じゃないんです。まだお互いを測りかねてびくびくしながら手を握ってる最中なんだと思います。でも……とても頑丈な心臓なんです。ある人が教えてくれました。元の持ち主は体操選手だったらしいです。だからなんでしょうね、身体の他の部分がどんな無茶をしても、この心臓が動いている限り心配ないって思えるんです。時々、心臓から命令されているような気がします。もっともっと息を吸え。もっともっと力の限り吹いてみろって」

初対面の人間にいったい何を話しているのだろう、と思う。だが目の前で柔和に破顔する彼女を見ていると、次々に言葉が溢《あふ》れ出た。

「何だか不思議な話ね。他の人の一部だったものがあなたの中でずっと生きているどころか、あなたを励まし続けているだなんて」

「ええ。でも本当のことなんです」

　すると女性は少し迷う様子でこんなことを言い出した。

「あの……不躾《ぶしつけ》なお願いだけど、もし迷惑でなければその心臓の音を聞かせてくれませんか？」

　今度は敬介が驚く番だった。会話の流れとはいえ、会ったばかりの婦人に心臓の音を聞かせる――奇妙な話で、普段であれば笑い飛ばしてしまうだろう。

　だが、今は違った。

　話せば話すほど、この女性が旧知の人間のように思えてくる。

　しばらくしてその理由が分かった。心臓だ。かつてないほど安寧な鼓動を刻んでいる心臓が、この女性に触れることを望んでいる。

「どうぞ」という言葉は自然に出た。

「ありがとう」

　女性はおずおずと、しかし期待に満ちた素振りで敬介の胸に顔を寄せてくる。

　やがて女性の耳が敬介の胸に当てられた。

　その途端、胸の奥からじわりと温かいものが広がった。

　女性はすっかり安堵《あんど》したような表情でこう言った。

「生きているのね……良かったねえ。良かったねえ……」

＊

住宅街に続く坂道からは小高い公園が一望できる。

犬養と古手川はクルマの中にいた。

夕闇迫る公園で敬介と涼子の影が重なるのを、古手川は羨望《せんぼう》を込めたような目で見つめている。この事件を経て、母親に対する見方を変えたのだろうか。それなら嬉《うれ》しいことだと犬養は思う。

そしてまた、沙耶香に想いを馳《は》せる。あれ以来、父娘《おやこ》らしい会話は交わしていないが、ほんのわずかだけ距離が縮まったかのように感じるのは自分の独りよがりなのだろうか。

犬養は視線の彼方《かなた》にいる二人と沙耶香に向けて祈る。見える絆《きずな》も見えない絆も絶ち切れないようにと願う。

そして古手川にそっと声を掛けた。

「久しぶりの親子水入らずだ。もう俺たちは退散するとしよう」

解説

永江　朗

２０１４年9月、切り裂きジャックの正体がＤＮＡ鑑定によってつきとめられた、というニュースが世界を駆け巡りました。もちろん本書『切り裂きジャックの告白　刑事犬養隼人』の犯人、ジャックのことではありません。１８８８年のロンドンで実際に起きた連続殺人事件の犯人、切り裂きジャック（ジャック・ザ・リッパー）のことです。猟奇的殺人犯の代名詞のようにいわれる切り裂きジャックですが、架空の人物ではありません。

１８８８年の事件の被害者はいずれも売春婦でした。死体は切り刻まれ、「切り裂きジャック」の署名入り予告手紙が通信社に届いていました。しかしスコットランド・ヤードの懸命な捜査もむなしく、とうとう犯人はつかまらずじまい。犯罪史上最も有名な迷宮入り事件となりました。

それがＤＮＡ鑑定によって犯人がつきとめられたというのですから驚きます。被害者のショールから得たＤＮＡを鑑定したところ、23歳の床屋がジャックの正体だとわかりました。事件発生から１２６年たっての解決です。おそるべし、ＤＮＡ鑑定。

ジャックのDNAはとても特殊で、床屋の子孫のDNAを調べたところ同じものが見つかったのだといいます。床屋は事件当時も、目撃者の証言から逮捕、勾留《こうりゅう》されましたが釈放されていたそうです。

これにて一件落着……かと思ったら、そうはいきませんでした。すこし後に、この鑑定が間違いだったことがわかったのです。どうやら数の書き間違いなど、ごく初歩的なミスによる勘違いだったようです。

切り裂きジャックはふたたび歴史の闇の中に消えていきました。

いささか不謹慎ないいかたになりますが、1888年以降、切り裂きジャックは多くの人の心をとらえてきました。これまでこの事件に関する研究書や関連する本、着想を得たフィクションなどが数多く出版されてきました。ちなみに国立国会図書館のデータベースで検索すると、日本で出た本だけでも116件のヒットがあります。

なぜ切り裂きジャックがこんなにも関心を持たれるのでしょうか。ひとつは、事件の残忍性です。たんに命を奪っただけではありません。被害者の身体は切り刻まれ、一部の臓器が取り出されていたといいます。つまり切り裂きジャックの目的は、被害者たちを殺すことだけではなかった。

また、犯行を予告する手紙がマスメディアに届けられたということも、じつにセンセーショナルです。この事件が劇場型犯罪のはじまりだともいわれます。都市とマスメディアが発達し、人びとの情報環境が変わり、新しい時代を迎えたことを象徴するような事件でした。こうした、マスメディアを使って社会全体を巻き込んでいく犯罪が、20世紀になると増えてきます。日本でも、グリコ森永事件や宮﨑勤による幼女連続誘拐殺人事件、神戸の児童連続殺傷事件などが劇場型犯罪と呼ばれます。切り裂きジャックについて考えることは、われわれとマスメディアや社会との関係について考えることでもあるのです。

犯人がつかまらないので、さまざまな犯人像が語られてきました。売春婦ばかり狙ったのはある種の女性に対して特殊なコンプレックスを抱いているからではないのかとか、被害者に警戒されることなく近づけたのは、切り裂きジャックが女性だからではないのかとか。また臓器の取り出し方などから、医師など医療関係者に違いないと主張する人もいます。

切り裂きジャックは、事件を知れば知るほど、人びとの好奇心を刺激し、誰もを素人《しろうと》探偵にしてしまうところがあります。そして、古今東西さまざまな作家が、この事件にインスピレーションを得て作品を書いてきました。中山七里による『切り裂きジャックの告白 刑事犬養隼人』もその系譜につらなるものです。無惨な遺体に関する詳細な記述などは、1888年の事件をリアルによみがえらせるものといってもいいでしょう。

しかし、『切り裂きジャックの告白　刑事犬養隼人』は、120年以上も前の事件を、たんに現代日本に置き換えただけのものではありません。

中山七里の卓抜さは、臓器移植というきわめて今日的な問題を導入したところにあります。これによって本書は社会派ミステリー的色彩を帯びることとなりました。

臓器移植は古くて新しい難しい問題です。身体の一部が怪我や病気で損なわれ、回復や治癒が難しいとき、他の人の身体を移植すれば健康を取り戻すことができるかもしれない、というのは素朴な発想です。実際には移植を受ける側の身体が拒否反応を起こすなどして、機械のパーツのようには簡単ではないのですが。それでも、皮膚や角膜の移植は、わりと一般的ですし、二つある臓器である腎臓《じんぞう》については、健康な人の片方の腎臓を移植する生体腎移植が半世紀以上前から行われてきました。

しかし、たとえば心臓のような臓器になるとうんとハードルが上がります。生きた人からは不可能ですから、脳死状態の人からということになります。技術的な問題だけでなく、生とはなにか、死とはなにかという、難しい問題に直面することになります。人間が生命を操作することはどこまで許されるのかも問われます。ことは医学だけでなく、哲学や倫理学、宗教学など、さまざまな分野にも波及していきます。

医療技術の進歩によって、臓器移植は誰にとっても身近なことになりました。いつでも誰でも、臓器を提供する側、提供される側にもなる可能性があります。たとえば道を歩いていて交通事故に遭い、脳死状態に陥ってしまえば、臓器移植のドナーとなるかもしれません。いま健康保険証の裏面には、臓器提供の意思を表示する欄があります。

ですが、この欄にイエス／ノーと書いたからといって、ことが簡単になるわけでもないでしょう。死とは誰のものなのか、死後の身体は誰のものなのか、という問題が残るからです。

たとえば遺族の感情はどうなるのか。亡くなった人の意思だけで移植を決めていいのか。遺族の感情は関係ないのか。しかし遺族にも、亡くなった人との関係や、遺族自身の考え方で、臓器提供についてもさまざまな意思がありえるでしょう。親兄弟よりもうんとつき合いの深かった人、恋人や親友といった人びとの感情はどうなるのか。最愛の人の臓器が、赤の他人の身体で動き続けるという事実をどう受け止めるのか。

また、逆の立場だったらどうでしょう。臓器の提供を受ける側だったら。それも、自分自身ではなく、妻や夫、兄妹、そしてわが子が、移植手術を受けなければ死んでしまうという状況だったら。

自分のことだったら、かえって簡単かもしれません。「オレが死んだら、心臓でも腎臓でも、何でも使ってもらっていいよ。でもオレは人の臓器はいらない。移植してまで生きようとは思わない。それが寿命だと、すっぱりあきらめるよ」という人が、私の周囲にもたくさんいます。むしろそういう人のほうが多数かもしれません。でも、そういう人も、わが子が移植を必要としているとなると、自分と同じには考えられない。あるいは、肉親が脳死状態になり臓器提供を求められたら、冷静に判断できるだろうか。

本書では主人公である警視庁刑事部捜査一課の犬養隼人が、その苦悩を背負います。移植を待つ娘の父親でありながら、現代の切り裂きジャックによる残酷な犯罪を解決しなければなりません。

1888年にロンドンで起きた事件がさまざまな文学作品に影響を与えたのとは別のかたちで、臓器移植と生命倫理という問題も文学に影響を与えました。

たとえば1968年に和田寿郎《わだじゅろう》らが日本で初めての心臓移植手術を行ったとき、和田と同じ札幌医科大学に勤務していた渡辺淳一《わたなべじゅんいち》はこれを批判し、同大学にいづらくなったといわれています。渡辺は『小説心臓移植』（のちに『白い宴』に改題）を発表して、大学を去り、筆一本で食べていく決意をします。のちに日本を代表するベストセラー作家が誕生することとなった遠因は臓器移植だったともいえます。

クローン技術が発達すれば、自分の細胞を増殖して移植できるから、臓器移植の倫理的な問題は解決されるだろう、という予測も、ほんとうにそういうことが実現されてみないことには、どんな問題をはらんでいるのかわかりません。たとえばカズオ・イシグロの長篇小説『わたしを離さないで』は、そうした問題に踏み込んだSFです。

本書で中山七里は、切り裂きジャックと臓器移植という、まるでアクロバットのような組み合わせを成功させ、第一級の社会派ミステリーに仕立て上げました。事件の謎は犬養刑事らが解決しますが、生命と医学と倫理の課題は永遠に考え続けるべきものとして私たちに突きつけられています。

〈参考文献〉

『テキスト臓器移植』雨宮浩編　日本評論社　一九九八年
『「脳死」と臓器移植』梅原猛編　朝日新聞社　一九九九年
『脳死臓器移植は正しいか』池田清彦著　角川学芸出版　二〇〇六年
『日本の臓器移植――現役腎移植医のジハード――』相川厚著　河出書房新社　二〇〇九年
『ルポ　医療事故』出河雅彦著　朝日新聞出版　二〇〇九年

本書は二〇一三年四月に小社より刊行された単行本『切り裂きジャックの告白』を改題し、文庫化したものです。

切《き》り裂《さ》きジャックの告白《こくはく》

刑事犬養隼人《けいじいぬかいはやと》

中山七里《なかやましちり》

平成26年 12月25日　初版発行
令和7年 11月5日　47版発行

発行者●山下直久

発行●株式会社KADOKAWA
〒102-8177　東京都千代田区富士見2-13-3
電話　0570-002-301(ナビダイヤル)

角川文庫 18920

印刷所●株式会社KADOKAWA
製本所●株式会社KADOKAWA

表紙画●和田三造

ISBN978-4-04-102051-7　C0193

角川文庫発刊に際して

角川源義

第二次世界大戦の敗北は、軍事力の敗北であった以上に、私たちの若い文化力の敗退であった。私たちの文化が戦争に対して如何に無力であり、単なるあだ花に過ぎなかったかを、私たちは身を以て体験し痛感した。西洋近代文化の摂取にとって、明治以後八十年の歳月は決して短かすぎたとは言えない。にもかかわらず、近代文化の伝統を確立し、自由な批判と柔軟な良識に富む文化層として自らを形成することに私たちは失敗して来た。そしてこれは、各層への文化の普及滲透を任務とする出版人の責任でもあった。

一九四五年以来、私たちは再び振出しに戻り、第一歩から踏み出すことを余儀なくされた。これは大きな不幸ではあるが、反面、これまでの混沌・未熟・歪曲の中にあった我が国の文化に秩序と確たる基礎を齎らすためには絶好の機会でもある。角川書店は、このような祖国の文化的危機にあたり、微力をも顧みず再建の礎石たるべき抱負と決意とをもって出発したが、ここに創立以来の念願を果すべく角川文庫を発刊する。これまで刊行されたあらゆる全集叢書文庫類の長所と短所とを検討し、古今東西の不朽の典籍を、良心的編集のもとに、廉価に、そして書架にふさわしい美本として、多くのひとびとに提供しようとする。しかし私たちは徒らに百科全書的な知識のジレッタントを作ることを目的とせず、あくまで祖国の文化に秩序と再建への道を示し、この文庫を角川書店の栄ある事業として、今後永久に継続発展せしめ、学芸と教養との殿堂として大成せんことを期したい。多くの読書子の愛情ある忠言と支持とによって、この希望と抱負とを完遂せしめられんことを願う。

一九四九年五月三日

角川文庫ベストセラー

女王様と私　歌野晶午

さえないオタクの真藤数馬は、無職でもちろん独身。ある女王様との出会いが、めくるめく悪夢の第一歩だった……ミステリ界の偉才が放つ、超絶エンタテインメント！

ハッピーエンドにさよならを　歌野晶午

望みどおりの結末なんて、現実ではめったにないと思いませんか？　もちろん物語だって……偉才のミステリ作家が仕掛けるブラックユーモアと企みに満ちた奇想天外のアンチ・ハッピーエンドストーリー！

家守　歌野晶午

何の変哲もない家で、主婦の死体が発見された。完全な密室状態だったため事故死と思われたが、捜査のうちに30年前の事件が浮上する。歌野晶午が巧みに描く「家」に宿る5つの悪意と謎。衝撃の推理短編集！

天命の扉
県警捜査一課・城取圭輔　遠藤武文

長野県議会中、議員が何者かに殺害された。残された紙片には「善光寺の本尊を公開せよ」という謎のメッセージが。捜査に乗り出した城取刑事は、かつて自分が担当した冤罪疑惑事件とのつながりを疑うが……。

ＧＯＴＨ
夜の章・僕の章　乙一

連続殺人犯の日記帳を拾った森野夜は、未発見の死体を見物に行こうと「僕」を誘う……人間の残酷な面を覗きたがる者〈ＧＯＴＨ〉を描き本格ミステリ大賞に輝いた乙一の出世作。「夜」を巡る短篇3作を収録。

角川文庫ベストセラー

失はれる物語　乙一

事故で全身不随となり、触覚以外の感覚を失った私。ピアニストである妻は私の腕を鍵盤代わりに「演奏」を続ける。絶望の果てに私が下した選択とは？　珠玉6作品に加え「ボクの賢いパンツくん」を初収録。

青の炎　貴志祐介

秀一は湘南の高校に通う17歳。女手一つで家計を担う母と素直で明るい妹の三人暮らし。その平和な生活を乱す闖入者がいた。警察も法律も及ばず話し合いも成立しない相手を秀一は自ら殺害することを決意する。

硝子のハンマー　貴志祐介

日曜の昼下がり、株式上場を目前に、出社を余儀なくされた介護会社の役員たち。厳重なセキュリティ網を破り、自室で社長は撲殺された。凶器は？　殺害方法は？　推理作家協会賞に輝く本格ミステリ。

狐火の家　貴志祐介

築百年は経つ古い日本家屋で発生した殺人事件。現場は完全な密室状態。防犯コンサルタント・榎本と弁護士・純子のコンビは、この密室トリックを解くことができるか!?　計4編を収録した密室ミステリの傑作。

鍵のかかった部屋　貴志祐介

防犯コンサルタント（本職は泥棒？）・榎本と弁護士・純子のコンビが、4つの超絶密室トリックに挑む。表題作ほか「佇む男」「歪んだ箱」「密室劇場」を収録。防犯探偵・榎本シリーズ、第3弾。

角川文庫ベストセラー

逸脱 捜査一課・澤村慶司
堂場瞬一

10年前の連続殺人事件を模倣した、新たな殺人事件。県警を嘲笑うかのような犯人の予想外の一手。県警捜査一課の澤村は、上司と激しく対立し孤立を深める中、単身犯人像に迫っていくが……。

歪 捜査一課・澤村慶司
堂場瞬一

長浦市で発生した2つの殺人事件。無関係かと思われた事件に意外な接点が見つかる。容疑者の男女は高校の同級生で、事件直後に故郷で密会していたのだ。県警捜査一課の澤村は、雪深き東北へ向かうが……。

天使の屍
貫井徳郎

14歳の息子が、突然、飛び降り自殺を遂げた。真相を追う父親の前に立ち塞がる《子供たちの論理》。14歳という年代特有の不安定な少年の心理、世代間の深い溝を鮮烈に描き出した異色ミステリ！

崩れる 結婚にまつわる八つの風景
貫井徳郎

崩れる女、怯える男、誘われる女……ストーカー、DV、公園デビュー、家族崩壊など、現代の社会問題を「結婚」というテーマで描き出す、狂気と企みに満ちた、7つの傑作ミステリ短編。

鳥人計画
東野圭吾

日本ジャンプ界期待のホープが殺された。ほどなく犯人は彼のコーチであることが判明。一体、彼がどうして？　一見単純に見えた殺人事件の背後に隠された、驚くべき「計画」とは!?

角川文庫ベストセラー

探偵倶楽部　東野圭吾

「我々は無駄なことはしない主義なのです」――冷静かつ迅速。そして捜査は完璧。セレブ御用達の調査機関〈探偵倶楽部〉が、不可解な難事件を鮮やかに解き明かす！　東野ミステリの隠れた傑作登場!!

殺人の門　東野圭吾

あいつを殺したい。奴のせいで、私の人生はいつも狂わされてきた。でも、私には殺すことができない。殺人者になるために、私には一体何が欠けているのだろうか。心の闇に潜む殺人願望を描く、衝撃の問題作！

さまよう刃　東野圭吾

長峰重樹の娘、絵摩の死体が荒川の下流で発見される。犯人を告げる一本の密告電話が長峰の元に入った。それを聞いた長峰は半信半疑のまま、娘の復讐に動き出す――。遺族の復讐と少年犯罪をテーマにした問題作。

使命と魂のリミット　東野圭吾

あの日なくしたものを取り戻すため、私は命を賭ける――。心臓外科医を目指す夕紀は、誰にも言えないある目的を胸に秘めていた。それを果たすべき日に、手術室を前代未聞の危機が襲う。大傑作長編サスペンス。

夜明けの街で　東野圭吾

不倫する奴なんてバカだと思っていた。でもどうしようもない時もある――。建設会社に勤める渡部は、派遣社員の秋葉と不倫の恋に墜ちる。しかし、秋葉は誰にも明かせない事情を抱えていた……。

角川文庫ベストセラー

角川文庫ベストセラー

野性の証明　森村誠一

山村で起こった大量殺人事件の三日後、集落唯一の生存者の少女が発見された。少女は両親を目前で殺されたショックで「青い服を着た男の人」以外の記憶を失っていたが、事件はやがて意外な様相を見せ⁉

高層の死角　森村誠一

巨大ホテルの社長が、外扉・内扉ともに施錠された二重の密室で殺害された。捜査陣は、美人社長秘書を容疑者と見なすが、彼女には事件の捜査員・平賀刑事と一夜を過ごしていたという完璧なアリバイがあり⁉

超高層ホテル殺人事件　森村誠一

クリスマス・イブの夜、オープンを控えた地上62階の超高層ホテルのセレモニー中に、ホテルの総支配人が転落死した。鍵のかかった部屋からの転落死事件の捜査が進むが、最有力の容疑者も殺されてしまい⁉

南十字星の誓い　森村誠一

1940年、外務書記生の繭は、赴任先のシンガポールで華僑のテオと出逢い、植物園で文化財を守る日々を過ごす。しかし、太平洋戦争が勃発し、文化財も戦火にさらされてしまい――。

エネミイ　森村誠一

愛する家族を失った4人の犯罪被害者たちは一堂に会し、それぞれの犯人への恨みを確かめ合う。しかし、その場で誓っただけの報復が実現され、犯罪加害者たちが殺されていく。連続殺人事件の真相とは⁉